Impera Thor

임페라토르

신독 판타지 장편 소설

임페라토르 4

신독 판타지 장편 소설

초판 1쇄 찍은 날 § 2006년 2월 17일
초판 1쇄 펴낸 날 § 2006년 2월 27일

지은이 § 신독
펴낸이 § 서경석

편집장 § 문혜영
편집책임 § 유경화
편집 § 심재영

펴낸곳 § 도서출판 청어람
등록번호 § 제1081-1-89호
등록일자 § 1999. 5. 31
어람번호 § 제1-0680호

주소 § 경기도 부천시 원미구 심곡1동 350-1 남성B/D 3F (우) 420-011
전화 § 032-656-4452 팩스 § 032-656-4453
http://www.chungeoram.com
E-mail § eoram99@chollian.net

ⓒ 신독, 2005

ISBN 89-5831-997-6 04810
ISBN 89-5831-845-7 (세트)

ntasy Frontier Spirit

imperaThor

임페라토르 **4**

신독 판타지 장편 소설

[각성]

A tome of this nature is usually guarded magically—manifesting itself, more often than not, in a protect or magical trap.

view of key

separated view

firetrap

his chapter begins with the spell lists of the spellcasting classes and the list of cleric domains and the spells associated with each domain. An ᴹ or ᶠ appearing at the end of a spell's name in the spell lists denotes a spell with a material or focus component, respectively. An ˣ denotes a spell with an xp

ing a particular spell. A creature with no classes level equal to its Hit Di ess otherwise spe word "level" in the s ll at follow alwa caster level.

Spell Effects and C tions: If a spell cau ject or subjects to be affe by one or more (such as blinded, incorpore invisible, or stun

CONTENTS

《전편 줄거리 및 주요 인물》

[전편 줄거리]

· 1권 : 드래곤 에이지

드래곤이 황제로 군림하는 세상. 티투스 평원에서 발견된 기억을 잃은 소년 토르는 이계무사 곤과 네크로맨서 아나테의 일행이 되어 여행을 떠난다. 드래곤 던전에서 마검 헬나이트의 주인이 된 토르는 아나테의 제안으로 곤과 함께 엘프의 나라를 찾아 떠나게 된다. 엘프의 나라를 찾는 도구인 엘리시온의 눈물을 구하러 디오스와 합류한 토르 일행은 벨키 성에서 레드 드래곤 라토시와 조우한다.

· 2권 : 사막의 나라, 물의 나라

토르는 라토시를 지키던 샐레아나에게 인간으로서 열심히 살면 자신의 정체를 알게 된다는 말을 듣는다. 엘리시온의 눈물 조각을 찾으러 붉은 산으로 간 토르 일행은 발록을 죽이고 티비를 구한다. 토르는 헬나이트에 봉인되어 있던 코크라와 친구가 된다. 대예언자 자그레브를 만나러 가는 중, 라미아에 들른 토르 일행. 토르는 인어 나나의 성인식 상대가 되어 첫사랑을 경험한다. 그러나 칼루토 호수를 지키던 블루 드래곤 플루티에게 나나가 죽는다.

· 3권 : 엘리시온의 눈물

토르는 플루티를 죽여 나나의 복수를 하고 아나테의 도움으로 나나의 혼을 위로한다. 자그레브를 만난 토르는 자신의 정체가 레드 드래곤이었음을 알게 된다. 자그레브의 안내로 엘리시온에 도착한 토르 일행. 토르는 엘프들과 친구로 어울리고 자신을 사모하는 엘프 여왕 헤르미나의 육탄 공세에 시달린다. 곤은 자그레브로 인해 신념을 되찾는데, 자그레브의 속마음은…….

[주요 인물]

· 토르 : 이 글의 주인공. 붉은 머리가 인상적인 미소년으로 기억을 잃은 채 아나테와 곤에 의해 티투스 평원에서 나체로 발견된다. 아나테, 곤과 동행이 되어 긴 여행을 시작한다.

· 곤 : 차원 이동을 통해 옥스칼토네 대륙으로 넘어온 중원무사. 자신을 구해준 아나테와 동행이 되어 떠돌다 토르를 발견. 쓰디쓴 배신으로 죽을 뻔해 타인에게 마음을 열지 않지만 토르를 친구로 받아들임.

· 아나테 : 자칭 대륙 제일의 네크로맨서. 회색빛 피부가 창백한 여인. 원래 룬학과 소속의 백마법사였으나 죽은 연인 오르스를 부활시킬 일념으로 네크로맨서가 된 여인. 토르를 발견하고 호기심을 느껴 동행이 됨.

· 디오스 : 아나테를 짝사랑하는 마검사. 엘리시온의 눈물을 찾기 위해 토르 일행이 됨. 냉소적인 성격이었으나 토르 덕분에 점점 마음을 엶.

· 코크라 : 전전대 드래곤 로드 아이크가 마검 헬나이트에 봉인시킨 대마족. 피를 좋아하는 잔혹한 마족이나 거짓을 말하지는 않는다. 토르와 친구가 된다.

· 나나 : 블루 드래곤에게 죽임을 당한 인어. 토르의 첫사랑.

· 오올리 : 펠바레트의 궁정마법사 출신으로 9서클의 대마법사. 토르에게 죽임을 당했으나 리치로 부활했다.

· 자그레브 : 파라슈트의 대예언자. 엘프의 나라에 가는 방법을 알려주는 예언자. 곤의 신념을 일깨운다.

· 라나 : 엘프 소녀 전사. 활의 명수.

· 커트 : 엘리시온 최고의 전사. 무기는 활시위를 푼 은빛 창, 시위를 걸면 롱보우. 침착하나 열화와 같은 무혼을 지닌 인물.

· 헤르미나 치오르 : 엘프의 여왕. 토르를 사모한다.

· 프로시안 : 펠바레트의 공주. 드래곤들에서 유일하게 살아남은 직계황손.

· 로키 : 그랜드 소드 마스터. 옥스칼토네 해방군의 군단장. 곤과 무승부를 기록했던 전력이 있음. 호승심이 아주 강한 성격.

· 아르마 : 로키의 수하 기사.

와우! : **_Chapter 31_**

A tome of this nature is usually guarded magically— manifesting itself, more often than not, in a protective or magical trap.

side view of key

separated vie

firetrap

his chapter begins with the spell lists of the spellcasting classes and the list of cleric domains and the spells associ ated with each domain. An ᴹ or * appearing at the end of in the spell lists denotes a spell with a material or is not normally included

ing a particular spell. A creature with no class level equal to its Hit Dice unless otherwise word "level" in the spell lists that follow al caster level.

Spell Effects and Conditions: If a spell ject or subjects to be affected by one or mo incorporeal, invisible, or s

아 나테는 곤을 이해할 수 없었다.

운기조식 도중 무슨 생각을 했는지, 눈을 뜬 곤의 얼굴은 비장하기만 했다.

"생각을 좀 정리해야 할 것 같아."

그 말에 아나테의 가슴은 쿵 내려앉았다. 오르스와 곤, 그리고 아나테 자신의 복잡한 관계를 떠올리니 어지럽기까지 했다. 무슨 말을 해야 할지 어떤 얼굴로 곤을 보아야 할지 알 수가 없었다.

"토르에게 가르칠 것을 확실하게 정리하는 편이 좋을 거야. 나도 생각을 정리해야겠어."

그 말을 남기고 곤은 갑자기 사라져 버렸다. 아나테에게 팔찌까지 돌려준 채로.

아나테는 오랜만에 돌아온 팔찌를 내려다보다 포옥 한숨을 쉬고 말왔다.

무엇을 정리하려고 하는지 물어볼 수도 없었다. 어떤 말이 곤의 입에서 나올지 두렵기만 한 아나테였다.

곤이 돌려준 팔찌를 다시 끼었다. 차가운 금속이었지만 곤의 체온 때문에 따뜻했다.

아나테는 팔찌의 냄새를 맡아보았다. 희미하지만 곤의 냄새가 난다. 그녀만이 아는 곤의 냄새가.

"하아……."

긴 한숨을 남기고 아나테도 아공간으로 사라졌다.

아무도 없는 연무장엔 바람만 불었다.

2

토르는 헤르미나를 보며 눈을 깜박이고 있었다.

마법을 가르쳐 주겠다고 해서 반갑게 따라왔는데 이건 또 뭐냐?

헤르미나는 그녀만의 아공간으로 토르를 데리고 왔다. '아무도 방해하지 않을 거예요' 라는 묘한 말을 하고서. 분명히 마법을 배우는데 아무도 방해하지 않을 거라는 말일 텐데 왜 이상하게 들리나 했더니…….

토르는 고개를 살래살래 저었다.

"이봐, 이봐, 헤르미나……."

"왜요?"

엘프 여왕 헤르미나는 이유를 모르겠다는 듯 천진한 얼굴로 물었다. 여왕의 상징인 아름다운 왕관을 머리에 쓰고서.

문제는 그 아래였다. 헤르미나는 입은 게 벗은 거보다 못한 그 환히 다 비치는 옷을 입고 있었다.

헤르미나의 아공간은 밝은 허공만으로 이루어져 있었다. 아무 집기도 보이지 않고 아무런 장식도 없이 그저 텅 빈 허공이다. 하지만 무엇으로 밝혀놓았는지 아공간 전체는 화사한 빛으로 빛나고 있었다.

그래서 아주 잘 보였다.

다 비치는 그 옷은 헤르미나의 매끄러워 보이는 맨 피부를 황홀할 정도로 은은하게 비쳐주었다. 아공간을 비추는 빛이 후광처럼 반짝여 더욱 고혹적으로 보였다.

토르는 너무 천진하게 묻는 헤르미나의 얼굴을 보며 한숨을 쉬었다.

"휴우……. 내가 분명히 말했잖아. 난 그런 생각 없다고."

"예?"

헤르미나의 눈썹이 아름답게 올라섰다. 파르르 떨리는 속눈썹이 그녀가 얼마나 당황하고 있는지 효과적으로 전달해 주었다.

토르는 멈칫했다.

'내가 뭘 잘못 생각했나?

갑자기 웃음소리가 들렸다.

"호호호호. 토르님, 토르니임……. 그런 게 아닌걸요? 호호호호."

아니란다.

정말 같다.

"아, 아냐?"

토르는 말을 더듬었다.

헤르미나는 목청이라도 드러날 듯 깔깔 웃었다. 너무 우습다는 듯 허리를 꺾고 웃더니 그대로는 버티기 힘들었는지 토르의 어깨를 손으로 잡으며 정말 신나게 웃어 젖혔다.

한참을 웃은 헤르미나는 긴 검지를 들어 양 눈가를 차례로 찍었다.

"아유, 너무 웃었더니 눈물이 다 나요."

토르는 얼굴이 붉어져 있었다. 괜한 오해를 한 게 쪽팔려서.

어깨를 짚어 바싹 몸을 기댄 헤르미나는 토르를 내려다보고 있었다.

"미, 미안해."

쪽.

토르의 볼에 가벼운 키스를 한 헤르미나는 토르에게서 몸을 떼더니 웃음을 머금은 채 고개를 저었다.

"아니에요. 마법을 어찌 배우는지 모르셨다면 제 복장을 보고 오해하셨을 수도 있어요. 마법을 다 잊으셨지요?"

"잊어? 나 원래는 마법도 했어?"

"당연하죠! 드래곤의 용언마법은 모든 종족의 마법 중 으뜸이에요. 당신은 레드 드래곤의 수장이셨어요. 마법을 할 줄 아셨던 것이 당연하죠!"

"자, 잠깐."

토르는 급히 헤르미나의 말을 막았다.

"내 과거에 대해 너무 말하지 마. 너 죽이고 싶지 않다구."

헤르미나는 아무 말 없이 토르를 바라보다가 갑자기 그린 듯한 미소를 지었다. 엘프의 아름다움은 인간이 상상할 수 없는 것이라더니 정말 너무도 아름다운 웃음이었다.

"정말… 다정해지셨군요."

조금 축축해진 헤르미나의 목소리가 부담스러워 토르는 얼른 말을
걸었다.

"아무튼 될 수 있으면 내 과거는 말하지 마. 부탁이야. 근데 마법을
배우려면 나도 그런 옷을 입어야 해?"

헤르미나는 고개를 끄덕였다.

"맞아요. 마법을 배우기 위해선 먼저 마나를 느끼고 다룰 수 있어야
한다는 건 아세요?"

"어? 아! 마나! 맞다, 마나! 디오스에게 좀 들었어. 마나를 먼저 느껴
야만 마법에 겨우 입문할 자격을 얻는 거라고."

"그 외엔?"

"아나테가 흑마법을 배우기 위해서도 마나를 느껴야 한다고 했
고…… 그거 말곤 더 들은 기억은 없는데? 난 곤한테 무공 배우기 바
빴거든. 에이! 진작 좀 시간 내서 들어둘걸!"

헤르미나가 활짝 웃으며 고개를 끄덕였다.

"그러셨군요. 하지만 걱정하지 마세요. 엘프야말로 인간에게 마법
을 가르쳐 준 존재니까. 더구나 저는 엘프의 당대 여왕이에요. 그분들
보다는 제게 배우는 편이 더 나아요. 제가 그분들보다는 한 수 위거든
요?"

헤르미나는 자신을 칭찬하는 게 조금 쑥스러웠던지 살짝 몸을 꼬았
다.

환히 비치는 옷 덕분에 헤르미나가 허리를 트는 게 너무 분명히 보
였다. 군살 하나 없는 매끄러운 허리는 감탄이 절로 일 만큼 가늘었다.

토르는 다시 뜨거운 기운이 어딘가로 몰리는 걸 느꼈지만 재빨리 곤
에게 배운 패왕금강결을 암송했다. 마음을 차분히 가라앉히는 데는 패

왕금강결만한 게 없었다.

효과는 금방 봤다.

디오스 말대로 진짜 사나이는 컨트롤이 가능해야 한다. 암!

스스로를 칭찬하며 시선을 내려 잠잠해진 무기를 바라보는 토르를 헤르미나는 묘한 눈길로 보고 있었다. 살짝 아랫입술을 깨물었던 헤르미나는 토르가 눈을 들자 얼른 화사하게 웃었다.

"마나를 민감하게 느끼고 보다 빠른 시간 안에 마법을 습득하려면 될 수 있는 대로 몸에 옷을 걸치지 않는 것이 좋아요."

"그래?"

"예."

토르는 아무런 의심 없이 홀홀 옷을 벗었다.

바닥도 없는 허공이었는데 토르의 옷은 발치에 툭툭 쌓였다.

붉은 머리카락이 길게 늘어져 허리까지 탐스럽게 일렁였다. 아직 덜 자란 몸이라 크진 않았지만 탄탄하게 균형이 잡힌 건강한 육체가 반짝였다.

토르의 목걸이가 목에서 흔들렸다.

"이거도 벗어야 해?"

토르는 무기 부위를 감싼 짧은 속옷을 가리키며 좀 난감한 기분으로 물었다.

헤르미나가 웃으며 고개를 흔들었다.

"아직은 괜찮아요. 지금 배울 건 기초 단계니까 그 정도로도 충분해요. 저도 그래서 좀 가렸잖아요."

'그게 가린 거냐?'

다 벗은 거만 못했다.

가렸으되 가린 게 아니다. 시선을 자꾸 모으잖아!

이미 여자를 아는 토르.

만졌을 때 어떤 느낌인지도 잘 안다. 기분 꽤 좋다. 저 옷은 만지고 싶게 만든다. 그게 가린 거냐? 흐으.

토르는 고개를 흔들었으나 그 말을 하진 않았다.

자진해서 마법을 가르쳐 준다는데 옷차림까지 트집 잡는 건 너무하다 싶어서. 헤르미나에겐 고마운 것투성이지 않은가. 아슬란도 주었고 무공 익히게 장소도 제공해 주고 마법까지 가르쳐 준다는데.

옷차림 정도는 넘어가 주는 게 사나이의 센스요, 아량이다.

그때 갑자기 큭큭 웃는 소리가 들렸다.

코크라였다.

「으흐흐흐.」

'왜 웃어?'

꼭 이상한 생각 하는 디오스처럼 웃는지라 코크라에게 물었으나 코크라는 그 물음에 대한 답은 하지 않았다.

「잘해봐라, 토르.」

'음? 아! 마법 배우는 거? 좀 걱정되긴 해. 하지만 예전엔 나도 잘했다니까 금방 배우지 않을까?'

코크라가 다시 이상한 소리로 웃었다.

「으흐흐흐흐. 그래그래. 금방 배울 거야. 이 대마신 코크라님의 적이자 친구인데, 마법 같은 거야 뭘. 큭큭. 그럼 땀 좀 흘려라. 개운하게.」

계속 이상하게 코크라가 웃었으나 토르는 개의치 않았다.

이놈이 이상한 게 어디 한두 번이었나?

그때 헤르미나의 목소리가 들렸다.

"뭘 그리 혼자 생각하세요?"

코크라와 말했다는 사실을 알려주려고 했는데 코크라의 음성이 재빨리 들렸다.

「내가 헬나이트 안에 있다는 거 말하지 마라. 엘프들은 나 싫어해. 시끄러운 건 질색이다.」

시끄러운 건 토르도 질색이다.

더구나 토르는 친구의 맘을 헤아릴 줄 안다. 친구를 위해서 그 정도쯤은!

"별거 아냐. 헤르미나, 그럼 뭐부터 하면 되지? 나 빨리 배우고 싶어."

헤르미나의 입에 묘한 미소가 걸렸다. 그러나 그 미소는 재빨리 화사한 미소로 변해 버려 토르는 보지 못했다.

"저도 빨리 알려 드리고 싶어요. 우선 이쪽으로 오세요. 마주 앉아야 하거든요."

토르는 탄탄한 상반신을 드러낸 채 헤르미나에게 다가갔다.

코크라가 다시 웃었다.

「큭!」

'왜 그래?'

「아, 미안. 이제 신경 쓰이게 안 할게. 열심히 배워.」

'응! 나중에 마법도 같이 쓰자!'

「호호. 물론.」

코크라는 더 말이 없었다.

토르는 헤르미나 앞에 바싹 다가서서 물었다.

"앉아서 느끼는 거야?"

"예. 제가 마나를 빨리 느끼시도록 최대한 도울게요. 이곳은 마나의 흐름이 왕성한 곳이라 마법을 익히기엔 최상의 조건을 갖춘 곳이죠."

"알았어."

토르는 그 자리에 털썩 주저앉았다.

허공으로 보이지만 바닥은 있나 보다. 조금 푹신하기도 하다. 감촉 좋은데?

사락.

헤르미나 또한 앉았다. 근데 자세가 좀 민망하다.

토르의 목소리가 커졌다.

"헤르미나! 이런 거 안 한댔잖아!"

패왕금강결을 운기할 때처럼 자연스럽게 가부좌를 틀고 앉은 토르. 헤르미나는 바로 그 토르의 허벅지 위에 앉아 있었다. 양다리로 토르의 허리를 자연스럽게 안은 채로.

"이런! 미리 말씀을 못 드렸군요, 토르님. 마나를 빨리 느끼려면 이 자세로 마주 앉아야 해요. 마나를 느끼게 해주는 이가 느낄 이의 위에 앉아야 하죠. 이게 제일 빠른 방법이에요."

헤르미나를 밀쳐 내려고 어깨를 잡았던 토르의 손에서 힘이 풀렸다.

젠장! 그럼 진작 말해주지!

토르의 목소리엔 미안함이 가득했다.

"미, 미안, 헤르미나. 소리 질러서 미안해. 몰랐어."

"괜찮아요."

헤르미나는 토르의 목에 팔을 두르며 방긋 웃었다.

얼굴이 마주칠 정도로 가까운 거리다.

허벅지엔 부드럽기만 한 헤르미나의 엉덩이가 느껴진다.

'되게 탱탱하네.'

읔! 그 생각 하는 게 아닌데!

슬쩍 고개를 들려는 무기를 느낀 토르는 맹렬한 기세로 패왕금강결을 외었다.

아… 다행이다.

마법을 가르쳐 주려는 헤르미나의 자세를 오해하고 화까지 내려 했는데 쪽팔리게 무기가 커지면 안 되잖아!

토르는 자신을 매섭게 꾸짖었다.

하지만 시련은 끝나지 않았다.

뭉클.

헤르미나의 가슴이 느껴졌다.

"이렇게 마나를 느끼려는 자와 느끼게 해줄 자가 몸을 꼭 맞대어야 해요."

거리가 워낙 가까워 속삭이기만 해도 들리는지라 헤르미나는 작게 이야기하는 것 같았다.

근데 왜 귀에다 대고 말하는 거람?

귀가 짜릿하잖아!

'누진금강(漏盡金剛)의 몸을 이루고자 하거든 혜(慧)와 명(命)의 근원을 덥히는 데 힘쓰라. 일각의 시간으로 육후(六候)를 이루니 대도(大道)가 중심으로 쫓아 나오더라. 숨 두 번[二候]에 모니(牟尼)를 캐어 올리니 현묘한 기틀[玄機]을 밖에서 구하지…….'

맹렬하게 패왕금강결을 외우는데 헤르미나의 목소리가 다시 귓전을 간질였다.

"토르님도 제 몸을 살짝 안으세요. 그러셔야 마나를 잘 느낄 수 있거든요?"

뭐야? 지금도 힘든데?

"제일 빨리 마법을 배우는 방법이에요."

토르는 어쩔 수 없이, 정말 어쩔 수 없이 허벅지에 올라앉은 헤르미나의 몸을 안았다. 꼭 무슨 구름을 안는 것만 같다. 뼈가 하나도 없는 것만 같다. 너, 너무… 부드럽다.

"좀 더 세게요. 그 정도로는 느끼지 못해요."

으윽!

다행히도 얼굴이 정면으로 보이지 않는지라 토르는 인상을 팍 쓰면서 팔에 힘을 주었다.

정말 참기 힘들다!

참고 또 참느라 토르는 몰랐다. 토르의 귀에 붉은 입술을 대고 속삭이는 헤르미나의 얼굴이 묘하게 웃고 있는 걸.

헤르미나는 빨간 혀를 내밀어 토르의 귀를 살짝 맛볼 듯하다가 자신의 윗입술을 핥았다.

'나도 참아야지. 근데 너무 잘 참으시는데?'

헤르미나는 2단계 작전을 시작했다.

"눈을 감고 집중하세요. 우선 저의 모든 것을 느끼세요."

마나랑 니 몸이랑 뭔 상관인데?

토르는 불쑥 튀어나오려는 말을 간신히 억눌렀다.

뭔가 이상했지만 쪽팔림을 세 번이나 당할 순 없었다. 자꾸 헤르미나를 의심하기가 미안하기도 했다. 여왕인 그녀가 직접 마법을 가르쳐주는 수고를 하고 있지 않은가!

'무슨 뜻이 있겠지. 일단 시키는 대로 해보자.'

토르는 계속 패왕금강결을 외우며 헤르미나의 몸을 통관(通觀)했다. 곤에게 배운 방법이다.

기를 느끼기 위해 대상을 정해 오감을 활짝 여는 방법. 곤이라면 훨씬 넓은 범위를 탐색할 수 있겠지만 그럴 필요까진 없었다. 꼭 안고 있는 헤르미나만 통관하면 되니까.

패왕금강결은 지금 상황에선 필수적이다.

헤르미나의 몸을 안고 있으면서도 마나라는 걸 느끼기 위해 집중력을 발휘한다는 건 무척 힘든 일이었다. 여자를 알기 전이라면 몰라도 이미 아는 토르로서는. 헤르미나의 몸은 너무 매끄럽고 따스하며 부드러웠기 때문에.

그때 토르의 눈썹이 꿈틀했다.

헤르미나의 허리가 묘하게 움직이기 시작했던 것이다. 크게 움직이는 것 같지 않은데도 전신을 맞대고 있었기 때문인지 솜털의 움직임 하나까지 느껴진다. 미세한 움직임 하나하나가 토르의 무기를 자극하고 있었다. 통관을 시도하고 있었기 때문에 너무도 잘 느껴졌다.

이게 또!

막 화를 내려는데 헤르미나의 작은 음성이 귓불을 간질였다.

"제 몸을 통해 마나를 느끼세요. 토르님이 제 마나를 느끼실 수 있게 되면 마나의 세례가 가능해요. 가장 빨리 마법을 익힐 수 있는 방법이에요. 일단 제 모든 것을 느끼셔야 해요. 모든 것을……."

어? 아니구나. 으……. 꼭 이렇게 배워야 하는 거야?

토르의 이마에 굵은 땀방울이 맺혔다.

패왕금강결을 암송하며 무기를 달래고 한편으론 통관을 시도해 헤르미나의 마나를 느끼는 건 너무도 어렵고 힘든 일이었다.

헤르미나는 계속 토르의 귀에 입을 바싹 댄 채 속삭이고 있었다.

"느껴져요? 제 몸이? 가슴이? 심장이 콩콩 뛰는 게? 저를 다 느끼셔야만 마나를 느끼실 수 있어요. 제 몸을 느끼세요. 느끼세요……."

헤르미나의 허리는 점점 더 큰 원을 그리기 시작했다. 그녀의 달뜬 목소리도 높아만 갔다.

토르의 등줄기로 굵은 땀방울이 주르륵 흘러내렸다.

헤르미나의 얇은 옷은 땀에 흠뻑 젖어 찰싹 몸에 달라붙어 있었다. 아공간의 허공에 털썩 앉아 있는 그녀는 묘한 커브를 그린 등줄기를 드러낸 채 어깨를 들썩이고 있었다.

"학, 학……."

토르는 그녀의 뒷모습을 바라보며 여전히 가부좌를 틀고 앉아 있었다. 토르의 온몸도 땀에 흠뻑 젖어 있었다. 토르도 어깨를 들썩이고 있었다. 몇 번 심호흡을 되풀이한 토르는 호흡을 가라앉히는 데 성공할 수 있었다.

이마를 훔치며 토르가 말했다.

"헤르미나, 많이 힘든 거 같아. 괜찮아?"

헤르미나는 토르를 돌아보지 않은 채 빨간 입술을 핥았다. 땀에 젖은 얼굴엔 묘한 표정이 서려 있었다.

"하아……. 괜찮아요, 토르님……. 정말 대단하세요……."

"그, 그래? 나 잘한 거야? 괜찮았어?"

헤르미나는 눈을 감으며 후욱 숨을 들이켰다. 그녀의 입가에 작은 미소가 맺혔다.

"잘… 하셨어요, 정말……."

"그래? 하긴 내가 생각해도 잘 배운 거 같아. 마나가 뭔지 이제 확실히 알았어. 진기(眞氣)하고 좀 달라서 헷갈렸는데 기운을 이용한다는 점은 비슷하네. 고마워, 헤르미나."

헤르미나는 힘없이 고개를 끄덕였다.

토르가 하는 말뜻을 제대로 알아들을 수 없었지만 물을 기력도 없었다. 심신이 다 노곤했다.

토르는 헤르미나가 지쳐 있다는 것을 알아차렸는지 재빨리 사과했다.

"아, 미안해. 기분이 너무 좋아서 말야. 너 힘들지? 아, 대답 안 해도 돼. 아무래도 힘든 것 같아. 넌 좀 쉬다 나와. 마나의 세례란 거 되게 힘들다. 이렇게 니가 힘들 줄 알았으면 좀 천천히 배우는 방법을 부탁했을 텐데……. 난 먼저 나가서 친구들 좀 볼래. 이제 마법을 배울 준비가 된 거지? 언제부터 시작할까?"

헤르미나는 토르의 여러 질문 중 하나에만 대답할 수 있었다.

"내일이요."

"그럼 나 좀 내보내 줘. 그 연무장으로."

"예……."

토르가 옷을 입는지 부스럭거리는 소리가 들렸으나 헤르미나는 여전히 눈을 감은 채 뒤를 돌아보지 않았다.

더 이상 소리가 들리지 않자 헤르미나는 조용히 아공간을 열어 토르를 연무장으로 텔레포트시켰다.

"하아……."

텔레포트 마법을 쓴 것만으로도 힘이 들었는지 헤르미나는 바닥을 짚고 있던 팔에 힘을 빼며 아공간에 길게 누워버렸다.

옆으로 누워 한동안 있던 헤르미나가 빙글 몸을 돌려 똑바로 누웠다.

상아를 깎아 만든 것 같은 높고 아름다운 콧등을 따라 또르르 땀방울이 흘러내렸다.

"풋!"

헤르미나는 갑자기 웃음을 터뜨렸다. 그리고 배를 잡고 깔깔 웃기 시작했다.

"호호호호. 정말 못 말려! 어쩜 그렇게 완벽하게 속으실 수가 있어?"

한동안 웃던 헤르미나의 얼굴에 안타까움이 서렸다.

"어쩜… 그렇게 완벽하게 내 마음을 몰라줄 수가 있어……?"

헤르미나는 무거운 팔을 들어 눈을 가렸다.

몸과 몸을 맞대 마나의 세례를 주는 건 엘프들에게만 내려오는 비전의 방법이었다.

하지만 헤르미나는 그전에 토르가 자신을 여자로 느끼고 안아주길 바랐다. 사랑을 바란 것도 아니다. 그저 한 번 예전처럼 뜨겁게 안아주길 원했을 뿐이다. 안아달라고 솔직하게 말하면 또 거절할 것이 뻔해 거짓말까지 했던 것인데…….

토르의 얼굴을 내내 관찰해 그가 육체의 욕망과 싸웠다는 것은 알고 있었다. 그래서 그는 그렇게 땀을 흘렸다.

헤르미나가 땀을 흘린 건 다른 이유 때문이었다.

여왕으로서의 체면도, 여자로서의 자존심까지도 내던지고 온몸으로 토르를 유혹하느라 흘린 땀이었다.

하지만 토르는 끝내 자신의 유혹에 어떤 반응도 보이지 않았다. 처음 안았던 그 자세 그대로 손 한 번 바꾸지 않았다.

땀에 젖은 옷이 찰싹 몸에 붙을 때쯤 헤르미나는 토르를 유혹하는 게 불가능하다는 것을 깨달았다.

그래서 진짜 마나의 세례를 줄 수밖에 없었다. 심장에 봉인당한 마력까지 풀지는 못했지만 토르는 이제 급속도로 자신의 마법을 되찾을 것이다.

이제 이런 핑계로 몸과 몸을 맞대기는 힘들 것이다. 마법까지도 옷을 벗고 배워야 한다면 아무리 둔한 토르라도 그녀의 거짓말을 알아차릴 테니까.

실패하리라곤 생각하지도 못했다. 정말 자신있었다.

그랬기에 충격과 수치심과 굴욕감은 헤르미나가 생각한 이상으로 밀려들었다.

팔로 눈을 가리고 있었지만 눈물마저 가릴 수는 없었다.

헤르미나의 눈가로 주르륵 눈물이 흘러내렸다.

"나빠. 나빴어……. 토르님, 나빠……."

헤르미나는 동그랗게 몸을 오그리고 옆으로 누웠다.

어깨가 들썩이기 시작했다.

3

헤르미나를 울린 토르는 연무장에 홀로 서서 시원한 바람을 맞고 있었다.

곤도, 아나테도, 디오스도, 아무도 보이지 않았지만 그렇다고 걱정이 되지도 않았다.

여기는 엘리시온. 그들의 적은 이제 없는 곳이니까.

모든 게 너무 잘 풀리는 것 같다. 아슬란도 무사히 얻었고 곤한테 새로운 무공도 배웠다. 마나도 느꼈다. 내일부터는 마법도 배운단다. 와우!

휘익ㅡ!

토르는 경쾌하게 휘파람을 불었다.

연무장 가득 호쾌한 소리가 울려 퍼졌다.

이제까지는 알지 못하던 새로운 세상이 느껴진다.

헤르미나 덕분에 엘리시온을 충만하게 채운 마나의 흐름이 너무도 실감나게 느껴졌던 것이다.

자신의 몸에서도 활력 넘치는 뜨거운 마나가 느껴진다.

곤이 가르쳐 준 내공과는 좀 다르다. 그리고 좀 비슷하다. 외부의 기운을 내부의 힘으로 전환하는 게 곤이 가르쳐 준 방법이라면, 마나는 외부의 힘을 몸을 매개로 이용하는 거랄까? 토르가 느낀 마나의 사용법은 그런 것 같았다. 잘하면 무공에도 응용할 수 있을 듯했다.

새로운 걸 알게 된 기쁨에 히죽 웃고 있는데 갑자기 코크라의 음성이 들렸다.

「어이, 바보.」

'뭐? 내가 왜 바보야! 마나도 단번에 느꼈다구!'

「그런 게 아냐. 넌 정말 하나를 보면 두 번째, 세 번째는 아예 보질 못하는구나.」

'응? 내가? 아닌데? 하날 배우면 둘, 셋도 금방 배우는걸?'

「답답한 놈. 너 오늘 실수한 거야.」

'내가? 내가 뭘?'

「말 안 해줄란다. 난 좀 더 즐길 거리가 필요하거든?」

그 말을 끝으로 코크라는 아무 말도 하지 않았다.

도대체 무슨 소리야? 내가 뭘 실수해?

'코크라!'

토르가 불렀지만 대답 안 한다. 몇 번을 불러도. 답답한 나머지 큰 소리로 외쳤다.

"야! 코크라―!"

연무장이 응응 울렸으나 코크라는 한껏 좋았던 토르의 기분만 꽉 망쳐 놓고는 다신 대답하지 않았다.

대신 다른 목소리가 토르를 불렀다.

"누굴 부른 거야?"

토르는 흠칫 놀라 번개같이 몸을 돌렸다.

갑자기 마나의 흐름이 급격해진 걸 느꼈던 것이다. 누군가 마법을 썼다.

아는 사람. 아니, 아는 엘프였다.

토르의 인상이 구겨졌다.

여기서 절대 보고 싶지 않던 엘프를 단둘이 만나게 되고 말았다.

라나였다.

라나는 엘리시온에 돌아온 후로는 더 이상 모자를 써서 긴 머리카락과 얼굴을 감추지 않았다.

대신 그녀는 따뜻한 엘리시온에 어울리는 간편한 복장을 하고 있었다. 이곳에 있는 모든 엘프들이 입는 것처럼 너울거리며 짧은 요상한

옷이다. 늘씬한 다리가 훤히 다 보인다.

"또 그런 얼굴이네?"

라나가 걸음을 옮겨 토르에게 다가왔다. 그녀의 얼굴엔 엷은 호기심이 깔려 있었지만 적의는 보이지 않았다. 그것이 토르는 더 불편했다.

토르는 고개를 돌리며 딱딱 끊어지는 말투로 물었다.

"내 친구들 어디 있는지 몰라?"

바닥을 보고 있는데 라나의 발이 보였다. 토르가 고개를 돌린 쪽으로 몸을 옮겼나 보다.

"나 보면서 물어보면 말해줄게."

토르는 자신도 모르게 어금니를 물었다.

목소리까지 비슷할 필요는 없는데…….

나나의 목소리와 너무 닮았다. 처음 들었을 땐 왜 몰랐을까……?

토르는 서서히 고개를 들어 라나를 바라보았다.

파란 눈동자 속에 자신의 얼굴이 비친다. 그 눈을 다시 보리라곤 생각하지 못했는데…….

그리움과 슬픔이 뒤섞여 토르의 목소리는 착 가라앉고 말았다.

"이제… 말해줘."

라나는 눈도 깜박이지 않고 토르의 눈을 마주 보았다.

아나테라는 여자는 말해줄 듯하다가 이유를 말해주지 않았지만 확실히 토르가 자신을 피하는 데는 뭔가 이유가 있는 것이 틀림없었다.

그러나 감히 물을 수 없었다.

라나는 이제까지 성인 엘프들의 눈빛이 가장 슬프다고 생각해 왔다. 대륙 탈주의 기억을 가진 엘프들은 모두 슬픈 눈을 하고 있었다. 그런데 이 토르라는 운명의 해방자는 더 슬픈 눈으로 그녀를 보고 있었다.

바라보기만 해도 가슴 한구석이 무너져 내리는 것만 같은 아주 이상한 눈빛이었다.

라나는 토르의 물음에 대답하지 못했다. 뭔가에 홀린 것처럼 멍하니 토르를 볼 수밖에 없었다. 토르도 다시 묻지 않았다. 토르 역시 라나의 눈을 바라보고만 있었다.

그 정적은 쾌활한 목소리에 의해 깨어졌다.

"야, 토르! 왔구나!"

커트와 함께 디오스가 연무장에 모습을 드러냈던 것이다.

토르는 재빨리 라나를 외면하고 디오스를 향해 걸어갔다. 약간 과장된 명랑한 음성이 울렸다.

"오! 디오스! 너 많이 배웠어? 난 많이 배웠다? 하하하!"

라나는 디오스를 흘겨보았다.

뭔가 알 수 있을 것만 같은 느낌이었는데. 뭔가 따스하고 간지러운 느낌이 들었지만 아주 좋은 기분이었는데. 저 인간이 깼다. 쳇!

커트는 디오스와 나란히 서서 유쾌하게 웃었다.

"하하! 토르, 여왕 폐하께 많이 배운 모양이군. 걱정 말게나. 디오스도 아주 많이 배웠지. 하하하!"

커트는 디오스에게 꽤 만족한 듯 디오스의 어깨에 다정스럽게 팔을 둘렀다.

"내 생각보다 아주 훌륭한 소질이었어. 마법과 검술을 섞어 쓰는 것도 꽤 익숙하고. 조금만 가르치면 함께 연습할 맛이 나겠어. 하하."

디오스는 자신보다 약간 큰 커트에게 안긴 채 툭 옆구리를 쳤다.

"이봐, 커트. 벌써 연습 상대로 쓰겠다구? 날 죽이려고 작정했나? 엘프가 마법에 능하다는 말은 들었지만 창을 쓰며 마법을 응용하는 건 정말 처음이라구. 내가 아까 얼마나 놀랐는지 알아?"

토르는 굉장히 친해 보이는 디오스와 커트가 보기 좋아 크게 웃음을 터뜨렸다.

"아하하. 처음엔 그렇게 안 친하더니 이젠 친해졌구나! 잘됐어! 잘됐어! 아하하하!"

디오스가 토르를 보며 어깨를 으쓱했다.

"그럼! 나도 꽤 괜찮은 마법사한테 마법을 배웠는데 커트는 정말 좋은 선생이라구! 얼마나 자세하게 가르쳐 주는지 정말 도움이 많이 되고 있어. 마나를 느끼는 것부터 다시 가르쳐 줬다니까! 내가 배운 건 커트가 가르쳐 준 것에 비교하면 정말 대강대강 배웠던 거라니까!"

토르의 얼굴이 갑자기 딱딱하게 굳었다.

마나를 느끼는 걸 배워? 커트한테?

토르는 잘못 들은 것 같아 다시 물었다.

"저… 디오스, 정말 커트한테 마나를 느끼는 걸 다시 배운 거야? 그런 거야?"

목소리마저 떨려 나왔다.

토르는 디오스의 과거를 떠올렸다. 남자들의 성노리개가 된 걸 치욕으로 여겼다는 디오스의 그 처참한 과거를. 그때 배웠지 않은가. 남녀는 하는 게 가능해도 남자끼린 아니라는 걸. 아니… 가능하긴 하지만 그건 정말 혐오스럽고 구역질나고 제대로 된 남자라면 떠올려서도 안 된다고 누차 듣지 않았던가……!

그런데 커트에게 마나를 느끼는 법을 배웠단다.

토르는 거의 완전히 벌거벗은 디오스의 위에 커트가 다 비치는 얇은 옷을 입고 앉아 꼭 끌어안고 있는 광경을 떠올릴 수밖에 없었다.

마나를 느끼는 방법은 그거라고 헤르미나가 분명히 말해줬지 않은가!

거기다 그냥 앉아서 안는 게 아니잖아!

꼭 끌어안고 허리를 돌려야 하는 거잖아! 허리를! 가슴도 막 비벼야 한다고! 가슴도!

토르는 간절히 빌었다. 디오스의 말을 잘못 들은 것이길.

디오스가 대답했다.

"어! 내가 말했잖아! 커트한테 다시 배웠다고! 정말 굉장했어! 와우!"

"와우!"

토르도 디오스처럼 와우라고 외쳤다.

그 말 말고는 다른 말은 해줄 수도 없었다.

디오스에게서 고개를 돌린 토르는 다시 한 번 '와우' 라고 입모양만 벌려 소리쳤다. 온 인상을 와락 찌푸린 채로.

어쩐지 둘이 너무 다정하더라.

그렇게 사이 안 좋더니 너무 갑자기 친해졌더라.

그게 다 벗고 온몸을 비벼서 그런 거야? 그런 거야?

우욱…….

가까스로 얼굴 표정을 수습하고 다시 고개를 돌리니 커트와 디오스는 아직도 서로 어깨를 부둥켜안은 채 나란히 어깨동무를 하고 서 있었다.

진짜… 다정해 보인다.

토르는 급히 고개를 돌렸다.

친구에 대한 예의가 뭔지 아는 토르는 대놓고 '우욱!' 이라 할 수는 없었다.

디오스가 저렇게 좋아하지 않는가.

하지만 온몸에 소름이 돋는 것만 같았다. 으으……! 떠올리기도 싫다. 저 건장한 디오스와 커트가 다 벗고 꼭 끌어안고… 커트가 위에서 허리를 돌리고… 디오스 가슴에 저 두터운 가슴을 비비고…….

더 이상 참을 수 없었던 토르는 디오스가 못 보게 몸을 돌리고 온 얼굴을 왕창 찌푸렸다.

"와우!"

찡그린 얼굴을 어떻게든 수습해 보려 노력 중인데 커트의 목소리가 들렸다.

"오늘은 꽤 알차게 보낸 하루였으니 마무리를 술로 하는 게 어떻겠나? 모두 같이 가서 한잔하지?"

"술?"

한껏 땀을 흘린 터라 토르도 목이 말랐다. 얼른 몸을 돌렸다.

'켁!'

아직도 둘이 껴안고 있다. 뭐가 그리 좋은지 실실 웃으며 서로 가슴을 툭툭 치기까지 하면서. 왜 쳐도 꼭 젖꼭지가 있는 데를 치는 거냐!

그런데 갑자기 디오스가 토르를 끌어당겼다.

"헉!"

토르는 자신도 모르게 헛바람을 들이켰다. 디오스가 만지는 게 너무 싫다. 싫어, 디오스! 싫다구!

그렇다고 매정하게 손을 뿌리칠 수나 있나, 친구 사이에?

디오스는 토르의 어깨에 팔을 두르고 다정한 얼굴로 미소 지었다.

"그래, 토르. 한 잔 빨자. 이렇게 기분 좋은 날 술이 빠지면 안 되지.

으하하하!'

'됐거든?'

토르는 슬쩍 몸을 틀며 디오스의 품에서 빠져나오려 시도했다.

정말… 너무너무 징그럽다.

그런데 디오스는 토르를 놔줄 마음이 없나 보다. 토르의 머리칼에 얼굴을 비비기까지 한다.

디오스!

하지만 입으로 나오는 말은 최대한 자제한 어투였다. 친구만 아니면 정말 패버렸을 텐데!

"디, 디오스, 알았으니까 이 손 풀어. 나 땀 많이 흘렸거든? 찜찜하잖아."

"하하. 어때? 친구 사이에? 우리 같이 목욕할까?"

'컥!'

"시, 싫어!"

토르의 목소리가 너무 컸나 보다.

디오스와 커트가 눈을 크게 뜨고 왜 그러냐는 듯 토르를 본다.

라나도 의아한 듯 보고 있다.

토르는 꿀꺽 침을 삼켰다. 라나 앞에서 이 추잡한 사실을 폭로할 수는 없었다. 이건 친구의 체면 문제다!

어쩔 수 없이 토르는 디오스의 허리를 꽉 껴안으며 외쳤다. 눈을 질끈 감고서. 친구의 즐거움을 때로는 외면해 주자! 에잇!

"난 술부터 먹을 거야! 사나이가 한 번 하기로 했으면 그거부터 해야지! 목욕은 나중에 하면 돼! 술이나 마시러 가자!"

"오우! 역시 우리 토르는 사나이야!"

"하하하! 가지!"

커트와 디오스는 토르를 양쪽에서 끼고 질질 끌 듯 걸어가기 시작했다.

토르의 표정은 잔뜩 일그러져 있었다. 잔뜩!

왁자지껄 떠들며 커트의 처소로 사라져 가는 토르와 디오스, 커트를 보며 라나는 연무장에 홀로 서 있었다.

커트가 함께 가자고 말했지만 갈 수가 없었다. 발이 떨어지지 않았다.

토르가 어색한 표정을 지으며 질질 끌려가듯 걷는 게 영 이상하긴 했지만 그들은 정말 다정해 보였다. 그들과 잘 어울리는 커트가 부럽기만 했다.

라나는 그들 사이에 끼어들 수 없었다. 힐끗 돌린 토르의 눈에서 간절한 거부의 뜻을 읽어버렸던 것이다. 푸른 눈동자가 흔들리며 미간이 일그러져 있었다. 그 얼굴을 보고는 도저히 함께 갈 엄두가 나지 않았다.

멀어지는 그들을 보며 라나는 아쉬움을 느꼈다. 포옥 한숨을 쉬었다.

"왜지? 내가 왜 이러지?"

그때였다.

공간이 흔들리며 갑자기 아나테가 모습을 드러냈다.

라나는 고개를 들고 아나테를 보았다.

아나테가 물었다.

"왜 같이 안 갔어요?"

아나테의 물음에 라나는 씁쓸한 미소를 띠며 고개를 흔들었다.

"제가 함께 가는 걸 바라지 않는 것 같더군요."

토르의 일그러진 표정을 오해한 라나는 가슴을 찌르는 낯선 고통에 고개를 갸웃거렸다.

라나를 보는 아나테의 시선은 가라앉아 있었다.

'아직 사랑을 모르는구나……'

자신이 토르에게 끌리고 있다는 것을 이해하지 못하는 표정이다. 아나테는 언뜻 혼란을 느꼈다. 지금 토르에게 필요한 건 상처를 다독여 주고 이해해 줄 따스한 여자였지, 막 사랑을 배우려는 풋내기가 아니었다. 그런 여자는 처녀 좋아하는 디오스에게나 어울릴 것이다.

라나와 토르가 잘되도록 도와야 할지 말아야 할지 아나테는 망설이고 있었다.

잠시 라나를 관찰하던 아나테는 고개를 끄덕였다.

'일단 어떤 엘프인지 알아보자.'

곤에 대한 생각을 하지 않으려면 어딘가에 마음을 쏟아야 한다. 이미 토르에게 가르칠 것은 정리를 끝낸 상태였다. 아나테는 라나에게 남은 시간을 투자해 보기로 했다.

"그럼 나랑 한잔할래요?"

라나는 아나테를 바라보다 고개를 끄덕였다.

말 같은 거 필요없다 : *Chapter 32*

A tome of this nature is usually guarded magically— manifesting itself, more often than not, in a protective or magical trap.

side view of key

separated view

firetrap

his chapter begins with the spell lists of the spellcasting classes and the list of cleric domains and the spells associated with each domain. An ᴹ or ꜰ appearing at the end of a spell's name in the spell lists denotes a spell with a material or ... ... that is not normally included

ing a particular spell. A creature with no classes level equal to its Hit Dice unless otherwise spe word "level" in the spell lists that follow alwa caster level.

Spell Effects and Conditions: If a spell can ject or subjects to be affected by one or more ... ... incorporeal, invisible, or stu

곤은 토르에게 심안(心眼)을 가르쳤던 밀폐된 연공실에 홀로 앉아 묵상 중이었다.

곤이 번쩍 눈을 떴다.

불빛 한 점 안 들어오는 깜깜한 곳이었으나 곤의 눈빛은 형형하게 빛났다. 그러나 그 눈빛은 고통에 차 있었다.

나직한 목소리가 새어 나왔다.

"자그레브……."

자그레브가 곤의 꿈속에 나타나 한 말이 그동안 줄기차게 곤을 괴롭혀 왔다.

"그대의 신념은 그대의 세계에서만이 아니라 이 세계에서도 유효하다는 것을 떠올리시오. 그대가 버린 신념 말이오."

"예엣?"

"잊지 마시오. 세상을 구하겠다는 신념은 그대의 세계에만 국한된 것이 아니오. 이 세계도 간절히 그대를 원하고 있소이다."

곤은 지그시 어금니를 깨물었다.

다 버렸다 생각했다. 다 잊었다 생각했다. 그것이 운명이라 생각했다.

사부는 곤에게 뜻을 심어주었고 의기를 가르쳤다. 아무것도 아닌 고아였던 곤에게 사부는 세상을 살아갈 동기를 주고 신념을 주었다.

그 신념에 따라 곤은 살았다.

명분을 드높이고 원칙을 지켰다. 정파 연합이 결성되었을 때 곤은 그들의 선봉이었다.

처절한 혈투의 연속이었다.

침상에 편하게 누워 자본 것이 언제인지도 몰랐다. 진격의 나팔 소리가 울려 퍼지면 곤은 누구보다 먼저 일어나 검을 쥔 채 달려나갔고 적들의 심장에 검을 꽂았다.

마침내 기나긴 전쟁을 승리로 끝내고 평화가 찾아왔을 때 곤에게 돌아온 것은 배신의 칼이었다. 정혼녀인 사매와 친아우처럼 아꼈던 사제의 통정. 그리고 죽음.

곤은 자신이 이미 죽었다 생각하고 옥스칼토네 대륙에서 살았다.

죽은 자에게 신념 따윈 필요없었다.

최소의 협의를 지키는 것으로 자신의 원칙을 한정했다.

세상을 비웃고 세상에서 멀리 떨어져 살기를 원했다. 이렇게 부토처럼 살다가 먼지처럼 사라지면 그만이라 생각했다.

'그런데⋯⋯.'

곤은 주먹을 불끈 쥐었다.

자그레브는 그에게 정면으로 옥스칼토네 대륙을 보라고 말하고 있었다.

세상을 구하겠다는 신념은 이곳에서도 유효하다고 말하고 있었다. 이 세계가 간절히 원하고 있는 바라면서.

솔직히⋯ 끌린다.

곤은 알고 있다.

자신이 대의명분에 따라 목숨을 걸고 모든 것을 바쳐 싸울 때 가장 살아 있는 기쁨을 느낀다는 것을. 곤은 그렇게 키워진 인간이었고 그런 자신의 내면을 잘 알고 있었다.

아무리 강한 자와 대결을 하더라도 신념에 따라 모든 것을 계획하고 실행하는 기쁨에는 비길 수 없었다.

'내가 헛된 영웅 망상에 빠져 있는 것인가⋯⋯.'

곤은 고개를 흔들었다. 영웅이 될 생각 따윈 애초에 없었다. 그가 원한 것은 순결한 명분과 당당한 실천, 그리고 그 속에서 산화하는 전사다운 죽음뿐이었다.

곤은 스스로 묻고 또 물었다.

며칠이 지났는지 알 수 없었지만 시간의 흐름도 잊고 자신에게 묻고 또 물었다.

이제 알고 있었다.

감정이 무엇을 요구하는지는 분명했다.

목숨을 바칠 정당한 대의명분이 있다면⋯ 그것을 이 옥스칼토네 대륙에서도 세울 수 있다면⋯ 해보고 싶었다. 하나를 위해 모든 걸 바치는 뜨거운 삶을 다시 한 번 살아보고 싶었다. 그것이 곤이 원하는 바였다.

곤은 스르르 몸을 일으켰다.

더 이상 생각할 것은 없었다.

곤은 연공실의 문을 열어젖혔다.

빛나는 햇살이 곤의 몸을 비추었다.

2

며칠 동안 아나테와 라나는 꽤 친해져 있었다.

그동안 아나테는 라나에 대해 꽤 많이 파악할 수 있었다. 세상에 부대끼며 정면으로 파도를 헤치며 살아온 아나테에게 이제 갓 사랑에 눈을 뜨려는 엘프의 심리를 들여다보는 것은 그리 어려운 일이 아니었다.

아나테가 본 라나는 침착하고 상냥하지만 뜨거운 열정을 감추고 있었다. 언제 그 열정이 폭발할지는 알 수 없었지만 가슴속 깊이 묻어둔 것은 분명했다.

라나는 대륙에서 이곳으로 엘프들이 옮겨온 이후 새로 태어난 엘프라 한다. 그런데도 그녀의 내면엔 인간에 대한 증오와 뿌리 깊은 불신이 숨어 있었다. 토르가 운명의 해방자가 아니었다면 그들에게도 마음을 열지 않았을 것이다.

'겪어보지 않은 것에 대한 증오라……'

연무장에서 활쏘기 연습을 하는 라나를 보며 아나테는 조용히 고개를 저었다.

선대로부터 전승된 알지도 못하는 것에 대한 증오란 서글프기 짝이 없었다. 라나의 실체를 알 수 없는 모호한 침착함은 바로 거기에서 비롯된 것인 듯했다.

아나테는 며칠간 라나를 관찰한 후 결론을 내린 후였다.

아직 사랑과 이성에 대해 잘 알지 못한다는 것이 흠이었지만 토르의 상대로 모자람이 없었다.

죽은 나나와 닮았다는 것도 잘하면 강점이 될 수 있을 것이다.

계기만 살짝 주어진다면 나나에게 쏟았던 토르의 감정을 고스란히 라나에게로 돌릴 수 있을 것이다. 나나와 라나가 서로 다른 존재라는 걸 토르가 분명히 인식한다면 말이다.

활쏘기를 잠시 멈춘 라나가 아나테를 보며 손을 흔들었다.

아나테도 마주 흔들어주며 웃었다.

'이러니까 꼭 며느리 고르는 엄마 같군.'

라나 덕분에 엘리시온에 대해 많은 걸 알게 되기도 했고, 곤에 대한 생각도 잠시나마 떨쳐 버릴 수 있었다.

그리고 무엇보다 라나라는 존재 자체가 호감을 주었다. 오랜만에 만난 괜찮은 여자였다.

그때 가라앉은 목소리가 뒤에서 들렸다. 아나테는 온몸이 굳는 것을 느껴야 했다.

"아나테, 토르와 디오스는 어디 있지?"

곤이었다.

아나테는 잘끈 입술을 깨물고는 서서히 몸을 돌렸다.

곤의 얼굴은 초췌했다. 며칠 동안 아무것도 먹지 않고 연공실에 틀어박혀 있었으니 그럴 만도 했다. 그러나 곤의 눈빛은 형형하게 빛나고 있었다.

"곤……."

아나테는 곤의 빛나는 눈이 두려웠다.

무언가 중대한 결심을 한 것이 틀림없었다. 저렇게 결의에 차 빛나는 곤의 눈은 한 번도 본 일이 없었다.

'무슨 생각을 그렇게 오래 한 거지? 뭘 정리한 거지?'

아나테는 곤에게 물어볼 수 없었다.

무슨 대답을 해도 두려운 건 마찬가지였다.

"아나테, 널 사랑한다. 오르스는 이제 잊어."

"아나테, 널 잊기로 했다. 오르스를 구하는 데 최선을 다하자."

둘 중 어떤 말에도 기뻐할 수 없을 것 같았다.

오르스에게 미안했다. 곤에게도 미안했다. 디오스에게도 미안했다. 아나테는 자신이 너무 뻔뻔한 여자가 아닐까 여러 차례 되뇌었지만 어쩔 수 없었다. 감정이 멋대로 흐르는 걸 아나테 자신도 막을 수가 없었다.

"둘 다 마법을 익히고 있어요."

어느새 다가왔는지 라나가 곤의 물음에 대답해 주었다. 아나테는 대신 대답해 준 라나가 너무 고마웠다.

곤은 라나를 향해 짧게 물었다. 아직도 곤의 눈은 형형하게 빛나고 있었다.

"수련 성과는?"

"토르는 여왕님이 따로 가르치셔서 잘 모르겠어요. 디오스는 커트 말에 의하면 엄청나게 늘었다고 하던데요?"

라나는 이 곤이란 사람에게도 관심이 많았다.

아나테의 말에 의하면 토르에게 가장 영향력이 큰 사람이 이 사람이라 했다. 아무것도 모르던 토르의 인성에 가장 큰 영향을 주었고 토르가 가장 많이 닮은 사람이라 했다. 자연스레 관심이 갈 수밖에 없었다.

아직 토르에 대한 마음은 잘 모르겠지만 궁금한 게 많은 아이인 건 틀림없었다. 토르에 대해 더 많이 알고 싶었다. 아나테는 가장 중요한 얘기, 토르가 왜 자신을 피하는지에 대해서는 아직도 말해주지 않았다. 이 사람이라면 해줄 것 같았다.

그러나 곤은 라나가 듣고 싶은 이야기를 나눌 기회는 주지 않았다.

"먼저 디오스부터 봐야겠군. 어디 있지?"

"커트의 처소에요."

"가지, 아나테."

곤은 짧게 말하곤 몸을 돌렸다. 라나는 너무 말이 없는 곤에게 어떻게 하면 말을 시킬까 궁리하며 걸음을 옮겼다.

아나테는 곤의 뒷모습을 바라보다가 휴우 한숨을 쉬곤 따라나섰다.

'디오스에게 무슨 말을 하려는 건 아니겠지? 그건 너무 잔인한 일이야, 곤……'

아나테는 자신이 곤에게 듣고 싶은 대답이 무엇이라는 걸 미리 정하고 생각하고 있다는 것을 미처 의식하지 못했다.

셋은 연무장을 떠나 커트의 처소로 발걸음을 옮겼다.

3

디오스를 본 곤은 깜짝 놀랐다.

벌써 몇 년이란 시간이 흘렀지만 디오스와 검을 섞어본 적이 있었다. 날카롭고 실전적이기는 했지만 곤을 위협할 정도의 검은 아니었다.

그런데 달랐다.

커트의 창에 맞서는 디오스의 래피어는 약속된 대련을 하고 있다지만 이전과는 날카로움과 실린 힘 자체가 달랐다. 반응 속도와 치밀함은 곤도 놀랄 정도였다.

"호~"

아나테도 놀란 듯 디오스를 바라보고 있었다.

무엇이 저렇게 디오스를 달라지게 했는지 궁금했다. 디오스의 성격상 생명이 걸리지 않은 수련 따위에 저렇게 열심이라는 건 믿기 힘들었다. 그 게으른 디오스가.

짝짝짝짝~

아나테의 상념은 곤의 박수에 깨졌다.

라나와 함께 온 두 사람의 존재를 보고 커트가 대련을 중지했기 때문이다.

곤은 디오스에게 치하를 보냈다.

"대단하네. 사별삼일괄목상대(士別三日刮目相對)로군."

"또 자네 동네 말인가? 무슨 뜻이야?"

"진정한 무사는 삼 일만 보지 않아도 엄청난 성장을 할 수 있다는 말

이지. 지금의 자네에게 딱 맞는 말일세."

"하하. 그런가?"

이마에 돋은 땀방울이 싱그럽다.

디오스의 이런 활기찬 웃음은 정말 오랜만에 보는 것이었다. 토르와 장난을 치며 시시덕거릴 때와는 전혀 다른 매력이 묻어 나왔다.

커트가 다가와 곤과 인사를 나누는 동안 아나테는 디오스에게 물었다.

"어떻게 된 거야?"

"뭐가?"

"너무 갑자기 늘었잖아?"

"아… 그거? 좋은 친구를 둔 덕이지 뭐. 게다가 가르치는 방법이 정말 색달라. 마법과 무기술을 함께 쓰는 새로운 방법을 참 많이 배웠지. 방금도 그냥 검술만 사용한 게 아니야. 미리 메모라이징해 둔 마법을 캐스팅없이 응용한 거라구. 중간중간 마법을 쓴 건 너도 몰랐지?"

사실이다.

커트와 격렬하게 공방을 주고받는 동안 마법을 사용했다는 건 디오스를 오랫동안 알아온 아나테조차 깨닫지 못했다. 디오스의 말이 사실이라면 마검사로서 디오스는 엄청난 성장을 한 것이 틀림없었다.

하지만 뭔가 이상해.

아나테는 열정적인 디오스의 눈을 보며 고개를 갸웃거렸다.

그녀가 알던 디오스가 아니었다. 디오스가 무엇인가에 열정을 보여? 여자나 술이 아닌 다른 것에? 이거 이상하네……

"이상한데?"

"뭐가?"

"너답지 않잖아. 연습에 이렇게 열중하다니⋯⋯. 넌 실력없는 놈이나 연습한다고 늘 말했잖아. 실력도 별로인 주제에. 뭔가 다른 이유가 있지? 이렇게 열심히 하는 이유가 뭐야?"

"아하하⋯⋯. 아니테. 사람은 변하기 마련이라구. 나도 토르에게 뭔가 도움이 되고 싶어. 게다가 생각하지도 못한 경지야. 그냥 검술 중간에 귀찮은 주문을 길게 외워대다 파이어 볼이나 때려내는 거랑은 차원이 다른 방법이라구. 마법을 모르는 놈들은 절대 마법을 쓰는지 눈치도 챌 수 없는 새로운 방법이야. 이런 새로운 경지에 기사라면 누구나 흥분하는 거 아니겠어?"

장황하게 말하는 게 더 수상했다.

뭔가 있군.

그때 곤이 디오스에게 말을 걸었다.

"커트에게 들었어. 조금 전 시연한 대련이 정말 마법을 섞어 쓴 건가? 사실이라면 대단한데? 난 전혀 낌새를 못 느꼈네."

디오스가 얼른 곤에게 다가갔다.

"그럼 정말이지! 이젠 자네랑 붙어도 힘없이 지진 않을걸?"

곤은 미소를 띤 채 디오스의 어깨를 두드렸다.

"지금 토르에게 함께 가보세. 모두에게 할 말이 있네."

"그래? 그러지, 그럼."

곤과 디오스, 커트가 앞에 서고 아나테와 라나가 뒤따랐다.

디오스는 남몰래 이마에 흐르는 땀을 닦았다.

'과연 아나테야.'

들킬 뻔했다. 정말 날카롭다.

하지만 낌새를 들켜선 안 된다.

이렇게 필사적으로 마법을 익히는 것이 엘프 여왕 헤르미나를 꼬시기 위한 전초전이란 걸 들켜선 절대 아니 된다. 아나테가 알면 디오스의 여성 편력을 들먹이며 또 초를 칠 수도 있다.

아니… 지 거도 아닌데 왜 방해는 하냐고! 사랑은 받아주지 않으면서 왜 남의 게임은 망치는 거냐고!

연애는 게임, 사랑은 지고지순.

이건 디오스의 철칙이다.

진정한 사랑은 한 명에게 바치는 것이 기사의 순정이다. 하지만 연애란 게임이다. 즐길 수 있을 때 즐겨야 하며 승부욕을 느끼는 대상은 철저히 접수해야 한다.

헤르미나를 볼 생각에 디오스는 벌써부터 즐거웠다.

헤르미나는 커트에게 마법을 배울 것을 권하며 디오스에게 특별한 관심을 기울였다.

토르를 직접 가르친다고 하긴 했으나 토르가 어디 디오스의 상대가 되나? 토르는 아직 풋내 나는 애송이야! 여자 경험은 있다지만 그것도 한 명! 키스마왕이라는 게 좀 걸리지만 녀석은 아직 첫사랑의 실패에서 벗어나지 못했으니 걱정없어!

디오스는 알고 있었다.

귀족일수록 그들의 성생활은 화려하고 끈끈하며 뜨겁고 변태적이라는 것을. 엘프 여왕 헤르미나의 기품도 밤의 침대에서는 완전히 변할 것이 틀림없었다.

'나한테 분명 관심을 보였어. 정말 은밀한 관심이었지. 틀림없이 고수일 거야. 나도 고수로서 응대해 주지. 기다리시오, 헤르미나! 음하하하하!'

마검사로서 얼마나 성장했는지 보여주면 헤르미나도 그를 달리 볼 것이 틀림없었다. 디오스는 알고 있었다. 남자의 땀 냄새가 여자에게 때로 얼마나 지독한 유혹이 될 수 있는지를. 지금이 그녀에게 모습을 드러낼 절호의 찬스였다.

디오스의 발걸음은 기대에 차 씩씩하기만 했다.

4

"하앗!"

화르르르르~

헤르미나의 아공간 전체가 활활 불타올랐다.

토르가 만들어낸 파이어 필드였다. 아공간이 아니라 밖에서 사용했다면 엘리시온의 절반은 불에 태울 만한 엄청난 화염이었다.

토르는 마치 불의 마법사라도 된 것처럼 폭죽처럼 불러일으킨 파이어 필드를 단숨에 꺼버리고 뒤를 돌아보았다.

"아하하하! 헤르미나! 봤어?"

헤르미나는 쌩긋 웃으며 고개를 끄덕였다.

굴곡 어린 몸매를 감춘 간편한 복장이었다. 하지만 감추어도 감춰지지 않는 것이 있는 법. 어떤 복장을 해도 헤르미나의 늘씬하면서도 풍염한 몸매는 다 가릴 수 없을 듯했다. 여왕의 상징인 호화로운 망토를 걸치지 않아서일까? 가린 듯했지만 다시 보면 눈이 갈 몇몇 곳은 오히려 더 자주 눈이 가는 옷이다.

하지만 토르에겐 효과가 없다. 헤르미나는 그것이 고민스러웠다.

'너무 빨리 배우시고 있어. 큰일인데……'

아공간에서 한바탕 울고 나서 새롭게 마음을 다진 헤르미나는 3단계 작전으로 넘어간 후였다.

관심을 보이지 않고 은근히 애태우는 수법으로 넘어갔던 것.

지금 입고 있는 옷도 그 일환으로 세심하게 고른 옷이었다.

토르와 많은 시간을 보낼 테니 꽤 효과적인 방법이라 생각했던 것인데 계산 착오였다.

둔해도 이렇게 둔할 수가 없다.

알아도 모른 척하는 걸까? 도통 헤르미나를 여자로 보는 눈치가 아니다.

하지만 알면서도 모르는 척하는 건 아닌 게 확실하다. 헤르미나의 의도를 알았다면 '하지 마!' 라고 강경히 말했을 토르였다. 그 말을 안 하는 걸 보면 전혀 눈치를 채지 못하고 있다.

여자 경험이 있는 건 분명한데… 이렇게 둔해가지고 어떻게 사랑을 해본 거야!

속은 부글부글 끓고 있었지만 헤르미나의 웃음엔 그런 티가 조금도 나지 않았다.

토르가 다가왔다.

"헤르미나, 이제 공격 마법 중에 더 가르쳐 줄 건 없어?"

"아직… 많죠."

"그래? 빨리 가르쳐 줘!"

헤르미나는 새로운 고민에 휩싸였다.

사실 가르칠 게 이제 많지 않았다.

마나를 의식하기 시작한 토르는 놀라운 속도로 각종 마법을 익혀가고 있었다. 특히 화염 마법에 대한 적응력은 놀라울 정도였다.

신이 드래곤에게 내린 축복 때문일까?

캐스팅 같은 복잡한 과정은 토르에게 필요없었다. 캐스팅이 필요없으니 그저 뜻을 일으키고 마나를 재배치해 주는 것으로 토르는 마법을 쓸 수 있었다. 마나를 배열시켜 응집과 폭발을 노리는 공격 마법을 토르는 너무나 자연스럽게 익혀가고 있었던 것이다.

이제 토르에게 가르칠 것이라곤 파괴력이 너무 엄청나 아공간 안이나 엘리시온에선 시험해 볼 수 없는 공격 마법들밖에 남지 않았다.

아마 그것도 너무나 수월하게 익혀 버릴 것이다.

마나의 복잡한 배열과 응용을 단번에 외워 버리는 걸 보면 절대 머리가 나쁘지 않건만……. 왜 그쪽으로만 둔한 것일까?

헤르미나의 상념은 토르의 질문에 깨어졌다.

"왜? 이제 아는 거 없어?"

"아뇨. 없다뇨? 아직 많아요. 토르님은 화염 계열 마법은 몇 개만 더 익히시면 되지만 그 밖에도 익히셔야 할 마법은 많죠. 드래곤 황제들을 상대하시려면 익히실 게 많아요."

"그럼 빨리 하자. 나 배우는 거 좋아."

이를 드러내며 싱긋 웃는 토르의 모습이 너무 매력적이다.

살짝 배인 땀 냄새가 어떤 향수보다 감미로워 헤르미나는 토르와 떨어져 있고 싶지 않았다. 이렇게 둘만의 시간이 영원히 계속되었으면 싶었다.

그때였다.

헤르미나는 살짝 미간을 찌푸렸다. 여왕과 알현을 요청하는 알람이

울린 것이다.

"누가 찾아왔나 봐요."

"그래? 그럼 갔다 와. 난 헬파이어나 한 번 써볼게."

잠시 귀를 기울이던 헤르미나는 고개를 저었다.

"커트예요. 곤이란 분이 뵙기를 청한다는군요. 토르님도요."

"뭐, 곤? 그럼 가야지!"

토르의 얼굴빛이 완전히 변한다. 얼마나 반가워하는 표정인지…….

곤이 남자라는 걸 뻔히 알지만 질투의 감정이 솟구칠 지경이다.

"그렇게 그분이 좋으세요?"

"그럼! 곤은 친구인걸! 나한테 친구라고 처음 말해준 친구!"

"저는요?"

"너? 음… 하하하. 그렇구나. 너도 내 친구구나! 아하하하!"

'친구 같은 게 되고 싶은 게 아니라구요…….'

헤르미나는 내심 한숨을 쉬었으나 그래도 어딘가? 친구라고 해주는
게.

"고마워요. 저도 친구로 붙여주셔서."

"하하. 친구끼린 고맙다는 말 하는 거 아냐."

토르는 헤르미나의 팔뚝을 툭툭 쳤다.

"빨리 곤한테 자랑해야지! 마법 쓸 줄 아는 거 알면 진짜 놀랄 거
야!"

"호호. 모두 놀라실 거예요. 인간이나 엘프처럼 캐스팅 과정을 거칠
필요가 없으니까요. 메모라이징을 하지 않아도 곧바로 마법을 쓰실 수
있잖아요. 역시 드래곤!"

헤르미나는 장난을 치듯 윙크를 하며 엄지를 치켜 올렸다. 다른 이

들 앞에선 여왕의 품위를 지키기 위해 절대 안 하는 동작. 이 또한 헤르미나의 작업 중 하나였다. 당신은 내게 특별하다는 은밀한 힌트다. 물론, 먹힐 거라곤 애당초 기대도 안 했지만.

'응?'

아무 기대도 안 하고 한 동작인데 토르의 얼굴이 갑자기 굳는다.

'이거 먹힌 거야? 겨우 이런 게? 이제 아신 거야? 이제?'

토르는 딱딱하게 굳은 얼굴로 헤르미나의 손을 꽉 붙잡았다. 헤르미나의 가슴이 동동 뛰었다. 부끄럽다는 듯 슬쩍 손을 뺄 듯하지만 고도의 힘 조절을 해 잡힌 손을 완전히 빼진 않았다. 살짝 허리를 틀며 얼굴을 붉혔다.

"헤, 헤르미나……."

"……예에?"

가장 자신있는 각도인 왼쪽 45도 얼굴 틀기를 선보이며 헤르미나는 살짝 눈을 깔았다. 토르가 헤르미나보다 키가 컸다면 완벽한 스킬이 되었을 텐데.

토르의 푸른 눈이 흔들린다.

'빨리 말하세요! 빨리!'

너무나 기대했던 순간이라 헤르미나는 하마터면 재촉을 할 뻔했지만 속눈썹을 파르르 떠는 스킬로 욕망을 억눌렀다.

"어, 어쩌지?"

"……뭘요?"

조금 이상했지만 이성의 마음에 대해선 워낙 무지한 토르인지라 헤르미나는 살짝 물었다. 하지만 돌아온 대답은 헤르미나의 기대를 산산이 부숴 버렸다.

"어, 어떻게 하지? 내 친구들은 내가 드래곤이었다는 걸 몰라. 알려 주면 나중에 말실수를 해서 내가 죽여야 할지도 모른다구! 기억 다 찾을 때까지는 절대 안 가르쳐 줄 거란 말이야! 어, 어쩌지? 캐스팅없이 마법 쓰는 건 드래곤뿐이라며? 곤은 틀림없이 마법 얼마나 배웠는지 보여달라고 그럴 건데. 어쩌지? 헤르미나, 어쩌지?"

헤르미나는 콩콩 뛰던 심장이 싸늘하게 식는 걸 느꼈다.

겨우 그런 걱정이었단 말예요? 겨우?

당신… 나한테 얼마나 잔인해질 작정이죠? 얼마나!

어쩌나 화가 났는지 긴 귀가 온통 새빨갛게 달아올랐다.

품었던 기대가 컸던 만큼 실망이 분노로 변하는 속도도 빨랐다.

헤르미나는 토르의 손을 털어냈다. 어쩌나 짜증이 나던지 엄청나게 빠른 속도로 쏘아붙였다.

"뭘 그런 것 갖고 걱정하세요? 마법을 쓰긴 전에 아무 말이나 적당히 지어서 하세요. 그리고 나서 마법명을 외치시면 되는 거예요. 하나도 안 어렵죠?"

"무, 무슨 말을 하면 돼? 어떻게 지어? 좀 지어줘."

"그냥 나오는 대로 하세욧!"

헤르미나가 갑자기 쌀쌀맞게 대하자 당황한 건 토르였다.

'내가 뭐 잘못했나?'

"헤르미나, 내가 뭐 실수한 거 있어? 왜 그래?"

"그런 거 없어요."

어쩌나 싸늘한 말투인지 꼭 얼음물을 뒤집어쓰는 기분이 들었다. 토르도 아주 눈치가 없는 건 아니라서 헤르미나의 기분이 나쁘다는 건 금방 파악했다. 문제는 이유였다.

'뭔가 잘못했구나. 뭐지?'

이유도 모르는데 화풀이 대상이 되는 건 불쾌하다. 하지만 토르는 꾹 참고 물었다. 헤르미나도 이제 친구였다.

"친구끼리 왜 그래? 내가 뭘 잘못했으면 잘못했다고 말해줘야 알지. 다짜고짜 화만 내면 어떻게 해?"

"화난 거 아니에요."

"났잖아."

"안 났어욧!"

이럴 때야말로 키스를 해줄 때라는 걸 토르는 몇 번의 경험으로 알고 있었다. 헤르미나가 친구라는 게 맘에 걸리긴 했지만 지금 그런 걸 따질 때가 아니었다. 프쉬케한테도 써먹어봤지만 화내는 여자한테는 키스만한 게 없었다. 아직 이성에 대한 관점이 정립되어 있지 않은 토르에게 키스는 작업의 시작이 아니라 그냥 키스일 뿐이었다. 하면 서로 기분 풀리고, 화도 풀리고, 분위기 좋아지는.

와락.

토르는 갑자기 헤르미나의 허리를 끌어안고 상체를 눕혔다.

"뭐, 뭐…… 으읍!"

헤르미나는 토르의 등을 콩콩 두드리다 마침내 끌어안았다.

정열적이고 감미로우면서 뜨거운 키스가 한동안 이어졌다.

헤르미나의 온몸이 풀리고 발가락이 있는 대로 오므라들 무렵, 토르의 강력한 키스가 끝이 났다.

"하아, 하아……."

헤르미나는 열린 동공을 하고서 토르를 바라보았다. 정말 엄청난 키스였다.

토르는 싱긋 웃었다.

아무 말도 하지 않았다. 말 같은 거 필요없다는 걸 토르는 경험으로 알고 있었다.

헤르미나의 몸을 바로 세워주고 부드럽게 등을 쓰다듬어 주었다.

"이제 밖으로 나가자."

"예……."

헤르미나는 순한 양처럼 변해 있었다.

'토르님, 드디어 제 맘을 알아주셨군요. 드디어. 오늘밤 찾아가겠어요. 토르님…….'

토르와 손을 잡고 아공간 밖으로 텔레포트하며 헤르미나는 뜨거운 꿈을 꾸었다.

"곤!"

토르는 한달음에 달려가 곤의 목을 끌어안았다.

곤도 빙긋 웃으며 토르를 안아주었다. 디오스가 슬쩍 토르를 흘겨보았다.

"난 안 보여?"

"디오스! 아나테! 다 온 거야? 아하하하!"

토르는 디오스와 아나테도 얼싸안았다.

한 덩이가 된 네 사람을 보며 커트는 빙긋 웃었고 라나와 헤르미나는 묘한 아쉬움이 담긴 눈으로 네 사람을 보고 있었다.

웃음소리와 안부를 묻는 말들이 한차례 오고 간 후 네 사람은 떨어졌다.

곤은 침착한 태도로 헤르미나에게 포권을 취했다.

"토르에게 가르침을 주셔서 정말 감사합니다."

헤르미나는 웃으며 손사래를 쳤다.

"천만에요. 토르님은 운명의 해방자이신걸요. 당연히 도와드려야죠."

토르가 아닌 다른 사람들과 있을 때는 어디까지나 여왕으로서의 품위를 절대 잃지 않는 헤르미나였다. 지금도 너무나 기품이 넘치는 모습이지 않은가.

디오스는 뜨거운 눈으로 헤르미나를 힐끔 바라보았다.

몸매가 환히 드러난 헤르미나의 옷을 보며 디오스는 남몰래 침을 삼켰다.

'역시 대단하네. 와우! 들어갈 데는 확 들어가고 나올 데는 팍팍 나왔어! 몸매 진짜 착하네! 역시!'

디오스는 한 걸음 앞으로 나섰다. 바람이 부는 방향을 세심히 계산해 헤르미나의 앞에 선 디오스는 엘프식 인사를 우아하게 건넸다.

"여왕 폐하, 보내주신 호의 덕분에 이 디오스, 새로운 경지에 눈을 떴습니다. 감사 인사 드립니다."

헤르미나는 디오스에게서 풍기는 땀 냄새를 피하기 위해 살짝 걸음을 옮겨 역시 우아하게 답례했다.

"천만에요. 그대 역시 토르님의 친구 분, 그대들 모두 우리 엘프들의 친구이신걸요."

디오스는 고개를 들었다.

정면이 아니라 살짝 왼쪽으로 이동한 헤르미나의 매력적인 45도 옆얼굴이 보인다. 이 각도는 꾼들이라면 누구나 아는 각도 아니던가!

'내게 마음이 분명 있어!'

디오스는 쾌재를 불렀다. 디오스에게 예쁘게 보이기 위해 작업 각도를 시전한 것이 틀림없었다.

엘프 여왕의 애인이 되어 안락한 생활을 누릴 미래가 환히 보여 디오스는 마구 웃음을 터뜨리고 싶었다. 하지만 디오스가 누구던가! 디오스는 헤픈 웃음을 터뜨려 작업 대상의 호감을 추락시킬 풋내기가 아니었다.

'참자! 작업은 이제부터야!'

라나가 여왕의 상징인 망토를 가져오자 헤르미나는 어깨 위에 망토를 둘렀다. 상당 부분 유혹적인 굴곡이 가려지자 디오스는 아쉬움에 내심 고개를 흔들었다.

'쟤 정말 눈치없네? 10점 감점!'

토르 거라 생각해서 잘 봐주려 했는데 말이야!

디오스는 라나를 살짝 흘겨보고는 몸을 일으켰다.

'이제 사나이의 진짜 매력을 보여주어야 할 때지!'

디오스가 다음 작업의 수순을 위해 멋진 마법 시범을 보여주려 할 때였다.

방해꾼으로 전혀 생각도 하지 않았던 곤이 초를 쳤다.

"토르, 마법을 얼마나 배웠지? 보여줄 수 있겠니?"

'이런! 곤!'

디오스는 휙 고개를 돌려 곤을 바라보았다.

디오스의 다급한 눈짓에 곤은 전혀 반응하지 않았다. 둘만 있으면 이젠 익숙해진 입모양 대화라도 하겠건만!

토르의 목소리가 들린다. 조금 주저하는 목소리다.

"여, 여기서? 내가 배운 건 대부분 파괴력이 큰 공격 마법인데?"

"조금만이라도 보여줘. 내가 상대하지. 꼭 보고 싶구나."

이러다간 남성미를 과시할 기회를 놓친다구! 여왕과 만날 기회가 그리 흔한 줄 알아?

디오스는 냉큼 한 걸음 앞으로 나섰다.

튀어야 한다! 무조건!

"토르, 내가 상대해 주마. 나도 그동안 열심히 익혔거든?"

토르가 마법만 쓴다면 절대적 자신이 있었다.

마법 배운 지 이제 일주일도 안 되었다. 그동안 늘어봤자 얼마나 늘었겠어?

토르는 눈을 깜박이며 디오스를 바라보았다. 정말 곤란한 표정이었다.

"그래, 토르. 나도 보고 싶어. 네 수준을 알아야 네크로맨서 마법을 어떻게 가르칠지 결정할 거 아냐. 수준에 맞춰서 몇 가지 방법을 생각해 뒀거든?"

아나테까지 나서자 더 이상 피할 방법이 없었다.

토르는 너무 곤란했다.

마법 보여주는 거야 하나도 어려울 게 없지만 캐스팅 주문이 문제였다. 헤르미나가 마법을 쓸 때 뭐라 말하는 걸 듣긴 했지만 엘프 어라서 한마디도 못 알아들었다. 알아들을 필요도 없었다. 토르는 캐스팅없이 마법을 쓸 수 있었으니까.

그때 헤르미나의 감미로운 목소리가 머릿속에 울렸다.

"걱정 마세요. 아무 말이나 하시면 되실 거예요. 같은 마법이라도 학파에 따라 캐스팅 주문은 전혀 다르거든요. 제가 토르님에게 맞게 주문을 짜드렸다고 할 테니 아무 걱정 마세요. 나오는 대로 말씀하세

요. 나중에 기억만 하면 되세요."

토르는 헤르미나의 배려에 감사하며 고개를 끄덕였다.

'암 말이나 하면 된다 이거지? 나중에도 기억해서 똑같이 써먹어야 하니까 너무 길어도 안 되겠고. 하지만 너무 주문 같지 않아도 안 되잖아! 패왕금강결에 나오는 말로 할까? 그럴듯한 말 많잖아? 아니, 아니. 곤이 이상하게 생각할 거야. …에잇! 모르겠다! 어차피 내 맘대로 말하면 되는 건데 뭐!

토르는 숨을 깊이 들이쉬고 넓은 홀의 가운데로 섰다. 천장이 워낙 높고 규모도 방대한 홀이라 웬만한 마법쯤은 시연해도 상관없을 듯했다.

디오스가 절도있는 걸음으로 나와 토르의 앞에 섰다.

"토르, 처음 사람들 앞에서 마법 쓰니까 긴장할 수도 있을 거야. 하지만 걱정 마라. 내가 멋지게 받아줄 테니까. 무슨 마법을 쓸 거지?"

"화염 마법이야."

"화염 마법? 그럼 난 아이스 실드를 써야겠구나. 화염 마법도 여러 가지잖아? 어떤 걸 쓸 거냐?"

토르는 자신만만한 디오스의 얼굴을 바라보다 은근히 부아가 치미는 걸 느꼈다.

저 눈빛을 좀 봐봐!

꼭 애 취급 하는 표정이잖아! 너, 그렇게 자신있어?

디오스는 토르를 내려다보며 입꼬리를 한쪽만 올린 채 웃고 있었다. 아무리 봐도 비웃는 표정이다. 저런 얼굴을 보고 승부욕이 끓지 않으면 남자가 아니다!

확 헬파이어를 써?

아니다. 주문만 배운 메테오를 처음 써봐?

디오스는 헤르미나를 슬쩍 보고는 더욱 어깨를 활짝 폈다. 여기서 확실히 뭔가 보여줘야 한다는 듯.

"마나 느낀 지 일주일 정도니까 이제 파이어 에로우나 파이어 볼 정도를 쓰겠지? 뭘로 할래?"

턱짓을 하는 디오스를 보며 토르는 으득 하고 이를 갈았다.

불화살을 날리는 파이어 에로우나 불덩이를 던지는 파이어 볼은 헤르미나에게 맨 처음 배운 화염 마법이었다. 헤르미나의 말에 따르면 기초마법이라 했다.

이제 확실하다.

디오스가 지금 나 무시하고 있다!

토르는 디오스의 눈을 똑바로 바라보며 한자한자 끊어 말했다.

"파. 이. 어. 에. 로. 우. 로. 할. 래."

디오스는 아직도 토르의 기분을 파악하지 못했다. 그럴 수밖에. 지금 디오스의 온 신경은 헤르미나에게 가 있으니까. 그래서 디오스는 하면 안 되는 말을 하고 말았다.

"파이어 에로우? 에이, 기초 중 기초 아냐? 멋지게 보여야 하는데. 파이어 필드나 헬파이어 같은 건 할 줄 몰라? 내가 멋지게 막아줄게."

"몰. 라."

"쩝. 하긴 일주일 만에 그런 고급 마법을 할 수 있겠냐? 수식 외우는 것도 무지 어려울 텐데. 할 수 없지 뭐. 그럼 준비하자."

"좋. 아."

디오스는 토르에게서 멀찍이 떨어져서 캐스팅을 하기 시작했다.

"무엇으로도 녹일 수 없고 무엇으로도 깰 수 없는 방패의 현신이여.

아이스 실드ㅡ!"

토르는 그런 멋진 말을 떠올릴 정도로 침착하지 않았다. 디오스의 무시에 무지무지 화가 났기 때문에. 그래도 캐스팅을 가장해야 한다는 건 잊지 않아 토르도 몇 마디 뱉어냈다.

"토르가 명령한다. 나와!"

고오오오ㅡ

토르의 주위에 삽시간에 불꽃이 피어올랐다.

라나가 고개를 갸웃거렸다.

"커트, 저런 캐스팅도 가능해요? 그냥 '나와!' 하니까 알아서 파이어 에로우가 나오네요? 저런 거 본 적 있어요?"

커트도 놀랐는지라 고개를 흔들 뿐이었다.

"아니. 나도 처음 봐. 여왕님이 가르치셔서 그런가?"

곤과 아나테의 시선도 헤르미나를 향했다.

헤르미나는 뜨끔했다.

'토르님! 너무했어요! 조금은 주문다운 걸 외우셔야죠!'

헤르미나는 재빨리 염두를 굴렸다. 빨리 토르를 변명해 주어야 했다. 자신이 드래곤이었다는 사실은 철저히 감춰야 한다고 신신당부했던 토르가 아니던가. 더구나 토르는 키스까지 해주며 자신의 연정을 받아주었다.

헤르미나는 여왕으로서 정치력을 발휘하며 다년간 다져온 순발력을 유감없이 발휘했다.

"호호. 캐스팅 과정을 압축시키는 특별 마법을 걸어드렸어요. 캐스팅 과정이 너무 길다고 지루해하시길래. 운명의 해방자께 그 정도는 해드려야죠."

아나테가 헤르미나에게 사의를 표했다.

"여러모로 신경 써주시니 정말 고맙군요."

"아뇨. 호호. 이제 대결에 집중하죠. 저도 성과를 보고 싶네요."

아나테는 웃는 얼굴로 고개를 끄덕이면서 한편으로는 팔찌를 곤에게 건넸다.

곤이 팔찌를 차자 아나테의 생각이 들렸다.

'역시 드래곤의 힘인가 보지? 캐스팅도 필요없나 봐. 대단하네.'

"그렇군."

전음으로 짧게 대답한 곤은 토르와 디오스를 바라보고만 있었다.

아나테는 살짝 원망스러운 눈으로 곤을 보다가 시선을 돌렸다. 그녀도 토르가 얼마나 늘었는지 진심으로 궁금했기 때문에. 하지만 헤르미나의 무언가에도 신경이 쓰였다. 뭔가 아나테의 신경을 건드렸기 때문이다.

'뭔가 감추고 있어. 뭐지?'

"오호. 제법인데?"

이미 아이스 실드를 완벽하게 펼쳐 놓은 디오스는 토르의 실력을 여유만만하게 칭찬했다. 한 번에 여섯 개의 파이어 에로우를 차례로 만들어내다니 정말 제법이다.

'이제 날려 보내면 정말 멋지게 막아주마! 그러면 헤르미나 여왕은 내 엄청난 성장에 단번에 반할 거야. 음하하…….'

그런데… 불꽃의 수가 점점 늘어난다. 처음엔 여섯 개였는데 점점 불어난다. 저거, 저거… 100개도 넘어 보이잖아!

그제야 보인다. 토르의 머리카락이 곤두서 있었다. 눈동자도 빨간색이다.

'저 녀석 화났잖아?'

디오스는 그제야 토르의 상태를 깨달았지만 분위기 파악이 너무 늦었다.

토르의 거센 일갈이 터졌다.

"파이어 에로우!"

쒜애애애액—!

디오스는 경악에 빠져 눈을 있는 대로 크게 떴다. 보이는 건 온통 활활 불타오르는 불화살의 바다다. 마치 해일처럼 파이어 에로우 공격이 밀려들었다.

한꺼번에 100개도 넘는 파이어 에로우를 날리다니! 니가 무슨 대마법사냐? 넌 이제 일주일 배운 놈이잖아! 아, 아차! 얘 드래곤이었지?

헤르미나의 미모에 취해 잊어선 안 될 걸 잊고 말았다.

'제엔장! 임마! 형님 작업 너도 방해할래?'

챙—

아이스 실드만으로는 도저히 안 될 것 같아 디오스는 래피어를 뽑아 들었다.

미리 아이스 블레이드 마법을 메모라이징해 둔 덕분에 래피어에는 얼음의 속성이 부여되어 있었다.

마침내 파이어 에로우의 거센 해일이 디오스의 실드와 정면으로 맞부딪쳤다.

콰콰! 치칫—치치치치칫—

엄청난 충격이 아이스 실드를 뒤흔들었다.

파이어 에로우의 대부분은 아이스 실드에 녹아버렸지만 쏘아 보낸 양이 너무 많았다.

아이스 실드가 점점 얇아지더니 마침내 뚫어지고 말았다.

아나테가 한 발 나서 토르에게 외치려는 것을 곤은 한 팔로 막았다.

"곤! 저건 너무 심한 공격이잖아! 말려야 해!"

곤은 아나테를 보지도 않고 말했다. 곤의 시선은 디오스에게 고정되어 있었다.

"저 정도도 못 막으면 앞으로 디오스는 한 사람 몫을 할 수 없을 거야."

"곤!"

"디오스의 성장을 믿어보자."

곤의 눈은 한 점 흔들림도 없었다.

아나테는 당황했다. 아나테가 알던 곤은 이런 무리한 대결은 무조건 말리고 보는 사람이었다. 너무 담담하게 가라앉은 곤의 눈빛은 마치 다른 사람의 눈빛 같았다.

'곤, 너 왜 그래?'

그때, 디오스의 엄청난 고함 소리가 홀을 뒤흔들었다.

"하아아아—"

디오스의 래피어가 춤을 추었다. 어찌나 빠른 찌르기였는지 몇십 자루의 래피어로 한꺼번에 찌르기를 하는 것처럼 보였다. 아이스 마법이 걸려 하얗게 빛나는 래피어가 실드를 뚫고 들어오는 파이어 에로우와 정면으로 부딪쳐 춤을 추었다.

치치치치칫—

엄청난 수증기가 피어올랐다. 파이어 에로우가 실드를 파괴하며 뿜어낸 수증기와 얽혀 디오스 주변이 온통 증기에 휩싸였다.

하지만 곤의 날카로운 눈은 수증기를 꿰뚫고 디오스의 래피어가 움직이는 궤적을 정확히 볼 수 있었다.

파이어 에로우의 측면과 사각을 쳐 튕겨내고 떨어뜨리는 눈부신 래피어의 움직임을 곤은 똑똑히 보았다. 곤의 입가에 미소가 떠올랐다.

'확실히 성장했군.'

토르가 일으킨 파이어 에로우의 불길이 너무 거세 단 한 개의 불화살도 맞지 않았지만 디오스의 온몸엔 그을음 자국투성이였다.

옷이 불타오르고 머리카락이 눌어붙는데도 디오스는 한 걸음도 물러서지 않고 이를 악문 채 래피어를 휘둘렀다.

곤은 진정 만족했다. 헤르미나 앞에서 못난 꼴 보일 수 없다는 디오스의 절박함은 몰랐지만 그 물러서지 않는 투지에 곤은 감탄했다.

"하아, 하아."

마침내 파이어 에로우의 공격을 모두 막아내고 디오스는 가쁜 숨을 몰아쉬었다. 아이스 마법으로 몸에 붙은 잔불도 모두 꺼뜨린 후였다.

짝짝짝짝짝~

"대단하네! 디오스! 대단해! 토르!"

박수 소리와 함께 곤의 칭찬이 들렸지만 디오스는 이상한 얼굴로 다가오는 토르부터 보았다.

디오스는 진정 섭섭했다. 니가 이렇게 배신을 때릴 줄이야! 내 작업을 니가 방해해?

하지만 난 막아냈어! 그것도 한 걸음도 물러서지 않았다구! 생전 처음 보는 무지막지한 파이어 에로우 공격이었는데도! 음하하하!

토르는 디오스에게 주춤주춤 다가와 말을 걸었다. 아까처럼 화난 표정이 전혀 아니었다.

"디, 디오스… 진짜… 미안해…….."

아, 뭐라고 막 화를 내주려고 그랬는데. 다른 녀석도 아니고 토르가 사과를 하니 디오스의 마음, 진짜 약해졌다. 여기서 구시렁거리는 모습을 보여 헤르미나에게 점수를 잃을 순 없었다. 방금 그 엄청난 공격도 뒤로 물러서지 않고 격퇴하는 위용을 보였지 않은가! 너그러운 사내의 매력도 보여주자!

"하하! 괜찮아, 토르. 우린 친구다. 미안하다는 말은 하지 말자. 우리끼리 뭐가 미안해?"

"지, 진짜?"

"그럼! 내가 언제 한 번 한 말 물리데?"

"아, 알았어. 디오스, 복구되려면 시간이 좀 걸리겠지만 괜찮긴 할 거야. 디오스는 원래 잘생겼으니까."

"으하하하. 그럼, 그럼!"

디오스는 어깨를 으쓱하고는 토르와 함께 곤들에게로 걸어갔다.

그런데 뭔가 좀 이상하다.

그를 바라보는 표정들이 하나같이 이상했다.

곤과 커트, 헤르미나는 좀 참는 표정이었지만 아나테와 라나는 대놓고 깔깔거린다.

디오스는 너무 이상해서 물어보았다.

"뭐, 뭐야? 왜 그래? 내 얼굴에 뭐 묻었어?"

"아니. 묻은 게 아니라 없어졌어."

대답을 한 아나테가 아예 허리를 꺾고 웃기 시작한다.

그제야 뭔가 잘못되었다는 것을 안 디오스는 서둘러 래피어에 자신의 모습을 비춰보았다.

순간 디오스는 얼어붙듯 굳어버렸다.

그의 자랑인 탐스러운 머리카락, 언제나 바람에 찰랑대던 머리카락이… 볼품없이 타서 눌어붙어 있었다. 꼭 소똥을 이겨 머리에 붙여놓은 것처럼 보인다.

더 치명적인 것은… 한쪽 눈썹도 타서 없어져 버린 것이었다. 짝눈썹… 이었다.

"컥!"

디오스는 털썩 그 자리에 무릎을 꿇고 말았다. 헤르미나와 함께 할 거라 꿈꾸던 안락한 미래가 멀리멀리 춤추며 사라지고 있었다.

에잇! : *Chapter 33*

A tome of this nature is usually guarded magically—
manifesting itself, more often than not, in a protective
or magical trap.

side view
of key

separated view

firetrap

his chapter begins with the spell lists of the spellcasting
classes and the list of cleric domains and the spells associ-
ated with each domain. An ᴹ or ꟻ appearing at the end of a
in the spell lists denotes a spell with a material or
is not normally included

ing a particular spell. A creature with no classes
level equal to its Hit Dice unless otherwise sp
word "level" in the spell lists that follow alwa
caster level.
   Spell Effects and Conditions: If a spell ca
ject or subjects to be affected by one or more
incorporeal, invisible, or stu

"디^{오스~}"

토르가 다정스럽게 불렀지만 디오스는 꿈쩍하지 않았다.

한입으로 두말 않겠다고 말까지 한 후라 토르에게 화를 낼 수는 없었지만 그래도 정도 문제지! 이게 뭐야? 짝눈썹이라니! 대륙 제일의 꽃미남을 자처하는 이 디오스가 짝눈썹이라니!

"야아~ 디오스~"

획!

디오스는 토르가 눈앞으로 얼굴을 내밀자 몸을 돌려 외면했다.

"쿡쿡."

아나테가 입을 막고 웃는다.

젠장! 하필 눈썹 없는 쪽 얼굴을 아나테 있는 데로 돌렸다. 아무리 웃겨도 그렇지! 그렇게 대놓고 웃나!

디오스가 눈을 흘기자 아나테는 아예 배를 잡았다. 라나도 몸을 돌리고 웃음을 막느라 난리다. 너까지 웃냐!

"오호호호!"

디오스는 계속 웃는 아나테에게 퉁명스럽게 물었다.

"그렇게 웃기냐?"

"미안해, 디오스. 안 웃으려고 했는데 너무 웃겨. 지금 네 표정 네가 직접 못 봐서 그래. 꼭 화장하다 불나서 뛰어나온 술집 여자 같다니까? 큭큭큭."

"뭐야?"

"보면 너도 웃을 거야. 훗! 디오스, 제발 얼굴 좀 돌려줘. 그래야 안 웃지."

아나테는 아주 눈물까지 글썽이며 웃는다.

디오스는 상처 입을 뻔했다. 아무리 마음 깊이 사랑하는 아나테라지만 웃어도 너무 크게 웃는다. 너무 크게.

그때 헤르미나가 말을 건넸다.

"저… 제가 좀 가려 드릴까요? 머리를 이용해 가리면 괜찮을 거예요."

오!

디오스는 빙글 몸을 돌려 헤르미나의 손을 꽉 부여잡았다.

"정말 감사합니다. 내 그대의 호의를 잊지 않겠소이다."

착 깔린 작업톤의 목소리는 정말 그럴듯했지만 얼굴은 전혀 그렇지 않은지라 헤르미나는 얼른 고개를 돌려 외면했다. 여왕의 체면으로 면전에서 침을 튀기며 웃을 수는 없지 않은가.

그런데 갑자기 아나테가 고꾸라졌다. 견딜 수 없다는 듯 배를 쥐고

바닥을 치며 웃어 젖혔다.

"오호호호! 디오스! 지금 넌 아무리 멋지게 말을 해도 웃기다니까!
제발 그만 좀 웃겨. 그만!"

"아나테!"

디오스는 뚜껑이 날아갈 뻔했지만 가까스로 진정할 수 있었다. 헤르
미나의 목소리 때문이었다.

"대강 손을 보도록 할게요."

헤르미나의 부드러운 손길이 머리카락을 어루만지는 것을 느끼며
디오스는 지그시 눈을 감았다. 마법을 쓰는지 알 수 없는 주문이 들려
왔다. 엘프 어인가 보다.

머리의 변화보다는 귓불을 살짝살짝 스치는 헤르미나의 손길에 더
신경이 쓰였다. 아… 그 부드럽고도 미묘한 따스함이란……. 귓불이
달아오른다.

아나테는 성격 그대로 마구 웃었지만 헤르미나는 절대 웃지 않았다.
처음 커트와 라나에게 마법을 배우라 권해줄 때처럼 호의에 가득 찬
따뜻함이었다. 디오스는 주먹을 불끈 쥐었다.

'그래! 아직 포기하기엔 일러! 여왕은 아직도 내게 마음이 있는 것이
야!'

"다 되었어요."

헤르미나의 손길이 떨어지자 아쉽기 짝이 없었으나 사나이 디오스
가 어찌 그런 티를 내리.

"검에 한 번 비춰보세요."

헤르미나의 말에 따라 래피어에 얼굴을 비춘 디오스는 사나이답지
않게 하마터면 비명 소리를 지를 뻔했다.

아아… 디오스의 자랑이던 출렁이는 머리칼이… 여자들보다도 곱고 찰랑이던 꽁지머리가 바가지 단발로 변해 있었다. 한동안은 바람에 흔들리는 머리칼의 자유를 느낄 수 없다는 사실에 디오스는 절망했다.

헤르미나의 조심스러운 목소리가 들린다.

"너무 많이 눌어붙어서… 많이 짧아졌네요. 얼굴 한쪽을 가리느라 길이를 많이 줄일 수밖에 없었어요. 맘에 드시나요?"

맘에 안 들어!

무조건 맡기는 게 아니었는데! 엘프의 미적 감각을 무조건 신뢰한 게 대실수야! 아아아아악─!

'저, 전체를 다 자를 필요는 없잖아? 얼굴 가릴 정도만 살짝 자르고 전체 길이는 그대로 둘 수도 있었다구! 눌어붙은 머리도 살짝살짝 날리면 되는데 이건 쌍둥쌍둥 막 잘랐잖아!

그러나… 그 말을 헤르미나에게 어찌 하겠는가.

여왕의 신분으로 직접 머리까지 다듬어준 호의가 어디 작은 것이겠는가.

평소 외모의 손상을 극도로 경계하던 디오스는 내심 피눈물을 흘리고 있었지만 사나이답게 꾹 참았다.

"고맙… 소."

"훨씬 사나이다워 보여요."

라나가 칭찬했지만 입에 발린 위로로 들렸다.

쿵! 넌 내 관심 밖이라구.

아나테의 목소리가 들렸다.

"그래, 디오스. 훨씬 마검사 같아. 강인해 보인다구. 네가 어떤 스타일은 안 어울리겠어?"

마지막 말이 조금 마음을 움직였다.

그래. 어떤 스타일이든 소화할 수 있는 게 나긴 하지.

디오스 모르게 아나테의 손짓을 받은 곤과 토르도 차례로 디오스의 머리를 칭찬했다.

"디오스, 멋지네."

참으로 곤다운 멋대가리없는 칭찬에.

"와아~ 여자들이 눈에 불을 켤 거야. 짱 멋져, 디오스!"

토르의 오버.

점점 디오스의 기분이 좋아지려는데 헤르미나가 결정타를 먹였다.

"이 정도면 엘프라 해도 믿겠네요. 정말 정갈하면서도 말끔해 보여요."

오옷!

헤르미나의 칭찬에 완전히 기분이 업된 디오스는 빙글 머리를 휘저으며 짧아진 머리카락을 쓸어 올렸다.

"하하. 어찌 엘프의 미모에 비교를 하겠습니까?"

한껏 좋아진 기분으로 헤르미나를 보는데 그녀의 얼굴이 어째 이상하다. 터질 듯한 웃음을 가까스로 참는 표정이다. 헤르미나가 얼른 고개를 돌려 하늘을 본다.

토르와 라나, 커트도 비슷한 표정으로 딴 데를 보고 있다. 아나테는 아예 몸을 돌리고 있었고.

곤만이 멀쩡한 얼굴로 툭툭 디오스의 어깨를 쳤다.

"모두에게 할 말이 있으니 자리에 앉도록 하지."

그리고 곤의 전음이 잇따랐다.

"디오스, 방금 머리칼 쓸어 올릴 때 싹 타버린 자네 눈썹 자국이 보였다네. 눈썹 다 자랄 때까지는 절대 머리 쓸어 올리지 말게나. 정말 웃기네."

컥!

그, 그런 거였단 말이야?

디오스는 다시금 절망했다. 도대체 헤르미나한테 몇 번이나 추한 꼴을 보인 거냔 말이다! 아악! 내 찬란한 미래가~!

곤의 조용한 음성이 울리고 있었다.

"엘프의 여왕께도 여쭤볼 게 있소이다. 아울러 친구들과도 나누고 싶은 이야기가 있습니다."

디오스의 귀엔 물론 곤의 목소리가 제대로 들어오지도 않았다.

2

곤은 말을 마친 후 커트를 바라보며 물었다.

"커트, 자네 도움이 필요하네. 도와주겠는가?"

"뭐든지."

빙긋 웃는 커트의 얼굴은 신의에 차 있었다.

곤도 마주 웃었다. 곤의 웃음도 커트와 비슷했다.

"새 검에도 익숙해져야 하고 내 한계도 돌파해야 하네. 자네 도움이 필요해. 진짜 생사결에 가까운 대련이 필요하네."

"못다 한 승부를 낼 수 있겠군."

"어쩌면."

"좋아, 가세. 당장 시작하지. 얘기는 끝난 거겠지?"

곤이 고개를 끄덕이자 커트는 아직도 멍하니 앉아 푹 고개를 숙이고 있는 디오스를 잡아 일으켰다.

"자자~ 디오스. 셋이서 땀 흘리면 그깟 거 다 잊을 수 있을 거야. 뭣하면 내가 만들어주겠네. 눈썹 하나 없다고 그렇게 의기소침해 있나?"

"내, 내가 언제?"

눈을 끔벅이며 디오스가 일어나자 커트는 활달하게 짝 하고 디오스의 등을 치고는 여왕에게 경의를 표했다.

헤르미나가 고개를 끄덕이자 커트는 몸을 돌려 앞장서 걸어갔다. 곤과 디오스가 커트를 따라 나가자 아나테는 헤르미나에게 물었다.

"토르의 마법 수업은 언제 끝나죠?"

"끝이랄 게… 있을까요? 마법은 그리 쉽게 배울 수 있는 게 아니니까……."

아나테의 입가에 묘한 웃음이 걸려 있어 헤르미나는 조심스럽게 대답했다.

아나테는 단호하게 고개를 젓더니 손가락을 펼쳤다. 한 개였다.

"10일 안에 끝내주세요. 한 달밖에 시간이 없으니 저도 토르와 보낼 시간이 필요해요. 네크로맨서 마법도 쉬운 건 아니랍니다."

아나테의 압도적인 박력에 헤르미나는 찔끔했다. 어쩐지 그녀의 내심을 환히 들여다보는 것만 같은 아나테의 눈 때문이었다. 날카롭게 헤르미나를 응시하는 눈빛엔 어미 새의 당당함이 서려 있어 헤르미나는 거부할 수 없었다.

"예……."

"좋아요. 라나, 나를 도와주겠어요?"

"물론이죠."

라나가 힘차게 고개를 끄덕이며 일어서자 아나테는 라나의 어깨를 안은 채 토르와 헤르미나의 앞에 섰다.

"토르, 절대 한눈팔지 마. 알았니?"

"저… 아나테, 곤 왜 저래? 갑자기 너무 심각하잖아. 알 수 없는 얘기도 너무 많이 했고."

"마법 배우면서 틈틈이 여왕께 여쭤봐. 빨리 강해져. 알았니?"

"으응……. 그건 알겠는데, 곤 말이 너무 복잡했거든? 아나테가 좀 알려주면 안 돼?"

"여왕께서 제대로 이해 못 시켜주면 내가 알려줄게. 그동안 허튼 생각 하지 말고 마법이나 제대로 익혀. 딴생각하면 절대 안 돼. 모든 정신을 마법에만 쏟아. 알겠니?"

토르는 아나테가 하도 정신 집중을 강조하는 바람에 더 물을 수가 없었다. 왠지 모르게 꾸지람을 듣는 기분이라 기분이 묘했다.

'내가 뭐 잘못했나?'

묻기도 전에 아나테는 휙 몸을 돌려 떠났다. 라나의 어깨를 안은 손에는 힘이 들어가 있는 듯 파란 힘줄이 곤두서 있었다.

헤르미나와 둘만 남자 토르는 잠시 멍하니 앉아 있었다.

곤의 말은 너무 갑작스러웠다.

곤이 원칙을 따지는 사람이란 건 토르도 잘 알고 있었다. 고지식할 정도로 자기가 세운 원칙을 지키는 반면, 남에게는 너그러운 사내가 곤이었다. 그런 곤을 너무 좋아했고 닮고자 했던 토르였다.

그런데 오늘 곤은 많이 이상했다.

갑자기 헤르미나에게 대륙의 정세에 대해 꼬치꼬치 물었다. 그런 것엔 관심도 없던 곤이었는데.

힘을 키워야 하는 이유는 토르도 알고 있었다. 자그레브가 말해주었다. 곧 드래곤 황제들이 토르를 노릴 거라고. 곤들에게 정체를 말할 수 없어 이유를 설명하진 못했지만 토르 또한 최선을 다하고 있었다. 아직 기억은 나지 않았지만 자그레브의 말대로라면 그들은 토르를 죽이려고 했던 적들이다. 덤비면 토르는 죽인다.

하지만 명분이 필요하다는 곤의 말은 의문이었다.

명분? 그런 게 왜 필요한데? 덤비면 그냥 죽이면 되잖아? 실력이 모자라면 죽는 거고.

곤은 뭔가 심오하고 어려운 말들을 잔뜩 늘어놓았다. 대륙의 해방이니, 인간 해방이니, 모든 종족의 평화니 하면서. 그런 게 우리랑 무슨 상관이라구?

그러나 곤의 말을 끊고 물어볼 수도 없었다.

처음 들었다. 그렇게 열정에 차 있는 곤의 열변은. 곤이 그렇게 어려운 말을 자연스럽게 구사하며 기일게 말할 수 있는 달변가인 줄 토르는 처음 알았다. 그저 눈을 깜박일 수밖에 없었다.

어쩐지 곤의 모습에서 광채가 나는 것만 같았다. 그렇게 생동감 넘치는 모습은 정말 처음이었다. 완전히 다른 사람을 보는 것 같은 감동을 주었다. 곤은… 멋있었다.

"헤르미나, 곤이 한 말이 무슨 뜻이야?"

토르는 나직하게 물어보았으나 헤르미나는 머리를 짚고 지그시 눈을 감고 있었다. 무언가 깊은 생각에 잠긴 듯 토르의 말도 못 알아들은 것처럼 보였다.

어깨를 으쓱한 토르는 헤르미나에게 배운 화염 마법 중 아직 써보지 않은 것들을 머리에 떠올렸다.

'어디서… 메테오 한번 써먹어볼 수 없을까?'

그때 헤르미나는 실제 토르의 말을 못 들은 참이었다.

아나테의 의미가 불분명한 말들과 태도, 목소리……. 그러나 헤르미나는 아나테가 한 말의 속뜻을 분명히 알아들었다.

'경고한 거야. 토르님께 딴마음을 먹고 있다는 것을 알아차렸어. 너무 곤과 디오스에게만 신경을 쓴 건가? 아냐. 아나테에게도 라나를 붙여줬잖아. 할 만큼 한 건데……. 혹시 토르님을 좋아하나? 아냐. 그녀의 눈은 연적을 보는 눈은 아니었어. 꼭 어미 새 같은 눈이었지. 날 그냥 싫어하는 걸까? 어떻게 하지? 토르님의 친구인데. 그냥 무시해? 아님, 내 편으로 만들어? 내 편으로 만들기엔 늦은 거 아닐까? 어떻게 하지? 어떻게……?'

각자의 생각에 잠긴 채 헤르미나와 토르는 묵묵히 침묵을 지키고 있었다.

아나테는 그녀의 아공간에 들어와 주위를 둘러보는 라나에게 자리를 권했다.

"앉아요."

"예."

라나는 아나테가 권한 의자에 앉으며 힐끗 아나테를 바라보았다. 뭔가에 많이 흥분한 듯 보이는 아나테였다.

'왜지?'

디오스의 머리가 불탄 걸 보며 깔깔 웃던 아나테의 태도는 언젠가부

터 변해 있었다. 안 지는 얼마 안 되었지만 아나테가 얼마나 명확한 태도를 취하는 여자인지 라나는 잘 알고 있었다. 좋고 싫고가 정말 분명한 사람이라 감탄하던 차였기에. 라나 역시 비슷한 성격이었고 그래서 아나테가 인간임에도 마음에 들었던 터였다. 아나테처럼 표현도 확실하게 하지는 못하는 성격이지만 말이다.

라나는 조심스럽게 물어보았다.

"저… 뭐 언짢은 일이라도 있어요?"

아나테는 탁자에 술병을 엎어놓더니 벌컥벌컥 그걸 마셔 라나의 물음에 긍정으로 화답했다.

탕!

큰 소리가 날 정도로 술병을 내려놓은 아나테가 아득 이를 갈았다.

"세상에, 어쩜! 뭔가 감추고 있다 했더니, 흥! 흥!"

아나테는 진짜 흥분한 듯 이맛살을 잔뜩 찌푸렸다.

"왜… 그래요?"

"라나!"

"예?"

"토르 좋아요?"

너무 갑작스러운 질문에 라나는 찔끔했다.

토르에게 관심이 있는 건 사실이다. 하지만 연정의 대상으로까지는……. 엘프는 사랑에 민감한 존재다. 한 번 마음을 바친 상대에겐 그 상대가 죽을 때까지 마음을 주는 존재가 엘프였다. 그랬기에 신중해야만 했다. 그래서 아직 호감만 갖고 있었고 조심스레 관찰하는 중이었건만……. 아나테도 그 부분만은 직접적인 언급을 피해왔는데… 왜?

아나테는 활활 타는 듯한 눈으로 라나를 바라보며 와락 고함을 질렸다.

"좋냐고요? 망설일 때가 아니에요!"

"예?"

"여왕이 토르를 노리고 있어요."

"예에?"

"어쩐지 이상하다 했어요! 디오스에게 갑자기 잘해주길래 디오스에게 관심이 있나 보다 했는데 오늘 확실히 알았어요! 여왕은 토르를 노리고 있어요! 둘만 있을 때 무슨 수작을 부렸을지도……! 으으……! 당장 토르를!"

"차근차근 말씀해 주세요."

아나테는 너무나 차분한 라나의 목소리에 깜짝 놀랐다.

'내가 잘못 알았나? 토르를 좋아하는 게 아니었어?'

그러나 아나테는 자신이 잘못 본 게 아니라는 걸 곧 깨달을 수 있었다.

담담함을 유지하고 있었지만 라나의 입매는 꼬옥 고집스레 다물어져 있었다. 두 눈엔 힘이 들어가 잘 드러나지 않았던 불꽃같은 열정이 내비치고 있었다.

'이 앤 이렇게 화를 내는구나…….'

라나는 눈을 빛내며 아나테를 보고 있었다.

아나테는 흡족한 미소를 피워 올렸다.

'내가 토르의 짝을 잘못 고르진 않았군. 훌륭해.'

아나테의 차분한 목소리가 이어졌다.

열심히 듣는 라나의 손은 저도 모르게 주먹을 쥐어가고 있었다. 아주 꼬옥.

3

곤은 아슬란을 들고 커트의 앞에 서 있었다.

커트도 그의 은빛 창을 든 채 곤과 마주 선 채였다.

디오스는 둘의 대결을 지켜보고 있었지만 여전히 어깨는 축 처진 상태였다. 실의가 너무 컸다. 커트가 눈썹 만들어주겠다고 할 때 승낙할 걸. 너무 강한 모습 컨셉으로 나갔다.

커트와 곤은 그런 디오스를 보고 있지 않았다. 상대의 눈만을 응시하는 상태였다.

갑자기 커트가 빙긋 웃음을 지었다.

"사실 걱정을 많이 했네."

뜻밖의 말에 곤이 물었다.

"걱정? 무슨 말인가?"

"자네에게 토르님이 아슬란을 주어서 말이야. 자네가 아슬란을 쓸 수 있을까 걱정스러웠지."

묵묵히 응시하는 곤을 보며 커트는 탕하며 자신의 창을 손가락으로 튕겼다.

"무기는 전사에게 숙명과도 같지. 때론 어떤 여자보다 감미롭다네."

곤이 피식 웃으며 고개를 끄덕이자 커트는 말을 이었다.

"아직 아슬란을 뽑아본 적 없지?"

곤은 고개를 끄덕였다. 그랬다. 토르에게 검을 받고 아직까지 아슬란을 검집에서 뽑아 검무 한 번 추어보지 못했다. 시간이 너무 촉박했던 것이다.

"곤, 그 검은 보통 검이 아닐세. 성스러운 검이지. 신의 숨결로 만들었다 전해지는 검이야."

"알고 있네."

"아니, 아슬란에 대해 자네가 들은 건 아주 피상적인 소문뿐일 걸세. 중요한 건 그게 아니라네."

"그럼 무언가?"

"성검 아슬란은 주인을 스스로 정하는 검일세."

곤의 눈이 움찔했다.

마검 헬나이트와 비슷하다는 말인가? 하긴, 이 마법이 판치는 세계에서 성검이란 이름을 얻었다면 당연히 보통 검이 아니겠지.

커트의 목소리는 잔잔했다.

"성검 아슬란은 신념이 있는 자만이 뽑을 수 있는 검이라네. 굳은 신념이 있는 자가 아니면 그 검의 주인이 될 수 없지. 그래서 걱정했네. 자네가 그 검의 진짜 주인이 될 수 있을까 하고 말이야. 하지만 아까 자네의 말을 들으며 내 걱정은 사라졌네. 자네의 신념은 진짜네. 자넨 아슬란을 뽑을 수 있을 거야."

"신념이 있는 자만이……."

곤은 커트의 말을 따라 하며 왼손에 든 아슬란을 내려다보았다. 하얀 검집에 담긴 검신을 아직 곤은 한 번도 보지 못하고 있었다.

곤은 꿀꺽 침을 삼켰다.

'내 신념이 올바른 것인지, 그릇된 것인지 알 수 있겠구나……. 신의 시험인가……?

커트의 힘찬 목소리가 울렸다.

"자! 뽑아보게! 성검 아슬란에게 엘리시온을 보여주게나!"

곤은 힘차게 검자루를 잡았다. 곤의 손은 은은히 떨리고 있었다.

'나는 옳다!'

곤은 크게 되뇌며 아슬란을 잡은 손에 힘을 주었다.

스르르릉.

하얀 검신이 눈부시게 드러나기 시작했다. 검갑에 담겨 있던 아슬란의 검신에는 잡티 하나 묻어 있지 않았다. 찬란한 검광을 빛내며 천천히 모습을 드러낸 아슬란이 마침내 그 찬연한 광채를 온몸으로 흩뿌렸다.

"곤! 축하하네! 자네는 아슬란의 진정한 주인으로 인정받았네!"

커트의 낭랑한 축하 인사에도 곤은 눈을 돌릴 수 없었다.

시린 듯 맑디맑은 검신이 곤의 눈을 비추었다. 마음속까지 깨끗해지는 듯한 후련한 감정.

위이이잉—

곤은 그 순간 분명히 들었다. 성검 아슬란이 내뱉는 찬란한 검명을.

"아아……!"

가슴이 떨리고 있었다. 벅찬 감동의 불도가니였다. 사부에게 처음 진검을 받았을 때보다도 훨씬 더 세찬 떨림이 곤의 온몸을 질타했다.

온몸을 진동시키던 벅찬 희열은 절로 입을 뚫고 박차 날았다.

휘이이이이—!

호쾌한 휘파람 소리가 천둥처럼 울려 퍼졌다.

고개를 숙이고 있던 디오스가 휘파람 소리에 깜짝 놀라 곤을 바라보았다.

'곤…….'

디오스의 눈이 부드럽게 물결쳤다.

곤 같은 과묵한 사내가 스스로 흥에 겨워 휘파람을 부는 것은 흔히 볼 수 있는 광경이 아니었다. 디오스는 거듭된 쪽팔림도 까맣게 잊을 정도로 훈훈한 감동이 밀려드는 것을 느꼈다. 가슴이 따뜻해져 왔다. 아까는 정신이 없기도 했고 곤이 외치는 대륙 해방의 명분이란 게 딱히 마음에 와 닿지 않아 신경도 쓰지 않았지만 그런 건 아무래도 상관없었다. 곤이 휘파람을 불고 있었다.

붉은 산에서 아나테가 곤에게 마음이 있다는 것을 알고 질투에 눈이 멀어 떠나라 폭언을 퍼부었던 기억이 난다. 칼루토 호수에서 검을 건네주는 대신 곤의 가슴을 찌르고 싶었던 비겁이 떠오른다. 사내로서 너무나 질시를 불러일으켰던 곤, 친구라 생각하면서도 질투할 수밖에 없었던 다른 세계의 사내 곤, 그 곤이 지금 휘파람을 불고 있었다.

디오스는 벌떡 몸을 일으켜 취한 듯한 걸음으로 곤에게 걸어갔다.

격정적인 휘파람을 멈추고 곤은 디오스를 바라보았다.

"곤……!"

디오스는 곤의 어깨를 부여잡았다.

디오스의 얼굴엔 어느새 환한 웃음이 피어 있었다. 곤도 웃고 있었다.

어깨를 잡은 손에 힘이 들어갔다.

턱.

곤도 디오스의 어깨를 힘차게 잡았다.

디오스는 왠지 뜨거운 것이 가슴속에서 치밀어 오르는 것에 당황했지만 그래도 입을 열었다.

"곤… 축하하네."

그 말밖에는 할 수 없었다.

곤에 대한 미움과 미안함, 그에게 가질 수밖에 없는 경외와 존경, 우정과 믿음을 몇 마디 말로는 다 표현할 수가 없었다. 곤은 그 짧은 말속에 포함된 무수한 말들을 알아들었을까? 디오스의 눈에 비친 곤은 언제나처럼 믿음직한 모습으로 담담하게 웃고 있었다.

"고맙네."

곤의 대답도 짧았다.

그러나 디오스는 곤이 자신이 하고픈 말을 다 알아들은 것 같다는 묘한 감동에 젖었다.

한동안 깊은 침묵 속에서 바라만 보던 곤이 씨익 묘한 미소를 지었다. 그리고 곤은 커트에게 고개를 돌렸다.

"커트, 아무래도 대련은 좀 미뤄야겠네."

곤과 디오스를 흐뭇한 시선으로 바라보던 커트는 갑작스런 곤의 말에 껄껄 웃음을 터뜨렸다.

"하하. 술이 먹고 싶은 게로군. 술은 한바탕 땀을 흘리고 먹는 게 제일 좋지만… 까짓거, 먹자구! 자네들을 보니 내 기분도 좋아지는군."

곤은 빙긋 웃으며 고개를 저었다.

"아니. 술 먹기 전에 자네가 수고를 좀 해줘야겠네."

"응? 뭐 부탁할 게 있나?"

커트가 창을 거두고 앞으로 다가오자 곤은 씩 웃으며 디오스를 턱으로 가리켰다.

"디오스 눈썹 좀 만들어주게. 마법으로 가능하다고 했지? 이 얼굴을 보고서야 자꾸 웃음이 나와서 도대체 뭘 하려고 해도 할 수가 없지 않은가?"

"어? 고온!"

디오스의 당황한 고함이 터지고 커트의 웃음이 잇따랐다.

연무장에는 호탕한 웃음소리가 계속 울려 퍼지고 있었다.

4

토르의 얼굴도 헤르미나의 얼굴도 잔뜩 찌푸려져 있었다.

"으으……!"

토르가 자신의 두 손을 들어 머리를 감쌌다.

"왜 안 되는 거야! 왜! 화염 마법은 잘되었는데 왜 이건 안 되는 거냐구우—!"

"토르님, 잠깐 쉬시는 게……."

"안 돼!"

토르는 고개를 홰홰 저었다.

"아나테가 한눈팔지 말랬잖아! 곤도 지금 열심히 무공 익히고 있을 거라구! 디오스도! 나만 처질 수는 없어! 밤새서라도 익히고 말 거야! 반드시!"

토르는 아예 그 자리에 털썩 주저앉아 헤르미나에게 배운 마나의 배열을 다시 한 번 떠올리기 시작했다. 가부좌를 튼 완고한 자세에 헤르미나는 고개를 저으며 포기할 수밖에 없었다.

'시간도 얼마 없는데…… 오늘밤은 물 건너간 거야?

정말 땅을 치고 후회하고 싶었다. 열흘밖에는 시간이 없는데 피 같은 하룻밤이 그냥 가고 있었다.

　화염 마법을 다 배운 토르가 물었다. 라나의 화살에 담긴 마법이 뭐냐고, 그걸 그냥 넘기지 않은 게 뼈아픈 실수였다. 아아⋯⋯. 왜 그걸 잊었을까? 레드 드래곤은 화염 마법에는 명수지만 빙계 마법과는 전혀 인연이 없다는걸.

　라나의 화살에 담긴 건 빙계 마법의 기초라 할 수 있는 아이스 미사일이었다. 헤르미나는 아이스 미사일의 마나 배열과 사용법을 알려줬으나 토르는 결코 아이스 미사일을 만들어내지 못하고 있었다. 만들지 못하는 게 당연했다.

　'당신은 레드 드래곤이었다구욧!'

　몇 번이나 불과 얼음은 상극이라는 걸 알려주고 포기하라 권했지만 토르는 듣지 않았다. 오! 데바시여! 저 고집은 왜 고쳐 주지 않으신 건가요?

　'오늘밤은 포기해?'

　포기하려니 너무 아깝다. 키스도 해주셨는데. 마음도 이미 열어주셨으니 침대로 가기만 하면 되는데! 아나테가 한눈팔지 말랬다고 이렇게 열심인 거예요? 너무하잖아요?

　"너무해요."

　토르는 안 들리는 걸까? 눈을 감고 미동도 않는다. 헤르미나는 빽 소리를 질렀다.

　"너무해욧!"

　토르가 눈을 떴다. 아무것도 모른다는 듯 그 눈엔 짜증마저 서려 있다.

"왜 말시키고 그래? 나 지금 바쁘단 말야!"

냉정한 그 말에 헤르미나의 미간이 파르르 떨렸다.

"뭐예요? 누군 시간이 남아도는 줄 아세요?"

토르의 눈살이 잔뜩 찌푸려졌지만 헤르미나는 그게 더 화가 났다. 아까 그 키스는 뭐냐고요!

너무 화가 난 탓일까? 헤르미나는 그만 해서는 안 될 말을 하고야 말았다.

"아나테란 여자 말은 뭐든지 듣는 거예요? 그 여자가 죽으라면 죽을 거예요? 제 말은 들리지 않아요? 저는 보이지 않아요?"

"뭐?"

"왜, 찔려요? 그 여자가 한눈팔지 말랬다고 지금 이러는 거잖아요! 그 여자가 뭐라고! 그 여자가 도대체."

"헤르미나, 그만."

싸늘한 토르의 목소리에 헤르미나는 입을 다물 수밖에 없었다.

토르가 가부좌를 풀며 일어서서 헤르미나를 바라보았다.

푸른 눈이 얼마나 냉정한 빛을 띨 수 있는지 헤르미나는 처음 알았다. 싸늘하게 식어 있는 토르의 눈엔 적의마저 엿보였다.

"아……."

헤르미나는 뒤늦게 실수한 것을 깨닫고 수습을 하려 했지만 늦고 말았다.

토르는 손가락을 들어 헤르미나의 눈앞에 세웠다.

"잘 들어, 헤르미나. 너에겐 정말 감사하고 있어. 나와 내 친구들에게 쉴 장소도 제공해 주고 무공과 마법도 익히게 해줬어. 먹을 것도 마실 것도 줬지. 나한테 정말 잘해준다는 거 나 잘 알아. 하지만 명심해.

또 내 앞에서 아나테한테 그런 말 하면 다신 안 봐. 아나테는 내가 인간이 되어 두 번째 사귄 친구야. 소중한 친구라고. 곤은 나한테 목숨도 줄 수 있다고 했어. 나도 그래. 아나테랑 나랑 디오스도 그런 친구야. 알았어?'

손가락 너머 보이는 토르의 싸늘한 눈에 헤르미나는 얼어붙은 듯 굳어 있었다. 아무 말도 나오지 않았다. 아무 말도 할 수 없었다. 실수했다는 건 알고 있었지만… 그렇지만……

토르는 눈도 깜박이지 않고 말을 맺었다.

"다신 그런 말 하지 마."

고개를 돌린 토르는 몸까지 돌렸다.

"어차피 마법을 펼쳐 볼 수는 없을 것 같으니까 아이스 미사일은 내 방에서 연구할래. 내일 보자."

"토, 토르님……"

헤르미나는 토르의 옷깃을 잡으려 했지만 잡을 수 없었다. 이미 텔레포트를 사용할 수 있게 된 토르는 헤르미나의 아공간에서 사라져 버렸기 때문에.

헤르미나는 자신의 아공간에 털썩 주저앉고 말았다. 주르르 눈물이 흘러내렸다.

원망스러웠다. 그 한마디 말실수에 이렇게 싸늘하게 등을 돌릴 줄은 정말 몰랐다. 몰랐다…….

"너무해요……. 너무해요……."

헤르미나의 어깨가 잔물결을 일으켰다. 물결은 곧 세찬 파도가 되었다.

"휴우……."

널찍한 침대가 그렇게 휑뎅그렁할 수가 없었다.

토르는 한숨을 쉬며 가부좌를 풀었다. 집중이 되질 않았다.

"너무 화를 낸 거 아닐까?"

헤르미나가 아나테에게 뭐라 하자 너무 화가 났다. 화가 나니 머리가 싸늘하게 식어버렸다. 그냥 나오는 대로 쏘아붙인 것이지만 너무 적나라하게 헤르미나를 비난한 것 같아 토르는 마음이 편치 않았다.

"삿대질까진 할 필요 없었는데……."

토르는 툭 고개를 떨어뜨렸다.

그렁그렁 눈물이 맺힌 헤르미나의 얼굴이 좀체 뇌리에서 떠나질 않았다. 엘프들 앞에서는 그렇게 당당하던 여왕이었는데. 너무나 약하고 여린 모습이라 토르는 내심 움찔할 뻔했다. 정말 화가 나지 않았다면 곧바로 너무 심했다고 사과라도 하고 왔으련만. 당황한 나머지 그냥 텔레포트를 해버렸는데 영 찜찜하기만 했다.

토르는 고개를 돌려 창밖을 바라보았다.

엘리시온의 밤하늘은 유난히 맑고 찬란했다. 쏟아질 것만 같은 별무리가 찬연한 자태를 뽐냈지만 토르는 우울하기만 했다.

"에혀……."

아이스 미사일 연구한다고 했는데 하나도 연구가 안 된다. 헤르미나 생각만 자꾸 났다.

"울고 있는 거 아닐까……?"

걱정된다.

여자 우는 거 진짜 싫은데. 게다가 울리는 거는 진짜진짜 싫은데.

아나테가 한눈팔지 말라고 했지만 이래서는 더 집중이 안 되었다.

계속 머릿속에 있는 헤르미나가 울고 있다.

"에잇!"

토르는 벌떡 몸을 일으켰다.

이 상태로 연구 같은 게 될 리 없었다. 찜찜한 상태로 있는 건 토르에게 맞지도 않았다.

사과하자!

화낸 이유가 잘못되었다고는 생각되지 않지만 너무 심하게 화낸 거는 잘못이다. 그렇게 잘해준 헤르미나한테 그런 식으로 싸가지없게 화를 내면 안 되는 거다!

토르는 결심하자 즉각 행동으로 옮겼다.

팟!

토르의 몸이 방에서 사라졌다. 헤르미나의 아공간으로 텔레포트한 것이다.

이제 말하지 마세요 : *Chapter 34*

A tome of this nature is usually guarded magically—manifesting itself, more often than not, in a protective or magical trap.

side view of key

separated view

firetrap

...his chapter begins with the spell lists of the spellcasting classes and the list of cleric domains and the spells associated with each domain. An ^M or ^F appearing at the end of... in the spell lists denotes a spell with a material or... is not normally included...

...ing a particular spell. A creature with no classes... level equal to its Hit Dice unless otherwise spe... word "level" in the spell lists that follow alwa... caster level.

Spell Effects and Conditions: If a spell ca... ...ect or subjects to be affected by one or more... ...ore h invisible, or stu...

"어?" 헤르미나의 아공간에 온 토르는 당황했다. 없었다. 헤르미나가.

"어디 갔지?"

시간이 좀 흐르긴 했지만 헤르미나가 그녀의 아공간에 있을 거라고 생각했던 토르는 당황스러웠다. 아공간의 좌표는 누구에게도 가르쳐 주지 않는다며 토르에게만 알려준다고 쌩긋 웃었던 헤르미나 얼굴만 떠올랐다.

마음이 급해졌다. 있을 거라 생각한 곳에 헤르미나가 없자 토르는 걱정이 되기 시작했다. 온갖 이상한 상상이 떠오르기 시작했다.

'아나테한테 쳐들어간 걸까? 아니지……. 아나테는 자기 아공간에 있잖아. 게다가 아나테한테 화풀이할 헤르미나가 아니잖아. 자기 방에

갔나? 혼자 틀어박혀서 펑펑 우는 걸까? 아니지. 그런 장소로는 여기가 최고잖아? 아니다. 난 헤르미나 방이 어떻게 생겼는지도 모르잖아.'

헤르미나의 침소는 가본 적이 없었다. 여왕의 침소라 깊은 구석에 박혀 있을 것이다. 어딘지 모르니 텔레포트를 쓸 수 없었다. 이걸 어쩌나……? 그냥 방에 가서 잠이나 자? 아니지, 아냐.

토르는 주먹을 꼭 쥐었다.

한 번 결심한 일을 뒤로 물릴 수는 없었다.

"찾아보자! 꼭 사과해야 해. 엘리시온을 다 뒤져서라도 찾아내겠어! 마음을 풀어줘야 해. 내가 너무 심했어."

토르의 몸은 헤르미나의 아공간에서 팟하고 사라졌다.

토르는 신기한 경험을 하고 있었다.

헤르미나를 찾으러 무작정 궁 안으로 텔레포트했지만 이 밤중에 엘프들에게 물어볼 수도 없는 문제라 몸을 숨긴 채 찾을 결심을 했던 토르였다.

투명 마법을 썼지만 마법에 능한 엘프들에게 들킬까 봐 호신강기를 함께 끌어올렸다. 음파 자체를 차단하고 마나의 흐름을 호신강기로 아예 감싸 버렸던 것이다.

갑자기 떠오른 생각에 그냥 한 번 시도해 본 것이었는데 진짜 되었다.

마법과 내공을 함께 쓸 수 있었던 것이다!

'야… 이게 되는 거구나.'

토르는 두런두런 이야기를 주고받는 엘프 궁병들의 머리 위에 있었다.

곤에게 배운 벽호공으로 벽에 착 달라붙어 있었지만 엘프들 누구도 토르의 종적을 눈치채지 못했다. 모두 마법사인 엘프들인지라 마나의 흐름에 예민해서 투명 마법만 썼다면 단번에 들켰을 토르였지만 지금의 토르는 마법사들마저 감지하지 못하고 있었다.

새로운 발견에 토르는 환호성이라도 지르고 싶었다. 조심하느라 입 밖엔 내지 않았으나 토르는 주먹을 불끈 쥐고 흔들었다.

'아싸아~!'

마법과 곤에게 배운 무공을 함께 사용할 수 있다면 곤도 인정할 만한 성취를 자신할 수 있었다. 여러 가지 공격 방법이 빠르게 떠올랐다.

아! 아이스 미사일!

헤르미나와 다투는 계기가 되었던 아이스 미사일을 쓸 수 있는 방법이 갑자기 생각났다.

음양(陰陽)과 오행(五行)의 원리에 기반한 게 곤에게 배운 내공심법, 패왕금강결이다. 마나만으로는 빙계 마법을 쓸 수 없어도 내공을 쓰면 가능할 듯싶었다.

'좋았어!'

지금이라도 시도해 보고 싶었지만 토르는 꾹 참았다. 지금은 헤르미나를 찾아 사과를 해야 할 때다. 한 번에 하나씩!

마음을 정한 토르는 빠른 속도로 천장을 이동하기 시작했다.

아무 소리도 들리지 않고 아무것도 보이지 않았다.

생각보다 궁성은 넓었다.

여왕의 거처가 어디에 있는지 어렴풋이라도 알았다면 도움이 되었을 텐데 관심없는 거엔 도통 신경을 쓰지 않는 토르라서 시간만 허비하고 있었다.

'어쩌지?'

남쪽 궁의 외곽에 있는 회랑 기둥에 딱 붙은 채 토르는 머리를 긁적였다.

'관심없어도 좀 잘 들어둘걸……'

자신의 방에는 온종일 볕이 든다고 헤르미나가 말한 것만 간신히 기억나 남쪽을 뒤지고는 있었지만 소득이 없었다.

그때 두런거리는 목소리가 들렸다.

'엇!'

분명히 여왕님 어쩌고 했다.

토르는 빠른 속도로 이동해 갔다. 멀지 않은 거리였다.

회랑의 건너편에 서 있는 엘프 두 명이 라나와 대화 중이었다.

세 명의 엘프들 근처에서 멈춘 토르는 숨을 죽였다.

'쟤, 라나 아냐?'

토르는 또 나나가 생각나 쿵하고 가슴이 내려앉았다.

'하필 쟤냐……? 그래도 쟤한테는 살짝 물어봐도 되겠지?'

이것저것 따질 때가 아니질 않은가. 라나는 헤르미나의 측근이었으니 물어보면 헤르미나의 방이 어디 있는지도 알 수 있을 듯했다. 마음을 정한 토르는 열심히 응원했다. 빨리 헤어져라. 얼른 혼자 되라구!

그런데 아쉽게도 세 명의 엘프는 계속 두런두런 대화를 하고 있었다. 한참 이어질 것 같다. 으씨!

"여왕 폐하가 너무 무리하시는 거 아닐까? 아무리 운명의 해방자라지만 직접 마법을 가르치실 필요는 없을 텐데."

"글쎄 말이야. 요즘은 업무도 거의 팽개쳐 놓으셨다니까."

'응? 그랬단 말야?'

토르는 찔끔했다. 헤르미나는 정말 바빴는데도 시간을 억지로 내준 것이 틀림없었다. 더 미안해졌다.

낭랑한 라나의 목소리가 들렸다.

"그분들은 한 달쯤 계시기로 했으니 떠날 날이 얼마 안 남으셨어요."

"그래? 그럼 정말 짧은 시간이군. 조금 아쉽네. 인간치곤 상당히 괜찮았는데."

'큼. 사람 볼 줄 아는구나.'

토르는 남이 자신을 칭찬하는 걸 몰래 듣는 게 처음인지라 은근히 기분이 좋아졌다. 대화는 계속 이어지고 있었다.

"그렇지. 커트도 열심인 것 같고. 라나, 너도 그들을 도와주고 있지? 어때, 인간들을 직접 보니까?"

"음……. 막연히 듣기만 한 거랑 많이 달라요. 저는 인간들은 모두 나쁜 놈들이라고만 생각했는데 직접 만나니 우리랑 그리 다르지 않네요. 훨씬 직접적이고 즉흥적인 것 같지만요. 그게 매력으로 느껴지기도 해요."

라나의 감상을 들은 엘프 한 명이 껄껄 웃음을 터뜨렸다. 그는 라나의 머리를 부드럽게 쓰다듬어 주었다.

"인간의 수명은 너무 짧으니까. 그들 중 심사숙고하는 이들이라고 해도 우리 눈으로 보면 굉장히 성급하지."

옆에 있던 다른 엘프는 웃지 않았다. 그의 목소리는 신중했다.

"너도 쉽게 판단하지는 말거라. 넌 아직 성년이 되지 않았잖아. 경험이 부족해. 인간이란 존재는 따로 떨어져 있을 때와 한데 모여 있을 때가 정말 다르단다. 각각의 존재는 우리와 비슷할지 몰라도 인간들이 모이게 되면 그들은 괴물로 변하기도 한단다. 정말 맹목적이고 바보 같은 짓들도 서슴없이 저지르지. 때론 굉장히 폭력적으로 변하기도 한다. 인간의 무서움은 그 어이없는 집단 광기에 있는 거야. 따로 있어도 모여 있어도 항상 여일한 우리와는 절대 같지 않아."

'아… 또 어려운 소리들 한다.'

토르는 이런 얘기엔 관심이 없었다.

하지만 라나는 달랐던지 차분히 고개를 끄덕이며 동감을 표했다.

"예. 전쟁을 겪진 않았지만 인간의 집단 광기에 대해서는 저도 많이 배워서 잘 알아요. 직접 보진 못했지만요."

"어쩌면 보게 될지도 모르지."

"예?"

라나의 반문에 신중한 목소리의 엘프가 대답했다.

"운명의 해방자가 다시 대륙으로 나갈 때, 그들과 함께 할 엘프들이 필요하다는 의견이 대두 중이란다. 이번 기회에 옛 터전을 한번 돌아보고 그곳이 여의치 않을 때는 새 터전도 알아보는 게 좋지 않냐는 의견이 나오고 있지. 아직 여왕께는 품하지 않았지만 말이다. 너와 커트가 그들과 제일 많이 접촉했으니 그들과 함께할 엘프로 뽑히기 쉬워. 인간 세상을 직접 보게 될지도 모른다."

'어? 재도? 으……!'

많이 익숙해지긴 했지만 아직도 라나를 보면 깜짝깜짝 놀라는 토르였기에 난감한 소식이었다. 하지만 라나에겐 기쁜 말이었나 보다.

"정말요?"

라나가 두 눈을 크게 뜨자 허허 웃는 소리가 들렸다.

"꽤 좋은가 보구나."

라나는 생긋 웃으며 고개를 끄덕였다.

"저는 엘리시온 근처밖에는 못 봤으니까요."

이유가 그것밖에 없는 것은 아니었지만 라나는 담담한 얼굴로 미소 짓고 있었다.

"아무튼 인간을 너무 빨리 판단하지 말거라. 그들은 대륙의 평화를 정말 엉망으로 만들어 버렸어. 100년 전쟁이 얼마나 다른 생명들에게 해악을 끼쳤는지 잊지 말아라."

"그래, 라나. 인간들은 뭔가 하려고 하면 언제나 세력부터 키우지. 그리고 적대 세력에겐 어떤 짓이든 한다. 목적을 위해서는 마물들이나 저지를 짓도 서슴없이 해. 조심하거라."

'우린 그런 놈들이 아냐!'

토르는 불끈 했지만 라나의 말에 곧 기분이 풀어졌다.

"그분들은 사람들을 모아 무언가 하실 분들로는 보이지 않던데요? 너무 개성들이 강하고 너무 독립적인 분들이에요."

"허허. 벌써 편드는 것이냐?"

"아, 아뇨……."

라나가 얼굴을 붉히자 엘프들은 웃음을 터뜨렸다. 그들로서는 엘리시온에서 태어난 라나가 귀엽기만 했던 것이다.

"너도 어느새 많이 컸구나."

"에이, 무슨 소리를 하는가? 아직 성년이 되려면 먼 아이야."

"그야 모르지. 우리 엘프는 꼭 나이를 먹어서 성년이 되는 건 아니니."

"허허. 가능할지도 모르겠군."

'저건 또 뭔 말이야?'

알 수 없는 말에 고개를 젓는데 라나도 모르는 듯했다. 라나는 고개를 갸웃거리며 엘프들을 보다 조용히 미소를 짓고는 고개를 숙였다.

"저는 이만 가보겠습니다."

'그래! 빨리 혼자 가!'

토르가 응원했으나 두 엘프는 토르의 염원을 들어주지 않았다.

"잠깐. 지금 여왕께 가는 것이더냐?"

'야! 걔 뇌주라구우!'

"갔다 오는 길인데요. 지금 방에는 안 계십니다. 아마 아공간에서 운명의 해방자에게 마법을 가르치고 계시겠지요."

'뭐야? 아공간엔 없다구!'

귀를 쫑긋 세웠던 토르는 한숨을 내쉴 수밖에 없었다. 포기하고 떠나려다 이어진 대화에 다시 걸음을 멈추었다.

"그래? 이상하구나. 알람 마법으로 청을 드렸는데 답이 없으셨다."

"그래요? 그럼 아마 '여왕의 숲'에 계신 거겠죠. 그곳에서 쉬실 땐 아무도 방해할 수 없잖아요."

"그런가?"

라나의 말을 들은 엘프는 고개를 돌려 멀리 보이는 숲을 응시했다.

"과연. 네 말이 맞는가 보다. 푸른빛이 살짝 보이는군. 운디네를 불러내셨는가?"

"그런가 보네요. 내일 알현을 청하세요. 피곤하셨나 봅니다."

"그래야겠군."

"그럼 저는 가보겠습니다."

"그래. 우리도 가봐야겠다."

라나와 두 엘프가 엘프식 인사를 나눈 후 사라질 때까지 토르는 숨 죽이고 멈춰 서 있었다.

살짝 고개를 숙인 라나가 토르의 옆을 막 스쳐 지나가고 있었다.

무엇을 생각하는지 입가엔 미소가 담겨 있었다. 뭔지 기분 좋은 생각인가 보다.

코끝을 살짝 간질이는 소녀의 향기와 함께 라나는 토르를 지나쳐 사라져 갔다. 토르는 라나의 뒷모습을 물끄러미 바라보고 있었다. 이렇게 가까운 데서 얼굴을 본 것은 처음이었다. 그녀의 선명한 옆얼굴, 살짝 고개를 숙이고 그린 듯 웃던 그 미소가 계속 떠올랐다.

'나나랑은 웃는 게 좀 다르구나.'

묘한 미소였다. 뭔가 즐거운 꿈을 꾸는 듯한 느낌이 드는.

하지만 토르는 고개를 흔들고 라나의 생각을 떨쳐 버렸다. 지금 중요한 건 헤르미나가 어디 있는지 알았다는 거다.

토르는 은밀히 땅을 박차며 몸을 날렸다. 푸른빛이 은은하게 어려 있는 남녘 숲을 향해.

2

소리를 내지 않고도 통곡할 수가 있다. 소리가 없기에 더 애잔하고 슬픈 울음. 헤르미나는 그렇게 울고 있었다.

여왕이 된 이래 헤르미나는 남 앞에서 감정을 노출해 본 적이 없었다. 그녀가 감정을 드러내는 것은 철저하게 계산된 정치적 행위였다. 여왕은 그래야만 하는 존재였다. 숨소리 하나, 작은 손짓 하나에도 수많은 고려가 담겨 있어야 하는 존재였다.

그래서 헤르미나는 아무도 방해할 수 없는 이곳에서 홀로 울고 있었다. 음파를 차단하는 마법을 걸고 물의 정령 운디네를 불러내 눈물을 씻어내고 있었지만 헤르미나는 몸에 익은 대로 소리를 내지 않고 울었다. 여왕인 그녀는 그렇게 해야 한다고 훈련받았고 이젠 그렇게밖에 울 수 없었다.

토르의 앞에서는 너무 많이 감정을 노출시켰다. 그는 오랜 기간 쌓아 올렸던 통제의 방벽도 허물 만한 강력한 매력이 있었다. 그의 앞에만 서면 이상하게도 어린애같이 굴게 된다. 그랬건만… 그랬건만…….

운디네가 다시 얼굴에 물을 흘려보내 주었다. 눈물이 멈추질 않는다.

"나… 너무 바보 같지 않니?"

숲 속 깊이 마련된 온천에는 수증기가 떠돌고 있었다. 운디네는 수증기에 가렸는지 흐리게 보였다. 눈물 때문에 흐리게 보이는지도 몰랐다.

하급 정령인 운디네는 말을 할 수는 없었으나 오랜 세월 헤르미나와 함께 보내 그녀의 마음은 너무나 잘 읽는 친구였다. 그 운디네가 고개를 흔드는 게 보였다.

헤르미나는 고개를 흔들었다.

"아니야……. 나 바보 맞아……. 어쩌면 그런 실수를 할 수 있어……. 아무리 화가 나고 질투가 났어도 그분을 자극하는 말은 안 할 수 있었는데……. 외교였다면 정말 빵점짜리 아니니……? 여자로서도, 여왕으로서도 실격이야……."

운디네는 강하게 고개를 저었다.

토르를 흉내 내는 듯 공중에서 가부좌 비슷한 자세를 취하더니 손가락을 탁 들어 삿대질을 했다. 그리고 휙 몸을 돌리는 것까지 따라 했다.

돌아선 운디네는 온 얼굴을 찡그리며 양팔을 교차시켰다. 마구 고개를 저었다.

헤르미나는 그 귀여운 동작에 살짝 미소를 지었다. 토르가 잘못한 거라 화를 내는 운디네가 귀여웠다.

"아니야……. 그분은 화내실 만했어. 더구나 지금은 옛날 일은 기억도 못하시는데 뭐……. 내가 헛된 욕심을 부린 것인지도 몰라……. 이제 사랑을 아신다길래 나도 사랑받고 싶었어……. 여왕이 아니라 여자로 사랑받고 싶었어……. 꾸어서는 안 될 꿈을 꾼 거지……."

헤르미나는 다시 주르륵 눈물을 흘리기 시작했다. 천천히 무릎을 모아 세운 헤르미나는 상체를 깊이 파묻었다. 그녀의 어깨가 심하게 들썩거리기 시작했다. 애처롭게도 여전히 소리도 못 내고 울고 있었지만.

그때였다. 조용한 목소리가 울려 퍼진 것은.

"미안해."

흠칫.

헤르미나는 깜짝 놀랐다.

이곳은 아무도 들어올 수 없는 여왕만의 공간이었다. 그녀만의 결계를 펼쳐 놓았고 그것은 그녀가 아니라면 풀 수도 뚫릴 수도 없는 것이었다.

그런데 어떻게?

고개를 드니 부끄럼을 많이 타는 운디네는 어느새 사라지고 없었다.

토르가 온천의 가장자리에 엉거주춤 서 있는 게 눈에 띄었다.

목소리를 듣고 알았지만 눈으로 확인한 헤르미나는 너무 놀라고 말았다. 도대체 어떻게? 토르가 어떻게 이곳에 있을 수 있다는 말인가!

퐁.

헤르미나는 급히 온천 속으로 몸을 숨겼다. 어떻게 토르가 결계를 뚫었는지는 지금 중요하지 않았다. 중요한 것은 토르가 이곳에 있다는 것이었다.

어떤 얼굴로 보아야 할지 알 수 없었다. 가슴이 마구 뛰었다.

'어쩌지? 지금 눈 퉁퉁 부어 있을 건데……. 어, 어쩌지?'

물속은 뜨거웠으나 헤르미나는 고개를 들 엄두를 내지 못했다.

그런데 토르의 목소리가 들려왔다. 너무 또렷하게 들렸다.

"그러다 숨 막혀. 너, 물속에서 숨 못 쉬잖아. 난 숨 쉴 수 있지만."

소리가 들리는 쪽을 보니… 이럴 수가!

토르가 머리만 온천 속에 담근 채 말을 하고 있었다. 토르의 푸른 눈이 헤르미나를 보고 있었다. 어, 어떻게?

갑자기 아무것도 입고 있지 않다는 데 생각이 미쳤다. 헤르미나는 꺅 하고 비명을 질렀다.

입 안으로 뜨거운 온천물이 마구 들어와 헤르미나는 얼른 물 밖으로 고개를 내밀었다.

"콜록콜록!"

너무 놀라 물을 마신지라 헤르미나는 심하게 기침을 했다. 코로 물이 들어간 모양이다. 여왕의, 아니, 여자로서도 절대 용납할 수 없는 추태를 보이다니!

등을 두드리는 손길이 느껴진다.

탁탁.

"조심해. 이 물은 먹기엔 좀 뜨거운 거 같아."

다정한 음성과 다정한 손길. 너무나 그리웠던 목소리와 손길이었지만 헤르미나는 정신이 없었다. 보여주려고 한 게 아니라 들킨 거기 때문에 아무 계산도 아무런 의도도 없었기에 더 당황스러웠다. 토르의 얼굴을 어떻게 보아야 할지 너무 민망해 고개를 들 수도 없었다.

그때 토르가 갑자기 물속으로 들어왔다.

"나도 좀 씻자. 지금 흙투성이거든."

토르는 옷을 입은 채로 들어와 헤르미나에게 등을 돌린 채 묵묵히 얼굴과 머리에 묻은 흙먼지를 씻고 있었다. 헤르미나는 토르가 보지 않으니 차츰 안정이 되는 것 같았다. 얼굴만 물 밖으로 내민 채 헤르미나는 토르를 훔쳐보았다.

토르의 목소리가 들려왔다. 찰박찰박 물소리를 내며 몸을 씻는 토르가 낮은 목소리로 말을 건넸다.

"결계라고 하는 거지? 간신히 여기 있는 거 알아냈는데 들어올 수가 없어서 당황했어. 겨우 들어왔네."

"어, 어떻게 들어온 거예요? 그 결계는 저밖에 풀 수 없는데……."

아직 목소리가 떨리고 있었지만 무슨 말이라도 해야 할 것 같아서 헤르미나는 조심스럽게 물었다.

토르는 여전히 등을 돌린 채 대답했다.

"곤에게 배운 거 중에 '지둔술'이라는 게 있거든. 땅속을 이동하는 무공이야. 쓸 기회가 없을 거 같았는데 결국 뭐든 쓸 데가 있네. 관심이 안 가는 거더라도 뭐든 기억하면 쓸 데가 있다는 걸 오늘 알았어."

"그, 그래요?"

결계를 땅 밑에까지 설치해야겠다는 생각이 잠시 스쳤으나 곧 사라지고 말았다.

토르가 천천히 등을 돌리고 헤르미나를 바라보았던 것이다.

뿌연 수증기가 둘 사이를 가리고 있었지만 헤르미나는 물에 젖은 토르를 너무나 잘 볼 수 있었다.

묵묵히 바라만 보던 토르가 헤르미나에게 천천히 다가오기 시작했다.

쿵. 쿵. 쿵. 쿵.

헤르미나의 심장이 놀라 소리치기 시작했다.

헤르미나는 동그랗게 몸을 오그렸다. 뒤로 더 물러날 수 있었다면 그랬을 것이다. 하지만 등 뒤는 막혀 있었다.

토르는 물살을 유연히 헤치며 다가와 헤르미나의 옆에 앉았다.

"아……. 여기 좋구나. 하늘도 보이고, 별도 보여. 물도 적당히 뜨겁고."

하늘을 바라보는 토르의 눈빛은 푸르게 반짝였다.

헤르미나는 조심스럽게 토르의 옆얼굴을 훔쳐보았다. 얼굴을 마주 보는 것이 아니라 부담은 덜했지만 아직도 가슴은 심하게 뛰었다.

간신히 입을 열었다.

"수영을… 하세요? 어떻게?"

토르는 그리운 듯한 눈으로 하늘을 바라보며 대답했다. 여전히 헤르미나는 바라보지 않았다.

"나나한테 배웠어."

"나나요?"

"전에 얘기한 내 첫사랑 말야."

아… 그 죽었다던?

토르의 눈빛이 애잔하게 풀려간다.

"인어였어."

아……!

어째서 레드 드래곤이었던 토르가 수영을 할 수 있는지 그제야 알 수 있었다. 인어의 눈물을 마신 것이리라.

토르는 그 말을 하고는 물끄러미 하늘만 보고 있었다.

헤르미나는 한참을 망설이다 물어보았다.

"왜… 죽었어요?"

푸욱.

토르의 얼굴이 갑자기 물속으로 잠겨 들어갔다. 물속에서 숨 쉴 수 있는 토르였건만 작은 물거품들이 조용히 솟아오르고 있었다.

잠시 후 물 밖에 얼굴을 내민 토르는 눈을 감고 있었다. 물에 잠겨 있었던 탓인지 토르의 눈은 축축이 젖어 있었다.

"나나는……."

끊어질 듯 이어지는 토르의 독백이 한동안 계속되었다. 어떻게 나나를 만났는지, 어떻게 그녀의 죽음을 바라만 봐야 했는지, 그녀의 영혼을 어떻게 떠나보내야 했는지.

헤르미나는 눈을 감고 이야기하는 토르의 얼굴을 물끄러미 들여다보고 있었다. 삶과 죽음은 다르지 않다고 생각하는 그녀였지만 토르의 첫사랑 이야기는 달콤하면서도 너무나… 쓸쓸했다.

성인식이 인어에게 어떤 의미가 있는 행사인지 헤르미나는 잘 알고 있었다. 인어인 나나는 어릴 때부터 성인식을 꿈꾸었을 것이다. 곱디고운 기대를 조금씩 키우며 성인식을 치를 그날만을 꿈꾸었을 것이다. 토르와 함께 너무나 예쁘게 성인식을 치렀겠지만… 꿈을 이루자마자 죽은 것이다.

"하아……."

헤르미나는 저도 모르게 한숨을 내뱉었다.

토르의 얼굴이 조금씩 떨리는 것이 보였다. 아마도 속으론 울고 있으리라. 소리 내어 울지 못하는 헤르미나는 억지로 울음을 참고 있는 토르의 마음을 너무나 잘 알 수 있었다.

어느새 그녀의 눈에는 새로운 눈물이 맺히고 있었다. 나나를 위한 눈물인지 토르를 위한 눈물인지……

"…아직 잘 모르겠어. 첫사랑이라 말하긴 했지만 내가 느낀 감정이 사랑인지는 모르겠어. 그래서 나나한테 더 미안해. 나나는 날 사랑한다고 말해줬는데… 난 그때 사랑이 뭔지 모른다고 했어……. 근데 사실은 아직도 몰라……."

말을 하던 토르는 움찔했다.

얼굴에 톡 물방울이 떨어지는 느낌이 들었던 것이다. 눈을 뜨니 헤르미나의 얼굴이 바로 위에 있었다. 얼굴에 떨어진 건 헤르미나의 눈물이었다.

헤르미나는 눈을 감고 있었다. 그녀의 얼굴이 가까이 다가오고 있었으나 토르는 피하지 않았다. 피하고 싶지 않았다. 나나 이야기를 하다 보니 다시 마음이 아파왔던 참이다. 왜 나나 이야기를 했을까……? 위로받고 싶었는지도 모른다. 친구들이 신경 쓸까 봐 나나 이야기는 그동안 전혀 꺼내지 않았던 토르였다.

쪼옥.

헤르미나는 부드럽게 토르의 입술을 빨았다. 소중한 것을 감싸듯 천천히 토르의 입술을 어루만졌다. 잠시 후 입술을 뗀 헤르미나는 눈을 뜨고 토르를 바라보았다. 토르도 헤르미나를 보고 있었다.

"그게 사랑이에요……."

두 눈에 뿌옇게 물막이 고여 있는 헤르미나의 눈빛이 부드럽게 물결쳤다. 바싹 다가선 그녀의 얼굴은 너무나 아름다웠다. 순결하고도 맑

은 그 얼굴은 화장기가 없어 청순해 보였다. 약간 부어 있는 눈을 보니 토르는 마음이 아파왔다.

"미안해, 헤르미나. 내가 너무 심하게 말했어. 그렇게 말하면 안 되는 거였는데……."

"아뇨. 제가 먼저 잘못했잖아요."

헤르미나는 토르의 얼굴을 두 손으로 감싸고 천천히 고개를 숙였다. 깊은 입맞춤이 이어졌다. 뿌연 수증기가 호흡을 방해했지만 토르와 헤르미나는 더 깊이 상대의 숨결을 마셨다. 헤르미나의 눈물 때문에 짭짤한 맛이 감도는 달콤한 키스였다.

처음엔 마음이 편해지기만 했다. 아나테가 말해준 대로 키스는 좋아하는 사람과 나누는 공감의 통로였다. 화가 나도, 슬퍼도, 기뻐도 키스를 하면 편안해졌다. 토르는 그래서 키스를 좋아했다. 하지만 점점 몸 안에 열기가 솟구치기 시작했다. 참을 수 없었다.

"하아."

토르는 입을 떼고 헤르미나를 바라보았다.

헤르미나는 여전히 그렁그렁한 눈으로 웃고 있었다. 어딘가 슬픈 미소. 토르는 마음이 아파왔다. 왜 그렇게 웃는지 토르도 알고 있었다.

"헤르미나……."

"저도 알아요. 토르님이 왜 절 자꾸 피하셨는지. 아직 잊지 못하신 거죠?"

토르가 고개를 끄덕이자 헤르미나의 미소는 더 짙어졌다. 미소와 함께 슬픔도 짙어져 보였다.

"쉽게 잊을 수 있는 사랑이 아닐 거예요. 화인처럼 토르님 기억에 영원히 남아 있겠죠. 그분은 그런 의미에선 참 행복한 분이세요."

"헤르미나……."

토르가 말을 하려 했으나 헤르미나는 고개를 흔들었다.

"그분을 지우고 절 사랑해 달라는 게 아니에요. 저만 봐달라고 하는 게 아니에요. 전 지금 토르님께 안기고 싶어요. 당신을 안고 싶을 뿐이에요. 당신도 그렇지 않아요?"

안고 싶었다. 하지만……

헤르미나는 온천에서 몸을 일으켰다.

찰랑거리는 소리와 함께 헤르미나의 알몸이 드러났다. 주르륵 온천수가 흘러내리는 그녀의 알몸은 달빛과 수증기에 휩싸여 신비스럽게 빛났다.

헤르미나는 토르의 앞으로 다가와 천천히 무릎을 꿇었다. 그녀의 하체가 물에 잠기고 굴곡진 허리가 수면 아래로 사라졌다.

헤르미나는 무릎을 꿇은 채 천천히 토르에게 다가왔다. 물속에서 토르의 위로 기어온 헤르미나는 방긋 미소를 지었다. 애잔하고도 맑은 미소였다.

"그분도 제가 당신을 위로하는 것을 싫어하지 않으실 거예요. 저도 위로받고 싶어요. 그분과 당신의 사랑은 너무 슬펐으니까요."

"헤르미나……."

헤르미나는 손가락으로 토르의 입을 막았다.

"이제 말하지 마세요."

토르는 부르르 몸을 떨었다.

나나가 한 말이다. 성인식 때 바로 나나가 한 말이었다. 헤르미나의 몸에 나나의 혼이라도 들어온 것만 같았다.

퐁.

헤르미나의 상체가 물속으로 사라졌다. 머리까지 잠겨들었다.

부드러운 손길이 상의를 풀어헤치는 것이 느껴졌다. 헤르미나의 입술이 가슴에 닿았다. 그녀의 혀가 느껴졌다.

"아……."

토르는 시리듯 빛나는 별빛을 보며 헤르미나의 애무를 받고 있었다. 뿌연 수증기 사이로 나나의 얼굴이 보이는 것만 같았다. 꼭 나나가 그의 몸을 어루만지는 것만 같았다.

헤르미나의 손이 물속에서 하의를 벗기는 것이 느껴졌다.

아무것도 걸치지 않은 알몸에 매끄러운 헤르미나의 알몸이 닿았다.

푸우.

헤르미나는 토르의 눈앞에서 조용히 물 밖으로 솟구쳤다.

흘러내리는 물결 속에서 몽롱하게 빛나는 헤르미나의 눈빛이 뜨거웠다. 마치 나나를 보는 것만 같아 토르는 저도 모르게 헤르미나의 몸을 끌어안았다.

"하아, 토르님……."

헤르미나와 토르는 격렬히 서로 엉켜들었다.

찰박이는 물소리가 크게 울려 퍼졌다.

토르의 위에 올라앉은 헤르미나는 마나를 가르쳐 줄 때처럼 토르의 몸을 꼭 끌어안았다. 토르의 허리를 감싼 하얀 다리가 수면 밖으로 솟구쳤다.

파아.

물보라가 크게 일어나며 수증기가 더욱 짙게 피어나기 시작했다.

두 사람의 몸은 하나가 되어 엉킨 채 뿌연 수증기 속으로 잠겨 들어갔다.

3

아나테는 톡톡 탁자를 손으로 두드리고 있었다. 그녀의 앞엔 라나가 앉아 있었다.

"며칠 남았죠?"

"이틀 남았어요."

"그동안 무슨 일은 없었겠죠?"

"그거야 알 수 없죠."

아나테의 눈이 커졌다.

"있어도 상관없다는 말씀인가요?"

라나는 담담하게 미소 지었다.

"그건 그분들의 일이니까요."

"아니, 라나!"

아나테가 탁자를 치며 몸을 일으켰다. 라나에게 바싹 상체를 들이댄 아나테는 훈계하듯 말을 이었다.

"지금 자신이 무슨 말을 한 건지 알고 있어요? 토르와 여왕의 관계가 깊어져도 상관없다는 거예요?"

"그분들은 이미 깊은 사이예요. 항상 함께 마법을 익히시고 있는걸요. 토르도 여왕 폐하를 친구라 부르고 있어요."

"지금 그런 사이를 말하는 게 아니잖아요!"

라나는 여전히 담담하게 웃고 있었다. 아무것도 모르는 듯한 그 얼굴을 보자 아나테는 갑자기 답답해졌다. 이 어린 엘프는 아직 사랑이 뭔지 모르듯 질투도 모르는 듯했다. 어쩌면 남녀 간의 육체 관계에 대해서도 모를지 몰랐다. 하나부터 열까지 다 가르쳐야 된단 말야?

아나테가 기가 막혀 고개를 젓는데 라나가 말을 건넸다.

"인간과 엘프는 달라요, 아나테."

"다르다는 건 나도 알아요. 하지만 당신은 남녀 간의 일에 대해 잘못……."

"아나테."

라나는 조용히 아나테의 말을 가로막았다. 그녀는 특유의 담담한 미소를 지으며 말을 이었다.

"인간은 일부일처제가 보통이라고 들었어요. 맞나요?"

그럼 엘프는 혹시……?

아나테의 표정을 보고 뜻을 이해한 듯 라나가 고개를 끄덕였다.

"엘프에게는 결혼이라는 제도가 없어요. 인간은 그 제도를 바탕으로 짝을 짓는다고 들었죠."

"엘프에게 결혼 제도가 없다는 건 나도 알아요. 하지만 이건 제도의 문제가 아니잖아요. 사랑하는 남자가 다른 여자와 사귀어도 상관없다는 말이에요? 엘프는 마음을 준 상대에게 평생 한마음을 바친다고 들었는데요?"

"마지막 말은 맞아요. 하지만 마음을 준 상대가 꼭 그 엘프를 좋아해 준다는 보장은 없잖아요. 그래서 짝사랑만 하는 엘프도 많아요. 엘프는 자신이 택한 상대에게 영원한 사랑을 바치지만 그 상대에 대한 독점욕은 없어요. 그것이 진정한 사랑이죠. 엘프는 원래 그런 종족이에요."

아나테는 떡하니 입을 벌렸다. 견문이 넓다고 자부하는 그녀로서도 처음 듣는 소리였다.

"아니, 그럼 질투도 안 난다는 말인가요?"

라나는 풋 하고 웃음을 지었다.

"그렇지는 않죠. 하지만 그 감정이 얼마나 서로에게 부정적인 감정인지 엘프는 잘 알아요. 부정적인 감정은 나를 갉아먹고 상대도 갉아먹고 관계도 갉아먹지요. 우리는 그 감정을 조용히 바라봐요. 결국엔 부정적인 감정은 가라앉고 말지요."

"라나, 당신은 지금 다른 엘프들에게 배운 말을 그대로 되풀이하고 있는 거예요. 실제 사랑은 그렇게 아름답기만 한 게 아니에요."

라나는 조용히 아나테를 바라보다 물었다.

"나는 당신에게 궁금한 게 있어요."

"뭐죠?"

"당신은 왜 여왕 폐하는 토르의 상대로 적합하지 않다고 생각하시는 거죠? 나는 되는데 여왕께서 안 되시는 이유가 뭔가요?"

"뭐예요?"

당연하잖아요! 여왕은 토르보다 너무 연상이잖아요!

말을 뱉으려던 아나테는 내심 아차 했다.

그것은 진정한 이유가 아니었다. 토르는 레드 드래곤이었는데 겉으로 보이는 나이 차이가 무슨 상관이 있겠는가. 아마 여왕보다도 토르의 원래 나이가 훨씬 많을 것이다. 더구나 토르의 정체를 함부로 밝힐 수도 없는 일 아니겠는가.

아나테가 대답을 못하자 라나는 빙긋 웃었다.

"나를 좋게 봐준 건 정말 고마워요. 나도 아나테를 좋아해요. 하지만 여왕 폐하도 좋은 분이세요. 훌륭하신 분이죠. 난 아나테가 그걸 알아줬으면 좋겠어요."

아나테는 설레설레 고개를 저었다. 이 착해 빠진 엘프를 도대체 어떻게 교육시켜야 한단 말인가!

라나는 담담한 표정으로 다시 말을 이었다.

"인간의 기준으로 엘프를 보지 마세요. 아마 당신은 일부일처제라는 인간의 제도 때문에 먼저 알게 된 저에게 더 호감을 가지셨을 거예요. 하지만 엘프에게 그 제도는 아무 의미가 없어요."

아나테는 답답한 나머지 가슴을 쾅쾅 쳤다.

아무리 엘프라지만 이건 너무하잖아!

완전히 남자에게만 유리한 거 아냐? 이건 불공평해!

"당신이 아직 어려서 남녀 간의 복잡한 관계에 대해 잘 몰라서 그러는 거예요. 한 사람을 여러 여자가 공유한다는 건 말도 안 돼요. 그건 정말 부자연스러운 거라구요."

"자연에서 그런 관계를 유지하며 사는 생명체는 정말 많아요. 부자연스럽다는 말은 맞지 않아요."

무어라 한마디 더 하려던 아나테는 이어진 라나의 말에 침묵할 수밖에 없었다.

"그리고 사실 제가 당신보다 나이가 더 많아요. 엘프이기 때문에 성장이 느려서 어려 보이는 것뿐이죠. 전 엘프들이 이곳에 이주한 지 50년도 안 되어서 태어난걸요."

너무 뜻밖의 지적에 멍하니 입을 벌리고 있는 아나테에게 라나는 결정타를 먹였다.

"그리고 이걸 생각해 보세요. 엘프 중 여자만 사랑을 하는 게 아니에요. 남자도 사랑을 하죠. 한 상대를 여러 남자가 공유할 수도 있는 거예요. 그게 엘프예요."

아나테는 더 반박할 말이 없었다.

멍하니 여러 남자 엘프들에게 둘러싸여 환하게 웃고 있는 어떤 여자를 떠올렸을 뿐이다.

"하앗!"

챙챙. 차르르르르.

낭랑한 기합성과 금속음만이 울리는 가운데, 커트가 디오스와 곤의 대련을 지켜보고 있었다.

디오스의 래피어에는 아이스 블레이드 마법이 메모라이징되어 있어 마치 오러 블레이드처럼 보이는 새파란 검광이 번뜩이고 있었다.

커트는 빙긋 웃음을 띠었다.

'정말 많이 늘었어⋯⋯.'

무엇 때문인지 잔뜩 풀이 죽어 있던 디오스는 곤이 아슬란의 진정한 주인이 된 이후 왠지 신이 나 있었다. 열성을 다하니 실력도 빠르게 향상되어 갔다. 쑥쑥 성장하는 디오스를 가르치는 것은 커트에게 정말 즐거운 일이었다. 하지만 커트가 정말 감탄하는 것은 디오스의 래피어가 아니라 곤이었다.

'디오스가 아무리 늘어도 항상 똑같이 받아주지⋯⋯.'

곤은 아슬란을 두 손으로 잡은 채 디오스의 래피어를 물 흐르듯 받아 넘기는 중이었다. 래피어의 날카로운 찌르기가 현란을 넘어 환상으로 보일 지경인데도 곤의 호흡은 하나도 흐트러짐이 없었다. 검을 쓰는 동작은 물결이 일렁이듯 잔잔하게 정제되어 있어 찬탄을 불러일으켰다.

'정말 대단한 실력이야⋯⋯.'

곤의 실력이 어느 정도인지는 엘리시온 최고의 실력자라 자신하는 커트로서도 쉽사리 단정할 수 없었다. 디오스의 실력은 정말 하루가 다르게 성장해 갔지만 디오스의 래피어를 대하는 곤의 검은 언제나 같았다.

곤의 검이 디오스를 성장시키는 밑거름이 되고 있다는 것을 커트는 잘 알고 있었다. 언제나 딱 한 단계 위의 검으로 디오스의 래피어와 맞서준다. 직접 대결하는 디오스는 그것을 못 느끼고 있겠지만 옆에서 보는 커트는 그 점을 잘 알고 있었다.

'더 대단한 건 그 마음이지.'

친구의 자존심을 배려해 결코 봐준다는 인상은 주지 않는다. 직접 검을 마주 대하는 디오스는 언제나 조금 모자라다는 인상만 받으며 투쟁심을 일으킬 것이다. 그 투쟁심 때문에 디오스 자신이 급속도로 강해지고 있다는 것은 결코 못 느낄 것이다. 언제나 비슷한 정도의 압박감만 느끼고 있을 테니까.

디오스를 상대해 주는 곤의 검은 조금만 더 성장하면 대등해질 것이라는 자신감을 디오스에게 주고 있었다. 상대의 마음을 죽이는 검이 아니라 살려주는 검을 쓰고 있었다. 커트는 곤의 그 마음을 검보다 더 높이 사고 있었다.

커트는 창을 잡은 손에 저도 모르게 힘이 들어가는 느꼈다.

'슬슬 때가 되어가고 있구나……'

자신과의 대결에서도 곤은 모든 실력을 다 보이지 않았다. 커트는 그것을 잘 알고 있었다. 물론 커트도 최선을 다한 것은 아니었지만.

곤은 한계를 깨기 위해 생사를 건 대결이 필요하다 부탁한 바 있었다. 그것은 커드도 흔쾌히 동의한 사나이 간의 약속이었다.

이제 그 약속의 시간이 다가오고 있다는 것을 커트는 실감하고 있었다. 정말 오랜만에 가슴이 쿵쿵 뛸 정도로.

디오스를 가르치는 검이었지만 곤의 검은 그에 그치지 않고 있었다. 자신의 검도 차근차근 날카롭게 다듬어가고 있었던 것이다. 그 끝엔 커트와의 대결이 놓여 있다는 것을 커트는 잘 알고 있었다.

기대되었다. 생사를 걸고 나누게 될 곤과의 일전이. 그 시간이 임박했음을 느끼며 커트는 터질 듯한 압박감과 승부욕에 슬쩍 웃음을 피워 올렸다.

'오랜만이군. 이 정도의 긴장감은……'

그때였다.

커트의 눈이 반짝였다.

'음?'

디오스의 화려한 공격이 놀랍도록 강렬한 위세를 띠고 폭발했고 곤은 언제나처럼 여일하게 그 공격을 받아주었다. 하지만 이전과는 뭔가 달랐다.

아주 조금이었지만 뭔가 부자연스러웠다.

곤의 검이 그리는 궤적은 디오스의 래피어를 모두 튕겨냈지만 어딘가 미묘하게 어색했다. 여태까지 곤의 검을 계속 지켜보지 않았으면 미처 알아차리지 못했을 미세한 틈이었지만. 그것이 커트의 시선을 끌었다.

어느새 디오스와 곤은 검을 거두고 서로에게 검을 흔들어 예를 표하고 있었다.

커트는 반짝이는 눈으로 조용히 곤을 응시하다 천천히 다가섰다.

"곤."

스으으으 하는 소리와 함께 호흡을 가다듬던 곤이 커트에게 시선을

던졌다.

"왜 그러는가?"

언제 검을 섞었냐는 듯 평온한 목소리였다. 디오스가 씩씩거리며 땅 바닥에 주저앉아 거친 호흡을 내뿜는 것과 완연히 상반되는.

커트는 고개를 갸웃거리다 자신의 창을 잡고 천천히 곤이 시전했던 마지막 검식을 선보였다. 검 대신 창이었지만 창끝이 움직이는 궤적은 곤의 검과 흡사했다.

"곤. 이 동작이 왠지 묘한 불화를 주더군. 굉장히 익숙한 동작인데 왠지 어색했어. 이유가 뭔가?"

커트는 직설적으로 물었다. 곤은 최고의 상태로 자신과 대결을 해야 했기에. 그래야만 그 대결은 의미가 있는 것이다. 곤에게도, 커트 자신 에게도.

곤이 희미한 웃음을 피워 올렸다.

"알아보았군. 아직까지 그 점을 눈치챈 검사는 대륙에서 보지 못했 는데. 대단하네."

"이유를 아는가 보군."

곤은 고개를 끄덕였다.

"물론이지. 하지만 이 점만은 어떻게 할 수가 없더군. 내가 살던 세 계의 검과 대륙의 검이 너무 달라서 말일세. 병기의 차이랄까?"

"병기의 차이?"

"그렇다네. 우선 길이가 너무 길어. 무게야 감당할 수 있다지만 길 이 자체가 다르니 미묘하게 균형이 무너지네. 내 검법은 원래 한 손으 로 검을 잡고 쓰게 되어 있거든. 대륙의 검은 거의 두 손으로 쓰게 되 어 있지 않은가. 내 검법을 견딜 수 있는 대륙의 검은 거의 이렇게 롱 소드거든. 아쉽지만 할 수 없지. 검에 나를 맞추는 수밖에."

"그랬군. 납득이 가네."

커트는 고개를 끄덕였다. 무기란 손의 연장이기도 했지만 그 자체가 하나의 복잡한 역사를 담은 생명체이기도 했다. 수많은 세대를 거치며 축적된 지식과 경험이 무기의 형태에 담겨 있기 마련인 것이다. 그 형태에 따라 사용법이 달라지는 것은 당연한 결과였다. 곤의 말은 충분히 납득할 수 있는 이유였다.

그런데 커트가 갑자기 빙긋 웃음을 띠었다.

"아슬란의 주인이 할 걱정은 아닌데 말이지……."

"무슨 소린가?"

의아한 얼굴로 바라보는 곤에게 커트는 하하 웃음을 터뜨렸다.

"자네, 아슬란에 대해서 정말 피상적인 소문밖에는 못 들은 모양이군."

"소문이 무슨 소용 있겠나? 검은 마음으로 대하면 그뿐. 내가 직접 느끼면 그만이지 않은가?"

커트는 기분 좋은 얼굴로 고개를 끄덕였다.

"정말 옳은 말이야. 하지만 이 경우는 느끼는 것만으로는 부족하다네. 의지가 필요하지."

"무슨 소린가?"

고개를 갸웃거리는 곤에게 커트는 그답지 않은 장난스러운 윙크를 건네주었다.

"이 말을 해주면 내가 너무 불리해지지만 그래도 해줘야겠군. 나중에 톡톡히 한턱내게."

여전히 의아한 얼굴을 한 곤에게 커트는 말을 이었다.

"아슬란은 대륙에 한 자루밖에 없는 에고 소드네."

"에고 소드?"

"그렇다네."

주저앉아 숨을 고르던 디오스가 소리를 질렀다.

"뭐어야?"

몸을 일으킨 디오스가 커트와 곤에게 달려왔다. 곤은 디오스에게 물었다.

"에고 소드라니, 무슨 말인지 아는가?"

디오스는 곤의 물음에는 대답하지 않고 급한 얼굴로 커트에게 먼저 물었다.

"커트! 정말 아슬란이 에고 소드인가?"

"그렇다네."

빙긋 웃는 커트의 얼굴을 보다 디오스는 만세를 지르듯 두 팔을 번쩍 치켜들었다. 그리고 와락 곤을 껴안았다.

"와아―! 곤! 축하해! 정말 축하하네! 으하하하!"

디오스가 워낙 갑자기 달려들어 꼼짝없이 안긴 곤도 너털웃음을 터뜨렸다.

"하하. 축하는 전에 실컷 해줬지 않은가?"

"그때도 축하했지만 지금은 더 축하해 줘야 해!"

디오스는 곤의 어깨에 팔을 두르고 진짜 기분이 좋은 듯 계속 웃었다.

"커트! 오늘 수련은 이 정도면 되었으니 우리 술 먹자!"

"하하. 좋지. 하지만 먼저 할 일이 있잖은가?"

"아! 그렇지!"

디오스는 아직도 의아한 표정을 짓고 있는 곤에게 빠르게 말했다.

"곤! 에고 소드라는 건 말이지. 쉽게 말하면 검에게 영혼이 있다고 보면 되는 거네."

"영혼? 헬나이트처럼 말인가?"

"아냐, 아냐! 헬나이트에 박힌 코크라는 봉인된 것이잖아! 에고 소드는 원래 검 자체에 영혼이 있다는 것이네. 쉽게 말하면 살아 있는 검이라는 거야!"

"검령이 있다는 말인가?"

"맞아! 스스로 생각할 수도 있고 말할 수도 있다고 들었네! 나도 듣기만 했고, 전설일 거라고만 생각했는데 아슬란이 에고 소드라니! 으하하하! 내 친구가 에고 소드의 주인이 되었다 이거지? 이런 날 술 안 먹으면 언제 마시겠어?"

껄껄 웃으며 자기 일처럼 기뻐하는 디오스가 곤은 너무나 고마웠다. 완전히 마음을 열어주었다는 것은 며칠 전 알았지만 이처럼 진심으로 기뻐해 주니 마음이 훈훈해졌다.

빙긋 웃으며 아슬란을 검집에 넣으려는 곤의 손을 커트가 막았다. 커트는 디오스를 보며 혀를 찼다.

"쯧쯧. 술에 정신이 팔려서 정말 해줘야 할 말은 빠뜨리는군."

"아참!"

"음? 그게 무슨 소린가?"

곤을 바라보며 커트는 빙긋 웃어주었다.

"에고 소드는 스스로 자신의 형상을 바꿀 수 있네. 주인의 의지에 따라서."

곤의 눈이 커졌다. 토르의 헬나이트가 축소, 확대가 자유롭다는 것을 보고 신기해했었는데 아슬란도 그렇다니. 그렇다면……?

커트는 여전히 웃음을 띤 채 고개를 끄덕였다.

"자네는 이제까지 검의 형태에 아쉬움은 느꼈겠지만 아슬란에게 형태를 바꾸라고 의지를 보내지는 않았을 거야. 검을 느끼고 검에 적응하려고만 했겠지."

곤은 고개를 끄덕였다.

커트의 말이 이어졌다.

"원하는 형태가 있겠지? 자네 손에 익숙한 그 형태를 떠올리게. 그리고 아슬란에게 의지를 보내게. 자네가 떠올린 이미지대로 검의 모습이 변할 걸세. 그 의지의 정도, 주인의 신념의 정도에 따라 다르다고 들었지만 자네라면 아주 미세한 부분까지 자네에게 맞게 변화시킬 수 있을 것이네."

도저히 믿을 수 없는 말이었다. 단지 크기를 변화시키는 정도가 아니라 미세한 형태까지 조절이 가능하다니. 그러나 곤은 알고 있었다. 커트가 거짓말을 할 이가 아니라는 것을.

"어서 해보게."

"그래, 곤! 어서 해봐!"

디오스와 커트의 재촉에 곤은 천천히 아슬란을 들어 검신을 응시했다.

'정말 변한단 말인가……? 아니, 의심을 해선 아니 될 것이다. 진정한 의지란 한 점의 의혹도 갖고 있지 않아야만 하는 법.'

곤은 지그시 눈을 감았다.

중원에서 쓰던 그의 애검, 청명(淸明)을 떠올렸다. 맑고 시린 검명이 피에 젖은 심신마저 위로해 주던 친구와 같던 검, 황산에서 떨어질 때 그 검은 사제의 손에 들어갔었다.

쭉 뻗은 검신은 빼곡하게 구름과 달의 문양이 조각되어 있었고 한 몸과도 같이 자유롭게 검무를 출 수 있었던 몸에 꼭 맞는 그 크기와 균형은 누구라도 탐낼 만한 명검 중의 명검이었다.

검 이전에 친구였고 그 이전엔 스승과도 같았던 검. 곤은 세세한 부분까지 청명을 떠올리며 아슬란에게 간절한 염원을 담아 의지를 보냈다.

감은 눈 저편으로 시린 빛이 떠오르는 것이 느껴졌다. 너무나 성스럽고 눈부신 뜨거움이 느껴지는 빛이.

"와아~"

"오!"

디오스와 커트의 경탄성을 들으며 곤은 천천히 눈을 떴다.

그리고 보았다. 시린 햇빛을 반사하며 찬란하게 빛나는 아슬란을.

영원히 되찾을 수 없으리라 생각했던, 영원히 만날 수 없으리라 생각했던 친구의 모습이 그곳에 있었다. 구름과 달이 어울려 희롱하는 청명의 모습을 한 아슬란이 있었다.

그리운 눈으로 아슬란을 응시하던 곤은 빙긋 웃음을 피워 올렸다. 고향에 돌아온 것만 같은 아릿한 감회에 빠져들었던 것이다.

감탄성을 내뱉던 디오스가 고개를 갸웃거렸다.

"진짜 아름답군. 근데 확실히 검이 좀 이상하긴 하네? 왜 이렇게 얇아? 휙휙 휘어질 것 같은데? 좀 작은 것도 같고. 이 모양이 맞는가?"

곤은 고개를 끄덕였다.

"맞네."

"이런 검으로 롱 소드와 맞설 수 있을까?"

걱정된다는 듯 디오스가 고개를 갸웃거리자 곤은 씨익 웃음을 머금었다.

"내일이 되면 알 수 있을 것이네."

"오우, 겁나는데? 나도 이제 만만치 않다구!"

"하하. 알고 있네."

함께 웃던 커트가 문득 생각났다는 듯 물었다.

"하하. 아참, 그런데……, 아슬란에 대해서는 잘 모르면서 헬나이트에 대해서는 어찌 그리 잘 아는가? 헬나이트에 마족 코크라가 봉인되어 있다는 건 거의 알려지지 않은 사실인데?"

디오스가 픽 웃더니 커트의 어깨에 팔을 걸었다.

"흐흐. 인간을 너무 무시하지 말라구."

"후후. 무시가 아니네. 너무 오래된 일인데 인간들이 아직도 코크라를 기억한다는 게 놀라워서 말이야. 더구나 그가 헬나이트에 봉인되었다는 건 거의 알려지지 않은 사실이거든."

"훗. 모를 수가 없지. 토르가 바로 헬나이트의 주인이거든. 헬나이트야 마족이 봉인된 마검이니, 에고 소드라고 할 수는 없겠지만 말야. 우린 코크라도 이미 만나보았다구."

"뭣?"

갑자기 커트의 얼굴에 긴장이 서렸다.

"정말인가, 곤?"

곤이 담담히 고개를 끄덕이자 커트는 급히 물었다.

"그렇다면, 코크라가 봉인을 풀었다는 말인가? 코크라는 정말 위험한 마족일세. 그가 엘리시온에 들어와 있다는 말인가? 이럴 수가!"

곤은 커트의 얼굴에 서린 긴장감을 읽고 자세한 말을 해줘야 할 필요가 있다는 것을 깨달았다.

"자네가 걱정할 정도는 아니네. 봉인이 깨지지도 않았고, 토르와 코크라는 친구 사이라 할 수 있네. 마족이라기엔 좀 묘한 존재였지."

"코크라가 얼마나 사악한 존재인데! 아무리 운명의 해방자라고 해도 코크라를 곁에 두는 것은 너무 위험한 일이네! 헬나이트 자체가 아슬란을 모방해 만들어진 검일세! 검령을 심을 수 없자 코크라의 영혼을 봉인해 버린 검이야! 그 검이 얼마나 위험한 검인지 아는가?"

"음… 자세한 말을 나눠야겠군. 술이나 나누며 이야기하세. 분명한 건 토르는 분명히 헬나이트를 확실히 통제, 아니, 자신의 친구로 삼았네. 코크라는 토르가 친구라 여기는 존재에게는 절대 해를 끼치지 않을 것이네."

"장담할 수 없는 일 아닌가! 이 말이 엘리시온에 퍼지면 엄청난 혼란이 일어날 걸세!"

"내 말을 믿어주게. 자세한 얘길 들으면 자네도 납득할 걸세. 우선 자리를 옮기지."

디오스는 괜한 말을 꺼낸 듯하여 안절부절못했지만 곤은 침착하게 커트의 눈을 바라보며 이야기했다.

곤의 눈을 바라보던 커트는 깊은 한숨을 내쉬더니 고개를 끄덕였다.

"알겠네. 자네 말이라면……. 우선 얘기를 들어보지."

커트와 곤이 앞장서고 디오스가 뒤를 따랐다. 디오스는 불안한 마음에 래피어의 손잡이를 만지작거렸다.

'토르……. 어쩌지? 아무래도 내가 너한테 피해를 준 것 같은데…….'

디오스는 자책하는 마음에 자신의 머리를 쾅쾅 내려쳤다.

좀… 아니, 많이 아팠다.

투 하트 : *Chapter 35*

A tome of this nature is usually guarded magically—
manifesting itself, more often than not, in a protective
or magical trap.

side view
of key

separated view

firetrap

his chapter begins with the spell lists of the spellcasting
classes and the list of cleric domains and the spells associ-
ated with each domain. An ᴹ or * appearing at the end of a
...name in the spell lists denotes a spell with a material or
...that is not normally included...

ing a particular spell. A creature with no classes
level equal to its Hit Dice unless otherwise spe
word "level" in the spell lists that follow alwa
caster level.

Spell Effects and Conditions: If a spell cau
...ject or subjects to be affected by one or more
...incorporeal invisible, or stun

투 하트 1

처음 헤르미나와 곤들이 대면했던 그 홀에서 모두 기대에 찬 시선으로 자리에 앉아 있었다.

헤르미나는 부드러운 미소를 띤 채 곤들을 대하고 있었고 커트와 라나는 헤르미나의 뒤에 서 있었다.

아나테 또한 기대에 찬 시선으로 빈 좌석을 보고 있었다.

토르를 기다리는 중이었다. 헤르미나에게 들은 대로라면 이미 텔레포트쯤은 문제가 아니란다.

힐끗 헤르미나와 라나에게 시선을 던졌던 아나테는 살짝 미간을 찌푸렸다. 꼭 본부인 옆에 첩이 서 있는 것 같은 기분이 들었기 때문이다.

'에효… 어쩌겠어? 아무 상관 없다는데.'

아나테는 내심 고개를 저었다. 이해할 수는 없어도 받아들여야 하는 문제가 있다. 이번 경우가 딱 그랬다. 아나테는 라나의 생각을 이해할 수 없지만 그녀를 좋아했기에 그녀의 생각을 존중해 주기로 했다.

생각해 보면 라나가 질투를 느낄 거라 생각한 것은 아나테가 너무 앞섰던 것인지도 몰랐다. 라나는 토르에게 호기심이나 호감을 느끼고는 있었지만 아직 그 이상의 감정은 없는 듯했으니. 게다가 '관찰 중'이라 말까지 하지 않았던가.

'진짜 딱 맞는 커플이라고 생각했는데……'

왠지 아쉬웠다.

하지만 어디까지나 당사자들의 문제였다. 애정 문제에 제삼자가 너무 끼어들어 잘되는 경우는 거의 없지 않은가.

헤르미나의 얼굴을 보던 아나테는 여자만의 직감으로 토르와 뭔가 진전이 있었음을 알아차렸다. 뭔가 미묘하지만 변화가 느껴졌다. 전과 거의 다름없는 기품 어린 태도였지만 그 안에는 묘한 생동감이 숨어 있었다.

'했군.'

토르가 대하는 태도를 보면 확실히 알겠지만 아나테는 거의 확신했다. 분명히… 했다.

그때 토르가 나타났다.

정확히 마킹을 하지 않는다면 자신의 좌석으로 텔레포트하는 미세한 조정은 불가능했을 텐데, 토르는 그것을 해냈다. 아나테의 얼굴에 환한 미소가 떠올랐다. 그러나 그녀의 눈은 날카롭게 헤르미나를 쫓고 있었다.

"토르!"

디오스가 반갑게 외치자 토르는 두 팔을 번쩍 들더니 소리쳤다.

"고온―!"

디오스의 얼굴이 왈칵 일그러졌다.

곤에게 달려가던 토르는 디오스의 앞에서 걸음을 딱 멈추었다.

"어? 디오스도 있었네?"

"야!"

"왜?"

"으으……."

디오스는 홱 고개를 돌렸다.

토르의 눈이 커졌다.

"어? 눈썹이잖아? 그린 거야?"

디오스는 뚜껑이 팍 날아갔다. 아니, 정말 이래도 되는 거냐, 토르!

"그리긴 뭘 그려? 이거 커트가 만들어준 거야! 진짜 눈썹이라구! 너 나한테 이럴 수 있냐?"

"내가 뭘?"

사나이 체면에 어찌 '내가 먼저 불렀는데 왜 나는 아는 척 안 하고 곤만 챙기냐?' 따위의 낯간지러운 대사를 치겠는가! 디오스는 사나이 답게 입을 꾹 다문 채 홱 고개를 돌려 외면만 했다.

갑자기 토르가 깔깔 웃음을 터뜨렸다.

"아하하! 디오스! 장난친 거야. 화 풀어, 응? 반가워서 장난친 거라 구!"

장난이었다니! 이 디오스님의 마음을 희롱한 것이 장난이라는 말이 더냐!

진짜진짜 화를 내주려고 했는데 토르의 얼굴을 바라보니, 이런…….
화가 나지 않는다. 환히 웃으며 하얀 이를 드러낸 토르의 귀여운 얼굴에 디오스는 눈 녹듯 화가 풀려 버렸다.

"토르! 이 녀석!"

디오스가 와락 끌어안으려 했으나 토르는 잽싸게 헤이스트를 시전해 디오스의 앞에서 사라졌다.

"난 남자랑은 안기 싫거든?"

토르는 깔깔거리며 곤에게로 도망갔다. 디오스에게 혀를 내미는 것도 잊지 않았다.

"야, 토르!"

홀 안엔 기분 좋은 웃음소리들이 한껏 울렸다.

아나테는 토르와 헤르미나를 번갈아 응시하다 완전히 확신했다.

'진짜 했군. 쩝……'

둘은 아무 대화도 하지 않았지만 미묘한 한순간에 분명 서로 눈길을 주고받았다. 아주 은밀하여 웬만해서는 들키지 않을 미묘한 정감을.

아나테는 왠지 품에서 소중한 무엇이 빠져나간 듯한 상실감에 허전함을 느꼈다.

'나… 진짜 토르를 아들처럼 생각한 걸까……?'

스쳤던 생각을 세차게 부정했다.

'아직 결혼도 안 해봤는데 무슨 아들! 동생! 동생이라구!'

동생이라 해도 이상한 건 마찬가지였지만 아나테는 열심히 고개를 흔들었다.

너무 생각에 몰입했던 것일까?

라나의 목소리에 아나테는 흠칫 몸을 굳혔다.

"아나테, 왜 그래요? 뭐 마음에 안 드시는 것이라도……?"

고개를 드니 모두가 웃는 걸 멈추고 자신만 본다. 이, 이런!

당황한 아나테는 헤르미나가 토르의 눈치를 살피는 것을 보고 둘이 보통 사이가 아니라는 것을 진짜 확신했지만 지금 그런 게 문제가 아니었다. 곤마저 묻지 않는가?

"아나테, 왜 그래?"

"뭐, 뭘?"

"지금 엄청나게 머리를 흔들었잖아. 인상도 잔뜩 찌푸렸고. 뭐 마음에 안 드는 것이라도……?"

곤! 너 왜 그러는 거야? 나 곤란하게 하는 게 재미있냐?

곤 성격에 그럴 리가 없다는 것을 빤히 알고 있었지만 아나테는 곤에게 와락 소리를 질렀다.

'곤, 미안해……'

"지금이 어느 땐데 웃고 떠들기만 하는 거야! 시간이 없다구! 난 토르를 데리고 네크로맨서 마법 가르치러 갈 테니까 곤도 다시 수련해!"

갑자기 좌중의 분위기가 싸하게 가라앉았다.

곤은 고개를 끄덕이더니 서서히 몸을 일으켰다.

"그렇지. 네 말이 맞아. 내 연공도 중대한 고비에 접어들었지. 그저 너와 토르 얼굴이나마 보려고 모이자고 한 거야. 이만 가보지. 커트, 디오스, 가세나."

"이렇게 금방? 토르 얼굴 진짜 오랜만에 보는 건데?"

디오스는 아쉬운 듯 토르를 바라보았지만 곧 곤을 따라 몸을 일으켰다.

아나테는 피라도 토하고만 싶었다. 가능하다면 시간을 거꾸로 돌려 흔들리는 머리통을 꽉 고정시켜 버리고만 싶었다.

'아악! 나도 곤 보고 싶었단 말야!'

아나테는 절대 아들을 생각하는 아줌마가 되고 싶지는 않았다. 디오스가 두고두고 놀려먹을 거리를 이렇게 순순히 제공할 수는 없었다. 그래서 아나테는 피눈물을 토하는 심정으로 토르와 라나에게 말했다.

"토르, 가자. 시간없어. 라나, 당신도 도와줘요."

라나와 토르가 일어서자 아나테는 홱 몸을 돌려 홀 안쪽으로 향했다. 아나테의 표정이 너무 진지하고 딱딱하게 굳어 있어 토르도 아무 말 못하고 따라나섰다. 라나도 고개를 갸웃한 채 아나테의 곁에 섰다.

텔레포트를 하면서도 아나테는 싸늘한 안색을 엄숙하게 유지하고 있었다.

디오스가 곤을 보며 물었다.

"아나테가 정말 열심이지? 저렇게 화까지 내며 토르를 가르치려 하다니."

"토르한테 흑마법 가르치겠다고 전부터 별러왔으니까. 기대하는 바가 크겠지. 토르를 가르치다 보면 정말 보람을 느끼니까. 하나를 가르치면 열, 스물을 아는 녀석이야."

"그래? 그래도 좀 너무하잖아. 정말 오랜만에 본 건데."

"곧 모두 같이 있게 될 텐데 뭘. 조금만 참게나. 우리도 가세."

"그러지."

모두가 사라진 홀 안에서 헤르미나만 홀로 남아 있었다. 삼엄했던 아나테의 눈빛이 생각나 헤르미나는 포옥 한숨을 쉬었다.

'엘제키온의 서에 물어볼까? 아니면 아나테만 데리고 가볼까?'

그 방에서는 엘제키온의 서의 힘을 빌어 다른 이들의 마음도 읽을 수 있었다. 전부가 아니라 조금밖에 볼 수 없었지만.

잠시 생각하던 헤르미나는 곧 고개를 흔들었다.

엘제키온의 서가 그런 사적인 이용을 허락할 리 없었기에.

곧 헤르미나는 열심히 생각하기 시작했다. 아나테한테 잘 보이기 위해서.

2

토르는 아무 말도 하지 않았다. 아니, 할 수 없었다. 아나테의 싸늘한 침묵이 마치 꾸짖는 것만 같았다.

'에헉……'

다 아는 거 같았다. 헤르미나와의 관계 전부를.

한 번 잔 게 다지만 그 후로 헤르미나와 토르 사이엔 미묘한 정감이 싹텄다. 친구라고 부르기엔 애매한 사이였고 연인이라고 부르기에도 역시 애매한 사이였지만.

아나테가 보면 얼마나 한심할까? 아나테는 첫사랑을 못 잊어 죽은 연인도 살리려 하는 사람이다. 한 사람을 향해 순정과 정열, 생의 목표까지도 몽땅 바친 아나테가 보기에 토르는 얼마나 한심한 놈일까? 나나가 죽은 지 얼마나 되었다고…….

아나테의 아공간은 헤르미나의 아공간과는 달리 복잡한 집기들이 빼곡하게 들어차 있었지만 그것을 감상할 여유도 없었다. 그래서 토르는 묵묵히 서 있기만 했다.

토르의 옆에서 힐끔힐끔 토르를 바라보던 라나는 아나테의 완고한 등을 향해 살짝 한숨을 쉬었다.

고맙긴 하지만 호의도 정도 나름이지……. 아나테가 보내는 일방적 지지가 조금 부담스러운 라나였다.

토르에 대한 감정은 아직 호감과 호기심을 넘지 않는다. 헤르미나가 토르를 노린다는 말에도 질투보다는 호기심을 더 크게 느꼈던 라나였다. 어떤 인간이기에 여왕인 헤르미나가 유혹하려 하는지 궁금했던 것이다.

아나테가 갑자기 자신의 볼을 짝짝 치자 라나와 토르는 휘둥그레 눈을 크게 떴다.

"아나테, 왜 그래?"

대답은 하지 않고 몇 번 더 자신의 볼을 친 아나테가 휙 몸을 돌렸다.

"자! 그럼 시작하자!"

압도적인 박력이었다. 묻지 말라는 무언의 협박처럼 들릴 정도로.

토르는 괜히 찔리는 기분이 들어 무조건 고개를 끄덕였다.

"응."

아나테는 아공간 전체를 주욱 가리킨 후 물었다.

"어때? 여기 온 건 처음이지?"

그러고 보니 정말 처음이다.

그제야 여기저기 둘러본 토르는 고개를 끄덕였다.

"그러네. 뭔가 굉장히 많은데?"

"여긴 내 네크로맨서 마법의 보물창고라 할 수 있지. 어디에 뭐가 있는지 다 알고 있단다. 너도 앞으로 다 알게 될 거야."

이걸 다 알아야 한다구? 뭐 하러?

묻고 싶었지만 꿀꺽 말을 삼켰다. 아나테의 박력은 아직도 계속되고 있었던 것이다. 뭔가에 쫓기듯 아나테는 빠르게 말을 이었다.

"너한테 어떻게 가르칠까 정말 고민 많이 했어. 하지만 제일 중요한 건 드래곤 스켈레톤을 다루는 거 아니겠어? 드래곤에 대한 공부부터 시작하자."

드래곤 스켈레톤!

전부터 꼭 조종해 보고 싶었던 놈이다!

토르는 눈을 반짝였다.

"좋아! 근데 그거 어디 있어?"

"호호. 라나가 도와줘서 회대의 역작으로 바꾸어놓았지! 따라와!"

아나테는 한편에 놓인 책꽂이를 돌아 검은 공간 속으로 걸어 들어갔다.

라나와 함께 아나테의 뒤를 따라가던 토르는 입을 벌렸다.

"와아~!"

아나테의 아공간이 이토록 넓은 줄은 몰랐다. 토르가 죽였던 플루티보다도 큰 드래곤 스켈레톤이 육중한 몸을 드러내고 우뚝 서 있었다.

"이렇게 큰 걸 여기다 보관하는 거야? 헤르미나 아공간은 이렇게 안 크던데."

아차, 헤르미나 얘길 꺼내다니!

"내 아공간은 마나를 많이 사용해서 만든 거야. 내가 죽어도 없어지지 않아. 특별한 마법을 걸어두었지. 네크로맨서에게는 마법 재료만큼 중요한 게 없거든."

다행히 아나테는 헤르미나의 얘기에 별 신경을 안 쓰는 듯 보였다.

"네크로맨서는 죽은 생명체를 다루는 게 주된 일이라서 해부가 기본이야. 생명의 신비에 가장 접근한 자들이라 할 수 있지."

아나테가 뭔가 주문을 외우며 손을 젓자 드래곤 스켈레톤의 동체는 토르의 키 정도 높이로 작아졌다.

"우와!"

토르는 단번에 눈앞의 드래곤 스켈레톤에 빠져들었다. 뼈로만 이루어진 동체는 타고 다니기도 했었지만 이렇게 전체를 한눈에 본 적은 없었다. 신기했다.

"토르, 날아다니는 동물을 본 적이 있지?"

"응. 새, 박쥐, 나비, 잠자리… 그런 거."

"곤충은 빼고. 새나 박쥐와 이 드래곤이 다른 게 뭐 거 같니?"

"음……."

토르는 신중한 눈으로 드래곤 스켈레톤을 관찰하다 대답했다.

"새는 깃털이 달렸잖아. 박쥐는 날개에 막이 있고. 이건 박쥐에 가깝지 않아?"

"그래, 맞아. 하지만 내가 묻는 건 그게 아냐. 잘 봐."

눈을 부릅뜨고 보았으나 그 이상의 것은 알 수 없어 토르는 인상을 찡그렸다.

아나테는 팔짱을 끼고 토르를 지켜보고 있었다. 곤은 토르의 주적이 드래곤들이 될 테니 드래곤의 몸 구조에 대해 자세히 가르치라고 부탁한 바 있었다. 토르에게 그 말을 할 수는 없었지만 드래곤 스켈레톤의 조종을 위해서도 드래곤의 몸에 대해 알 필요는 있었다. 네크로맨서 마법은 대상물 육체의 곳곳을 아는 것이 기본이니 말이다.

갑자기 토르가 번쩍 고개를 들었다.

"알았어!"

"그래? 뭐니?"

"전에 디오스가 와이번과 드래곤의 차이에 대해 말해준 게 기억났거든! 둘 다 도마뱀처럼 생겼지만 와이번과 드래곤은 달라! 새나 박쥐하고도 다른 게 바로 그거야! 드래곤은 다리가 네 개인데 날개가 또 달려 있어. 다른 놈들은 날개가 앞다리 대신 달려 있구!"

"호~"

아나테는 기분 좋은 탄성을 질렀다.

곤이 토르가 배우는 속도가 정말 놀랍다고 감탄하더니… 대단한 관찰력이었다.

'어디… 네크로맨서 마법은 얼마나 빨리 배우나 볼까?'

아나테는 눈을 반짝였다. 오랜만에 그녀의 눈에 생기가 돌았다.

"좋아, 토르. 아주 잘 맞췄다. 그럼 한번 생각해 보렴. 이 날개로 드래곤은 어떻게 나는 걸까? 나는 게 가능할 것 같니?"

"무슨 소리야? 드래곤들 잘만 날던만. 내가 처음 본 드래곤은 웜 급도 아니랬는데 잘만 날던데? 이 드래곤 스켈레톤도 잘 날잖아."

"아니, 아니. 이 뼈만 보고 생각해 보라구. 나는 게 가능할 것 같아?"

"그럼 원래는 못 난다는 거야?"

"생각을 해보라니까? 네크로맨서 마법은 대상물의 몸을 잘 알지 않고는 못 배워."

토르는 미간을 찡그린 채 자신만큼 작아진 드래곤 스켈레톤의 주위를 돌며 열심히 들여다보기 시작했다.

아나테는 눈을 반짝이며 토르를 보고 있었다.

'잘 봐, 토르. 그래야 드래곤의 약점을 알 수 있을 거야.'

드래곤과 직접 싸우게 될 거라는 사실을 말하면 토르의 정체에 대해 언급하게 될까 봐 아나테는 다른 방법을 생각해 냈던 것이다. 네크로맨서 마법을 가르치기에 앞서 드래곤의 몸을 꼼꼼히 가르치는 것이 드래곤 스켈레톤을 조종하기 위해 꼭 필요하다고 말해준 것이 바로 그것이었다. 죽은 몸을 다루는 네크로맨서 마법이 대상물의 몸을 잘 파악하고 있어야 한다는 것도 아주 틀린 말은 아니었지만.

토르가 갑자기 아나테를 바라보았다.

"아나테, 이 뼈 무거워?"

아나테는 슬쩍 미소를 머금었다. 토르의 질문이 마음에 들었던 것이다.

"한 번 들어보렴. 만져도 무너지거나 하진 않으니까."

토르는 손을 뻗어 드래곤 스켈레톤의 날개를 들어보곤 놀란 표정을 지었다.

"어?"

작아졌다고는 하지만 거의 무게감이 느껴지질 않았다. 아나테가 플루티의 머리를 이용해 막을 입혀준 드래곤 스켈레톤의 날개는 크기에 비해 너무나 가벼웠던 것이다.

"어디."

토르는 아예 드래곤 스켈레톤의 몸을 들어올려 보았다.

"어?"

생각보다 너무 가벼워 머리까지 번쩍 드래곤 스켈레톤을 들어올렸다.

"뭐야? 왜 이렇게 가벼워?"

아나테는 빙긋 미소를 지은 채 고개를 끄덕였다. 토르가 제대로 접근하고 있었다.

"잘 내려놔."

토르는 조심스럽게 드래곤 스켈레톤을 내려놓고 아나테에게 물었다.

"원래 이렇게 가벼워?"

"뼈만 보면 그래. 물론 마법으로 더 가볍게 만들긴 했지만."

"그 큰 놈들이 몸은 가볍다 이거야?"

"응."

"이유가 뭐야?"

"직접 알아내야지."

"칫!"

"그래야 확실히 아는 거야. 뭐든 남한테 쉽게 들은 거는 쉽게 잊는 거잖아."

"알고 있어."

토르는 입을 내민 채 드래곤 스켈레톤의 몸을 빙빙 돌았다. 토르의 눈이 날카롭게 빛나기 시작했다.

"그렇구나……."

드래곤의 뼈에는 눈에 잘 보이지 않는 무수한 구멍들이 나 있었다. 안력을 높여야만 간신히 보일 지경이었지만.

"아나테, 구멍이 보여. 혹시 뼈 안에도 구멍들이 있는 거야?"

짝짝짝.

"잘 봤어. 안에도 구멍이 있지. 그래서 가벼운 거야. 원래 뼈 자체가 가볍기도 하고. 재질 자체가 다른 생물들과 다르단다. 뼈를 정련해서 무기도 만들 수 있지. 그만큼 단단해."

여기부터는 아나테가 설명해 줄 차례였다. 관찰로 알아낼 것은 다 알아냈으니.

"드래곤은 정말 놀라운 생물이야. 드래곤 스켈레톤을 만들 결심을 한 후에 조사할 수 있는 범위 내에선 전부 조사했지만 알면 알수록 놀랍지. 데바의 은총을 받은 종족이란 게 틀린 말이 아니야."

아나테는 토르의 키만 한 드래곤 스켈레톤의 머리를 만지며 토르를 보았다.

"드래곤은 세 단계를 거쳐 성장해. 알에서 태어나 어릴 때는 헤츨링이라 부르지. 헤츨링 시절에는 그냥 덩치 큰 도마뱀 정도야. 보통 검으로도 얼마든지 벨 수 있단다. 그래서 성룡들이 보호해 주는 거지. 헤츨링 사체를 어렵게 구해서 해부해 본 적이 있어. 그때 재밌는 사실을 알았지."

"뭔데?"

"헤츨링 때는 드래곤도 날지 못해. 아주 일반적으로 알려진 사실이지. 보통 마법력이 부족해 날지 못한다고 알고 있는데 그것만이 아냐."

"그럼?"

"헤츨링은 이렇게 뼈에 잔 구멍들이 나 있지 않아. 속까지 꽉 찬 통뼈들이지. 그런데도 강도는 성룡들보다 약해. 커가면서 강도는 높아지고 뼈는 가벼워지는 거야. 그래서 덩치에 비해 별로 크지 않은 날개로도 날 수 있는 거란다. 물론 마법의 영향도 있겠지만."

"그래?"

토르는 신기하다는 듯 스켈레톤의 뼈를 만졌다. 아나테는 희미하게 미소를 띠었다. 대개의 사람들은 네크로맨서를 혐오했다. 항상 시체를 다루는 그들을 혐오했고 그들이 만들어낸 좀비와 스켈레톤들을 혐오했다. 하지만 토르에게선 그런 거부감이 전혀 느껴지지 않았다. 아예 없는 것이다.

'널 좋아하는 이유지.'

아나테는 웃으며 물었다.

"토르, 그럼 하나 물어볼까? 뼈만 본 거지만 너도 곤에게 인체에 대해서는 꽤 배웠으니 알 수 있을 거야. 드래곤의 몸을 토막 내 죽이는 것 말고 결정적인 약점을 찌르려면 어딜 찔러야 할까?"

"그야 당연히 심장이나……."

토르의 눈이 커졌다.

드래곤 스켈레톤의 갈비뼈가 이상했던 것이다. 내장을 감싸는 갈비뼈들은 꼭 나뭇가지들처럼 얼기설기 이상하게 얽혀 있었다.

"뭐야, 이거? 왜 이렇게 생긴 거야?"

"그게 드래곤이 놀라운 생물이라는 거야. 대개의 생물은 골격은 태어난 그대로 유지돼. 그런데 드래곤은 자라면서 골격도 변화하는 거란다. 헤츨링은 갈비뼈가 이렇지 않아. 자라면서 이렇게 갈비뼈들이 가지를 친단다. 간신히 피부와 근육을 뚫은 검이라도 이 갈비뼈에 막혀버리는 게 보통이지. 게다가 그뿐이 아냐."

아나테는 지켜만 보던 라나에게 고개를 돌렸다.

"라나, 1단계를 보여주겠어요?"

라나는 고개를 끄덕인 후 두 팔을 내밀어 스켈레톤을 향한 채 웅얼웅얼 주문을 외웠다.

곧 토르는 놀라운 경험을 할 수 있었다.

드래곤 스켈레톤의 갈비뼈 사이로 내장들이 생겨나 움직였던 것이다.

"어! 이거 살아나는 거야?"

"그건 그냥 이미지 마법일 뿐이야. 실체는 아니란다. 기록해 둔 걸 토대로 재현한 거야. 라나의 도움이 컸지."

토르는 너무 신기해 그 자리에 털썩 앉아 쿵쿵 뛰고 꾸물꾸물 움직이는 내장들을 보고 있었다. 어찌 보면 징그럽기 그지없었지만 토르의 눈은 별빛처럼 반짝이고 있었다.

아나테도 토르의 곁에 앉아 드래곤의 내장을 바라보았다.

"잘 봐. 이건 굉장한 공부가 될 거야."

"응."

아나테는 갈비뼈의 양옆에 크게 드리워진 두 개의 내장을 가리켰다.

"폐야. 드래곤도 공기를 호흡하니 폐가 있는 게 당연하지. 양쪽에 두 개란다."

"흠……."

토르는 고개를 끄덕였다.

폐. 찌르면 즉사는 못 시키지만 구멍이 뚫리면 폐가 오그라들어 숨을 못 쉰다 들은 기억이 난다. 결국 죽는다.

"얘들 폐도 구멍 뚫리면 오그라들어?"

"헤츨링은 그랬어. 하지만 웜 급의 드래곤은 어떨지 모르겠다. 마나를 이용해 공기가 빠져나가는 것을 막을지도 모르지. 성룡은 해부해 본 적이 없거든."

기회가 있었는데 놓쳤지…….

아나테는 블루 드래곤 플루티의 사체가 생각나 입맛을 다셨다. 다른 드래곤들과는 체형 자체가 다른 블루 드래곤을 해부할 절호의 기회였기 때문에 다시 생각해도 아쉬웠다. 토르가 워낙 갈가리 잘라 죽였기 때문에 복구는 꿈도 꿀 수 없었다.

아나테의 생각은 토르의 물음에 끊어졌다.

"심장은? 안 보이는데?"

아나테가 라나에게 눈짓하자 눈앞에 있던 폐가 갑자기 사라졌다. 그러자 폐 뒤에 숨어 있던 심장이 힘차게 뛰고 있는 게 보였다.

"어? 두 개잖아?"

"응."

드래곤의 심장은 두 개였다.

아나테는 토르의 오른쪽 가슴에 있는 심장이 생각났다. 아마도 나머지 하나는 라토시의 몸속에 있으리라. 토르가 드래곤이었다는 것을 아는 티를 내서는 안 되기 때문에 아나테는 자연스럽게 토르의 어깨에 손을 얹었다.

"폐 뒤에 숨어 있지. 심장은 드래곤 최대의 약점이라 이렇게 완전히 숨겨놓은 거야. 보통 생물은 폐 사이로 심장이 조금씩은 보이기 마련인데 드래곤은 아예 보이지 않을 정도지."

"음……."

토르는 갈비뼈와 심장의 위치를 기억하느라 눈을 가느다랗게 떴다.

첫 번째와 두 번째 갈비뼈 사이를 찌르면 바로 폐에 닿을 수 있을 터였다. 폐를 찌르지 못한다면 절대 찌를 수 없는 위치였다. 가지를 친 갈비뼈들이 방해가 되긴 하겠지만 헬나이트라면 문제없이 뚫을 수 있을 터였다.

"드래곤을 노리려면 심장을 노려야겠네. …나중에 또 덤비면 말이야."

"어디를 찌를 생각이지?"

"여기."

토르가 갈비뼈 사이를 가리키자 아나테는 빙긋 웃었다.

"틀렸어."

"음? 왜?"

아나테가 라나에게 고개를 돌렸다.

"2단계를 보여주세요."

라나의 주문이 끝나자 토르의 눈앞에선 하나씩 착착 생기는 새로운 뼈들이 보였다. 갈비뼈의 사이를 메우는 것처럼 보였다.

"뭐야? 뼈가 또 있어?"

"아니, 이건 뼈가 아니야. 하지만 강도는 뼈에 못지않지. 드래곤의 가슴을 덮고 있는 힘줄이란다. 얇으면서도 진짜 질겨. 보통 검으로는 절대 못 뚫는다. 게다가……."

토르의 얼굴이 일그러졌다.

"검이 안 닿겠구나."

"그래. 웬만한 롱 소드로도 절대 뚫지 못하지. 겨우 뚫었다고 해도 폐까지 뚫고 심장을 파괴하긴 힘들 거야. 다 자란 드래곤의 몸체는 정말 엄청난 크기니까."

"흠……."

토르는 벌떡 몸을 일으켜 여기저기를 살피기 시작했다.

아무리 봐도 뚫을 틈이 없었다. 힘줄과 갈비뼈 사이의 가지를 뚫고 검을 쓰려면 한 점을 정확히 노려야만 가능할 것이다. 뚫는다고 해도 폐가 보호하고 있다. 커다란 폐는 마치 심장을 완전히 감싸고 있는 형태였다.

"뭐야? 약점이 없다는 거야?"

아나테는 고개를 끄덕였다.

"그래. 적어도 심장을 한 번에 꿰뚫어 상하게 하려면 보통 방법으론 불가능하지. 골격으로 보면 유일한 약점이 될 곳은 어깨 관절과 척추 사이를 꿰뚫는 건데, 그곳엔 엄청난 근육이 기다리고 있지. 드래곤의 피부와 근육은 웬만한 검으로는 상처도 낼 수 없으니까."

"그럼 역시… 토막 내는 수밖에 없겠군."

아나테는 고개를 저었다.

"너무 빨리 포기하지 마. 잘 보렴. 드래곤 하나와 싸운다면 모를까 다수의 드래곤과 싸운다면 그런 식으로 검을 쓰는 건 너무 체력을 소모하는 게 될 거야."

"다수?"

토르는 멈칫한 채 아나테를 돌아보았다.

다수란다.

자그레브에게 들어 다수의 드래곤들과 싸우게 될 경우도 있을 수 있다는 것을 토르는 예상하고 있었다. 그래서 열심히 마법도 익혔던 것인데. 아나테도 그걸 안단 말인가?

아나테도 멈칫했다.

"…곤한테 들었지? 항상 최악의 경우에 대비하는 게 철칙이야. 그리고 가장 효과적인 방법을 찾는 게 마법사의 일이지."

"어……."

"내가 연구한 바로는 드래곤의 약점이 될 수 있는 곳은 오직 한곳이야. 라나, 어깨 부분에 근육을 좀 붙여주겠어요?"

라나의 마법에 드래곤 스켈레톤의 어깨에 근육과 피부가 뒤덮이자 아나테는 몸을 일으켰다.

아나테의 손은 어깨뼈와 척추가 이어지는 미세한 틈을 짚고 있었다. 토르를 바라보는 눈에는 조금의 당황도 엿보이지 않았다.

"이곳을 찌르며 각도는 수직을 유지해야 해. 거의 유일한 틈이라고 할 수 있어. 이곳만이 폐를 통과하지 않고 심장을 찌를 수 있는 유일한 곳이야. 하지만……."

"하지만?"

아나테의 말에 빠져든 토르가 눈을 빛내며 되물었다.

"이곳을 감싸고 있는 비늘은 엄청나게 강해. 드래곤의 피부 중에서도 특히 강하지. 네 검으로도 뚫을 수 있다 자신하긴 힘들 거야. 더구나 정확한 각도를 유지해야 해. 어려운 일이지. 쉽게 뒤를 허락할 정도로 녹록한 놈들이 아니니까."

"음……."

토르는 깊이 신음했다.

격공장을 이용해 내부를 파괴하는 것도 불가능할지 몰랐다. 드래곤의 몸은 정말 강했다. 곤이 그렇게 격공장을 퍼부었지만 플루티는 멀쩡하게 움직였었다.

'마법과 결합한 공격이라면 어떨까……?'

뭔가 잡힐 듯도 한데 탁 떠오르는 것이 없어 토르는 안타까웠다.

아나테의 설명은 계속 이어지고 있었다.

"드래곤 브레스는 종족에 따라 다르지만 폐 속의 가스를 이용하는 것 같아. 마법으로 증폭하기도 하는 듯하고……. 독샘도 있지. 바로 여기야. 발톱과 연결되어 있어. 종족을 다 연구해 본 것은 아니지만 내가 해부했던 실버 드래곤 헤슬링과 이 블랙 드래곤은 독샘이 있었어……."

토르는 일단 아나테의 설명에 집중하기로 했다. 배울 게 너무 많았다.

친구의 친구는 친구, 친구의 적은 적 : *Chapter 36*

A tome of this nature is usually guarded magically—manifesting itself, more often than not, in a protective or magical trap.

side view of key

separated view

fireflies

his chapter begins with the spell lists of the spellcasting classes and the list of cleric domains and the spells associated with each domain. An ᴹ or ᶠ appearing at the end of a spell's name in the spell lists denotes a spell with a material or ... ... that is not normally-included

ing a particular spell. A creature with no classes ... level equal to its Hit Dice unless otherwise spe... word "level" in the spell lists that follow always caster level.

Spell Effects and Conditions: If a spell cau... ject or subjects to be affected by one or more ... ... blinded, incorporeal, invisible, or stun...

친구의 친구는 친구,
친구의 적은 적 1

라 나의 도움으로 드래곤 스켈레톤에 이미지를 덧씌워 몸을 공부하는 게 겨우 끝났다. 꼭 긴 탐험을 마친 후처럼 토르는 나른했다. 드래곤은 정말 알면 알수록 대단하고 복잡한 몸을 가졌다.

라나는 할 일이 끝나자 아나테의 뒤에서 조용히 토르를 지켜보고 있었다. 열중해 있는 토르를 묘한 눈초리로 보았지만 토르는 눈도 돌리지 않았다.

토르는 아나테의 앞에 앉아 생각에 잠겨 있었다. 온전히 드래곤에게만 집중해 있었다.

'이놈들도 혈도가 있을까?'

토르는 곤에게 인체에 대해 배운 터라 혈맥과 혈도의 흐름에 대해서 웬만큼 깨우친 후였다. 아나테의 해부 지식도 대단했지만 토르는 턱을 고인 채 곤에게 배운 지식과의 접목을 생각하고 있었다.

'혈맥이나 혈도도 결국 몸 구조에서 다 따라온다고 했어. 그래서 생물마다 조금씩 다르다고 했지. 드래곤에게도 혈도가 있지 않을까?'

한참 궁리하고 있는데 아나테가 말을 걸었다.

"토르, 이제 네크로맨서 마법의 기본을 시작할까? 일단 시신에 혼을 불어넣는 것부터 이해해야 해."

"혼? 영혼을 불러 시신에 심는 거야?"

어? 그건 분명히 불가능하다고 했는데?

아나테는 영혼을 소환하기는 했지만 살려내는 건 불가능하다고 말해준 바 있었다.

말이 다르잖아? 시신에 영혼을 부르면 살려내는 거잖아? 할 수 있었던 거야?

나나는 어찌 된 거냐고 막 물어보려 하는데 아나테가 대답했다.

"그건 아냐. 혼과 영혼은 좀 달라. 혼을 불어넣는 건 그저 움직이게 하는 것뿐이지."

잘 이해할 수 없는 말에 토르가 눈을 깜박이자 아나테는 부드럽게 웃었다.

"토르, 생물의 몸이란 건 신비한 거야. 보통 영혼이 떠나면 몸에는 아무것도 남지 않는다고 생각하지. 하지만 그게 아냐."

"그럼?"

"잘린 손가락 하나라도 그건 그 사람의 일부야. 일부는 또 전체기도 하지. 손가락 하나에도 혼은 들어 있는 거야. 영혼과는 좀 달라. 생각을 하는 게 아니거든. 하지만 의지는 갖고 있지. 움직일 수도 있고."

고개를 갸웃하는 토르에게 아나테는 좀 더 구체적인 예를 들어주었다. 네크로맨서다운 예를.

"토르, 늑대 죽여본 적 있지?"

"응."

"죽인다고 늑대가 곧바로 움직임을 멈추니?"

"아니. 목을 잘라도 꿈틀대던데? 잠깐이긴 하지만 말야."

"그래. 눈으로 보이는 움직임은 잠깐이면 멈추지. 하지만 피는 더 오래 흐르고 생명은 끊어졌어도 혼은 몸을 떠나지 않아. 몸이 완전히 사라지지 않는 이상 아주 작은 조각이라도 혼은 남아 있지. 뼛조각 하나에도 그 생명체의 혼은 남아 있는 거야. 네크로맨서는 그 혼의 힘을 증폭시키는 거란다. 그리고 그 혼에게 자신의 의지를 심어주는 거지."

토르는 드래곤 스켈레톤을 가리키며 물었다.

"그럼… 저놈도 혼은 몸에 남아 있다는 거야? 살아 있다는 거야?"

"남아 있던 혼의 힘을 증폭시켜 움직이게 만든 것뿐이야. 혼의 의지를 내가 조종하는 것이지. 살아 있는 것은 아니란다. 살아 있다는 건 자신의 의지에 따르는 거야. 그래서 살아 있는 존재도 의지를 빼앗겼거나 남에게 조종당하면 죽은 것이나 마찬가지지."

라나가 감탄한 표정으로 조용히 고개를 끄덕였으나 토르는 여전히 고개를 갸웃거렸다.

"살아 있어도 산 게 아니라고? 그럼 저 드래곤 스켈레톤이 자기 의지를 가지게 되면 죽어 있어도 살아난 거야?"

아나테는 입가에 미소를 띠고 고개를 끄덕였다.

"너다운 생각이구나. 하지만 맞아. 내 궁극의 목표가 바로 그거지. 혼이 아닌 영혼을 심어주는 것. 그리고 그 영혼을 내 의지에 따르게 하는 것. 자발적인 의지로 나를 따르게 하는 것이 내 최종 목표야."

"아하."

토르는 비로소 고개를 끄덕였다.

아나테는 엷은 웃음을 띤 채 말했다.

"네크로맨서 마법의 핵심은 바로 시신에 남아 있는 혼의 힘을 증폭시키는 데 있어. 그것을 자신의 의지에 복종시키는 거지. 하지만 그렇게 하기 위해선 시신의 마나를 자신의 몸에 심어야 하지."

"시신의 마나?"

"그래. 죽은 시신을 움직이게 하려면 시신들이 네크로맨서의 몸에 감응해야 하거든. 감응을 위해선 네크로맨서의 몸은 죽어야 하는 거야. 정확히 말하면 같은 죽은 자처럼 시신들이 느껴야 한다는 거야. 그래서 내 몸이 이런 색깔인 것이고."

아나테는 회색빛 육체를 쓸쓸히 내려다보았다.

"그 색깔이 어때서? 난 아나테가 다른 색깔을 하고 있으면 더 이상할 것 같은데?"

아나테가 웃음을 터뜨렸다.

이거다. 이래서 토르를 좋아하는 것이다. 토르에겐 아무 선입견이 없었다. 재수없다고 침을 뱉는 네크로맨서의 시체 같은 몸도 토르에겐 혐오의 대상이 아니었던 것이다.

"그럼 내 몸도 죽어야 하는 거야? 아니, 죽은 것 같아져야 하는 거야? 저놈을 조종하려면?"

아나테는 씩 웃음을 흘렸다.

"그렇다면?"

"당연히 그렇게 해야지. 아나테도 했는데 뭐. 그리고 난 저놈 꼭 조종해 보고 싶단 말야."

반짝반짝 눈을 빛내는 토르를 보며 아나테는 기분 좋은 웃음을 흘렸다. 그러나 아나테는 고개를 저었다.

"넌 그럴 필요 없어."

"왜? 나도 네크로맨서 마법 배웠댔잖아! 아나테는 가르쳐 준다고 했고!"

"물론 가르쳐 줄 거야. 하지만 대륙 최고의 네크로맨서인 이 아나테 님이 친구한테 그 지저분하고 괴로운 고통을 당하게 할 리 있겠어?"

시신과 감응을 하기 위해서는 시신들 속에 몸을 뉘인 채 죽음의 마나를 몸에 박아야 한다. 그것이 얼마나 참혹하고 괴로운 고통인지 아나테는 몸서리치게 잘 알고 있었다. 토르에게 그런 경험을 시킬 아나테가 아니었다.

그때 토르가 입을 열었다.

"뭐든 얻으려면 반드시 고통을 이겨내야 하는 거야."

너무 어른스러운 말이라 아나테는 토르에게 물어보았다.

"곤이 해준 말이니?"

"응."

아나테는 정말 곤다운 말이라고 생각했다. 이 말을 해주고는 죽어라고 수련을 시켰겠지?

아나테는 눈을 반짝이며 토르의 앞에 바싹 얼굴을 들이댔다.

"곤 말이라면 다 맞다 이거야?"

"다 맞던데?"

'이건 거의 신앙이군……'

아나테는 번쩍 고개를 들고 허공을 향해 쭉 팔을 뻗었다. 이건 승부다!

"이 아나테님이 한 말도 반드시 맞다는 것을 보여주지! 고생 따위 안

해도 얻을 수 있는 것이 있다는 걸!"

환호를 기대했는데 토르의 반응이 좀 시원치 않았다. 눈만 말똥말똥 뜬 채 토르는 아나테를 보고 있었다.

"그런 거 없는데?"

"익!"

아나테는 토르의 앞에 앉아 눈을 부릅떴다.

"이 아나테님의 말은 못 믿겠다는 거야?"

"아니… 그게 아니라…….."

"그게 아님!"

"경험상……."

"곧 새로운 경험을 하게 될 거야!"

아나테는 토르의 손을 꼭 쥐었다.

"네크로맨서 마법을 쓰기 위해 네크로맨서가 될 필요가 넌 전혀 없어. 왠지 아니?"

"왜?"

"넌 대륙 제일의 네크로맨서인 이 아나테님의 친구니까!"

아나테는 씨익 웃더니 토르의 어깨를 잡아 일으켰다.

뚜벅뚜벅 걸음을 옮겨 드래곤 스켈레톤의 앞에 선 아나테는 토르를 보며 다정스럽게 말했다.

"토르, 이놈한테 커지라고 해봐."

"응? 내가 말해봤자 소용없잖아? 아나테 말만 듣는 거 아냐?"

"해봐."

아나테는 이를 드러내며 웃었다.

고개를 갸웃거리던 토르는 에이, 모르겠다 하는 심정으로 '커져!' 라고 말했다.

그런데, 정말 커졌다.

쑥쑥 커지던 몸체는 원래 크기로 돌아가 집채만 한 위용을 자랑하며 토르의 눈을 압박했다.

토르의 눈이 커졌다.

"우와~ 이거 어떻게 된 거야?"

"넌 내 친구랬잖아. 내 말도 듣지만 네 말도 듣게 해놨지. 이놈이 움직이는 한 우리 말은 영원히 들을 거야."

"와와~"

어지간히 신났던지 토르는 팔짝팔짝 뛰다 드래곤 스켈레톤의 머리 위로 몸을 뽑아 올려 뛰어올랐다. 낭랑한 목소리가 울렸다.

"울어봐!"

놈은 커다란 입을 벌리더니 토르의 명령에 화답했다.

꾸웨에에에—

아공간을 뒤흔들며 긴 포효가 터져 나왔다.

토르는 눈을 감고 미소를 지었다. 바로 이 소리다. 이 우는 소리가 참 마음에 들었던 놈이다. 웃음이 터져 나왔다.

"아하하하하!"

토르는 아나테를 내려다보며 손을 흔들었다. 아나테도 마주 손을 흔든다. 토르는 폴짝 뛰어내려 아나테의 앞에 섰다.

"아나테! 나 이놈 타고 날고 싶어! 응? 응?"

"그건 나머지 마법을 다 배우고."

"에이, 조금만! 응?"

"토르. 우선 다 배워야지! 곤 말 잊었어?"

"어? 곤? 아, 그, 그랬지."

아나테는 은근히 괘씸해졌다. 무의식 중에 곤을 팔았는데 곤 말이라니까 수그러드는 것 좀 봐! 내 말은 안 무섭다 이거냐!

그런데 토르의 안색이 갑자기 심각해졌다.

막 토르를 닦달하려던 아나테는 토르의 변화가 이상해 물어볼 수밖에 없었다.

"토르, 왜 그래?"

"아나테… 나… 인간으로 오래 산 건 아니지만 알 건 알아. 고통없이 아무것도 나오지 않는다는 건 진짜야. 다 그렇다구. 안 그래?"

"그게 진짜가 아니라는 건 내가 보여줬잖아!"

"아니……."

토르는 고개를 흔들고는 아나테를 바라보았다. 조용한 눈빛이 아이의 눈빛 같지 않게 너무나 담담해 아나테는 움찔 몸을 떨었다.

토르의 목소리가 나직하게 이어졌다.

"아나테… 내가 고통받는 게 싫어서 네가 뭔가를 희생한 거지? 그렇지?"

"무슨 소리야! 나는."

아나테는 말을 더 이을 수 없었다. 토르가 꽉 껴안았던 것이다. 아나테의 가슴 정도밖에 오지 않는 키라서 안은 게 아니라 안긴 것처럼 보였지만. 아나테는 절로 가슴이 떨리는 것을 느꼈다.

'어떻게 알았지? 어떻게?

아나테의 젖가슴에 머리를 묻은 채 토르는 속삭였다.

"아나테, 나도 마법을 배웠잖아. 마나의 흐름은 나도 느낄 수 있어. 아나테 마나가 많이 이상하단 걸 아까부터 알고 있었어. 그냥 뭔가에 화가 나서 그런 거라고 생각했는데 그게 아닌 거야. 그렇지?"

"토르……."

"나 때문에 아나테 마나를 쓴 거지? 그래서 지금 약해진 거지?"

"……."

아나테는 토르의 머리를 쓰다듬으며 낮게 한숨을 토할 수밖에 없었다.

'너무 컸구나……. 토르, 너무 빨리 자랐어…….'

토르의 말이 맞았다. 아나테는 네크로맨서 마법을 가르치고는 싶었지만 토르에게 죽은 자의 몸을 갖게 하고 싶지는 않았다. 너무나 아끼는 토르에게 모든 인간이 경원하는 시체의 몸을 갖게 하고 싶지는 않았던 것이다. 그래서 마나의 소모를 감수하며 드래곤 스켈레톤에게 특별 복종 마법을 걸었던 것이다. 앞으로 드래곤 스켈레톤은 처음 몸을 움직이게 한 아나테뿐 아니라 토르에게도 영원히 복종할 것이다. 그것이 토르를 위해 아나테가 선택한 희생이었다.

토르가 번쩍 고개를 들었다.

"아나테……."

토르가 울기라도 할까 봐 걱정했던 아나테는 눈을 크게 떴다. 토르가 목을 끌어당겨 키스를 해주었던 것이다. 이마를 따뜻하게 해주는 한없이 정다운 키스였다.

토르는 속삭였다.

"고맙다거나 미안하다는 말은 안 할게……. 절대, 절대 잊지 않을게……."

아나테는 다시 한 번 토르가 컸다는 것을 실감했다. 커도 너무 멋지게 컸다. 눈물이 흐를 것만 같은 사람은 토르가 아니라 아나테였다. 아나테도 방긋 미소를 지었다.

"나도 널 절대 안 잊어."

라나가 부드러운 시선으로 두 사람을 보고 있었지만 아나테와 토르는 한동안 꼭 끌어안은 채 서로 바라만 보고 있었다.

한참이 지난 후, 토르가 조용히 입을 열었다.

"아나테, 나 이제 네크로맨서 마법 안 배울래."

"뭐! 왜?"

아나테가 토르의 어깨를 잡으며 와락 소리를 질렀다.

"이제 시작이야! 왜 안 배운다는 거야?"

"아나테 힘들게 하면서 배우고 싶지 않아. 드래곤 스켈레톤 조종하는 걸로 만족할게."

아나테의 눈빛이 일렁였다. 물막이 덮여가는 눈으로 토르를 보던 아나테는 갑자기 큰 소리로 웃음을 터뜨렸다. 남자처럼 호탕한 웃음소리가 통쾌하게 울려 퍼졌다.

"아하, 아하하하하!"

"왜에?"

의아해 묻는 토르의 등을 아나테는 세차게 두드렸다.

팡, 팡!

"아나테?"

아나테는 마치 너무 웃어서 눈물이 났다는 듯 표나게 눈을 훔치고는 턱하니 허리에 양팔을 올렸다.

"야! 토르! 아무렴 이 아나테님이 그렇게 미련스럽게 네크로맨서 마법을 가르칠 것 같냐? 너 너무 오버한 거야!"

"그럼… 아나테 마나 안 쓰고도 내가 네크로맨서 마법도 쓸 수 있는 거야?"

"물론이지! 내가 그 정도 계산도 안 했겠냐!"

"어떻게? 네크로맨서 마법 배우려면 시신의 마나를 흡수해야 한다면서? 나 그거 안 했잖아?"

"저 드래곤 스켈레톤이야 내가 만든 놈이라서 복종 마법을 써야 했지만 딴 거는 마나 수식만 익히면 쓸 수 있어. 딴 놈은 안 되지만 넌 돼."

아나테는 팔짱을 끼더니 피식 미소를 지었다.

"이게 좀 철들었다고 아주 애 돌보듯 내 걱정을 해주네. 큭큭, 귀엽다, 야."

토르는 여전히 미심쩍다는 듯 아나테를 바라보았다.

"정말 그런 방법이 있는 거야?"

"그럼! 넌 헬나이트의 주인이잖아! 코크라의 협력만 있다면 죽음의 마나 따위는 얼마든지 사용할 수 있어!"

코크라가?

토르는 눈을 크게 떴다.

"정말?"

"못 믿겠으면 불러내서 물어봐."

토르는 목에 걸린 가죽 주머니를 잡고 코크라를 불렀다.

"코크라, 나와봐."

「엘프 있는데?」

코크라의 말에 토르는 미간을 찌푸렸다.

여기서 그 말이 왜 나와?

"라나 있으면 어때서 그래? 나오라니까!"

「흐흐. 재밌겠군.」

가죽 주머니에서 헬나이트가 솟구치며 대거 크기로 커지자 토르는 헬나이트를 잡아챘다.

순식간에 붉은 형체를 일렁이며 코크라가 모습을 드러냈다. 하반신은 아직 연기처럼 모호한 형태였지만 상반신은 어느 때보다 분명한 형체였다.

아나테의 아공간엔 갑자기 숨 막히는 마력이 넘쳐났다. 토르가 성장할수록 코크라의 힘도 강해지는 듯 엄청난 위세를 흩뿌렸다.

"안녕, 코크라?"

아나테가 방실거리며 인사를 하자 코크라는 흥! 콧방귀를 뀌었다.

"이런 검 쪼가리 속에서 뭘 안녕하겠어?"

"사람 인사를 왜 그따위로 받아?"

토르가 꾸짖듯 말하자 코크라는 허공에서 팔짱을 끼었다.

"내 맘이다!"

"아나테 말 진짜야?"

"뭘?"

"다 들었잖아? 말 또 하게 할래?"

"쿵. 내가 왜 네놈한테 마력을 빌려줘야 해?"

토르의 입에 하얀 미소가 서렸다.

"가능은 하다는 얘기구나!"

"네가 마나 배열만 할 수 있다면 웬만한 흑마법쯤이야 헬나이트를 잡은 것만으로도 할 수 있지. 이 코크라님이 몸담고 계시는 검이니까. 하지만 내가 허락하지 않으면 안 돼."

"허락? 그게 우리 사이에 가당키나 한 말이냐?"

"우리 사이가 어떤 사이인데? 또 그놈의 생명의 은인 운운하려고? 나도 네놈 목숨을 구해줬다는 거 잊지 마라. 새로운 거래를 터야 해. 안 그럼 어림도 없어."

벌써 다 생각해 두었던 듯 코크라의 말은 유유히 흘러나왔다. 붉은 눈가엔 승리감마저 떠올라 있었다.

"거래?"

토르는 고개를 갸웃거렸다.

코크라는 흐흐 웃더니 손가락을 좌우로 흔들었다.

"야야, 내가 네놈 친구들하고 똑같은 줄 알아? 그런 어린애인 척하는 수법은 안 통해. 속은 시꺼멓게 여문 놈이 무슨 순진한 척을 하는 거냐? 엘프 여왕하고도… 끌끌. 뜨거운 녀석이 말야."

코크라는 결정타라고 생각한 듯 한껏 눈을 가늘게 뜨며 목소리를 낮추었다.

과연 토르의 눈이 흔들렸다.

"이… 비겁한 놈!"

"흐흐. 내가 마족이란 걸 잊었어? 계산은 철저해야지. 지금 여기서 다 불까? 노천온천에서 네가 뭘 했는지 말야. 으흐흐흐."

아나테가 급히 물었다.

"노천온천? 그런 게 여기 있어? 거기서 토르가 뭘 했는데?"

"흐흐. 아나테, 알고 싶어? 네겐 좀… 버거운 얘기일 텐데? 너 경험 없잖아?"

"뭐? 무, 무슨 소리를 하는 거야!"

아나테가 한 걸음 물러서며 강하게 소리쳤다.

코크라는 붉은 눈을 굴리며 아나테를 향해 이죽거렸다.

"흐흐. 오르스랑 사귈 땐 넌 너무 어렸지. 오르스도 어렸고. 막 사랑이 성숙하려던 때 그 녀석이 죽어서 넌 아직도… 흐흐."

그때였다. 갑자기 코크라의 귓속에만 사자후가 터진 것은.

"갈(喝)!"

"컥!"

코크라의 형체가 무너질 듯 흔들리더니 분명했던 형체가 뿌옇게 흩어지기 시작했다. 간신히 힘을 모은 듯 곧 형체를 다시 회복했지만 코크라의 목소리엔 힘이 없었다.

"너 이 자식……."

토르는 손가락을 코크라의 눈앞에 들더니 당당하게 꾸짖었다. 전음으로.

"야! 알 만한 놈이 왜 그래? 오르스 얘기 하면 아나테 힘들잖아! 닥쳐!"

코크라는 머리를 흔들더니 이를 갈았다.

"으으… 비겁하게 이러기냐?"

"비겁한 건 너지, 임마! 사람 상처 건드리는 게 얼마나 비겁한 건지 너도 잘 알잖아!"

"으으… 마족한테는 당연한 거라고……. 그리고 약점을 공격하는 게 왜 비겁하냐? 싸움을 할 땐 당연한 거잖아……."

코크라가 힘이 부친 듯 헬나이트를 손으로 잡고 항변했다.

토르는 여전히 당당한 목소리로 코크라를 꾸짖었다.

"넌 보통 마족이 아니잖아, 임마! 왜 보통 마족들처럼 구는데?"

"흐… 말솜씨가 정말 많이 늘었구나……. 비겁한 건 네가 더 심한 거야……. 노천온천 비밀 지키겠다고 지금 나 공격한 거잖냐? 준비도 안 되어 있었는데… 빌어먹을."

"뭐? 그게 뭐가 쪽팔리다고 감춰? 말할 테면 해! 나 쪽팔린 거 없어!"

"그래……? 그럼 쪽팔린 건 뭔데……?"

토르는 멈칫했다. 코크라의 말에 흔들렸던 건 노천온천의 얘기가 아니라 그전에 한 말 때문이었지만 지금 이 자리에서 얘기할 수는 없었다. 절대 말할 수 없었다.

다행히 코크라는 다른 걸 연이어 물었다.

"도대체… 왜 공격한 거야……?"

"당연하지, 임마! 넌 내 친구잖아! 아나테도 내 친구야! 친구의 친구면 당연히 친구라구! 디오스도 그래서 친구가 됐는걸? 친구인 아나테한테 그런 실례를 하고도 지금 잘했다고 하는 거냐?"

"야! 너랑 나랑은 적."

"적이면서 친구기도 하다고 네 입으로도 얘기했잖아! 거짓말은 안 한다며? 그런 놈이 내 친구라는 걸 이제 와서 부정하겠다는 거냐!"

"아, 아니. 그게 아니고… 친구의 친구는 친구라는 건 좀……."

"좀 뭐! 친구의 친구는 친구야! 그럼 친구의 친구가 친구가 아니면 뭐란 말이냐!"

"흐……."

이상한 논리에 휘말린 코크라는 대답할 말을 찾지 못하고 아나테를 힐끔 보았다. 토르가 걱정되어 아나테에게 토르를 부탁한 적도 있는 코크라였다. 토르 일행에게 다른 인간들에게서는 느껴본 적 없는 간지러우면서도 이상한 정감을 느끼고 있는 것도 사실이었다. 그걸 인간들이 바로 우정이라고 부르는 것도.

토르의 목소리가 들렸다.

"사과해, 엄마. 아나테 상처받았잖아?"

과연 아나테의 얼굴은 창백한 상태였다. 이상하게도 그 얼굴을 보니 마음이 안쓰러운 것도 사실이다.

이게 뭐냐? 대마족 코크라님이 고작 인간이 상처받는 것 따위에 마음이 아프다니! 이게 무슨 쪽팔린 꼴이냐고!

하지만 인정할 건 인정할 수밖에 없었다. 코크라는 크게 탄식하며 허공을 응시했다.

"후우… 내가 어쩌다……."

고개를 가로젓던 코크라는 마족의 피를 갖고 태어난 이래 처음 해보는 이상한 말을 할 수밖에 없었다.

"아나테… 미안하다."

아나테는 묵묵히 코크라를 바라보더니 포옥 한숨을 쉬었다.

"그 말… 다시는 하지 말아줘……."

"그러지……."

토르는 심판관처럼 코크라와 아나테를 바라보다 씨익 미소를 지었다.

"좋아, 코크라! 넌 역시 멋진 놈이다! 사나이야!"

"나 들어갈래……."

다른 마족이 보았으면 얼마나 비웃을 것인가. 코크라는 마족의 자긍심을 버린 것만 같아 힘이 하나도 없었다.

"하던 얘기는 하고 가야지. 새 거래가 필요하다면서?"

"됐다. 그냥 넘어가자. 수식만 제대로 배우면 흑마법쯤은 맘대로 할 수 있을 거야. 나 좀 쉬자."

토르는 미안한 얼굴로 코크라에게 대답했다.

"많이 힘든가 보네······? 그래, 그럼."

"그래."

코크라가 헬나이트로 들어가려는데 날카로운 음성이 들렸다.

"잠깐!"

모두가 고개를 돌렸다.

라나였다.

라나는 한껏 활시위를 당긴 채 코크라를 겨냥하고 있었다.

"코크라! 감히 엘리시온에 나타나다니!"

불타는 라나의 눈에 토르는 당황했다.

"어? 갑자기 왜 그래?"

토르는 헬나이트를 얼른 등 뒤로 숨겼다.

라나는 큰 소리로 외쳤다.

"비켜!"

"왜 그러는 거야?"

"당신은 운명의 해방자야! 그런 당신이 어떻게 마검의 주인인 것이지? 당장 그 검을 버려! 코크라가 대륙에 얼마나 해악을 끼친 존재인 줄 알아?"

"얜 내 친구야! 그리고 헬나이트는 내 검이야! 내가 얼마나 힘들게 이놈을 잡았는지 알아?"

"당장 버려! 당신한테 어울리는 검이 아니야!"

"그런 건 내가 선택해!"

라나와 토르의 날카로운 대화가 오가는 가운데 조용한 웃음이 들렸다.

"큭큭……."

코크라였다.

코크라는 토르의 등 뒤로 머리만 드러낸 채 거의 업힌 듯한 자세로 라나를 보며 웃고 있었다.

"정말 가소롭구나. 날 본 적도 없는 어린 엘프 주제에… 지금 날 공격하겠다는 거냐?"

"코크라! 자극하지 마!"

토르의 목소리에 코크라는 큭큭 웃었다.

"토르, 내가 이래서 안 나오려고 한 거야. 엘프들이란 것들은 지들이 세상의 양심은 모두 대변한다고 생각하는 가증스러운 것들이지. 저놈들도 날 싫어하고 나도 저놈들 싫어해. 맘대로 하라고 해. 제깟 놈들이 날 어쩔 수 있을 것 같아? 난 대마족 코크라야!"

"가만있어! 나한테 맡겨!"

"이건……."

'내 문제야'라고 말하려던 코크라는 토르의 이어진 말에 입을 다물었다. 코크라를 향한 말이 아니었다.

"라나! 당장 활 거둬! 코크라는 내 친구야! 코크라의 적이면 내 적이기도 해! 나랑 적이 될 생각이냐?"

"지금 자신이 무슨 말을 하는지나 알고 있어? 저건 마족 중의 마족이라던 대악마 코크라야! 얼마나 위험한 존재인지 알아?"

"그따위 거 몰라! 코크라는 나랑 친구야! 말하는 거 다 들었잖아! 진짜 친구라고! 당장 활 거둬!"

큭큭……. 진짜 친구란다…….

코크라는 묘한 간지러움이 가슴속에서 치밀어 올라왔다. 토르라는

녀석은 간질이기 대왕이었다. 큭큭. 마족의 자긍심을 단숨에 별거 아닌 것으로 만들어 버리는 녀석!

쩌어억—!

코크라의 입이 갑자기 엄청난 크기로 변하며 커졌다. 귀밑까지 짜악 찢어진 시뻘건 입 안에서 날카로운 칼날을 거꾸로 박아놓은 듯한 이빨들이 몸서리치게 드러났다.

"토르!"

아나테가 깜짝 놀라 소리쳤다. 코크라의 입이 토르의 머리를 통째로 씹어 먹을 듯했기 때문이다.

활시위를 팽팽히 당긴 라나의 팔도 바르르 떨렸다. 코크라의 머리만 정확히 노려 맞추어야 했지만 토르와 너무 가까이 붙어 있었다. 혹시 실수라도 한다면…….

토르는 웃고 있었다.

코크라의 입이 자신의 머리를 덮치는 것을 보면서도 웃고 있었다.

"떨어져!"

코크라가 토르의 머리를 삼키려는 걸 보고 깜짝 놀란 라나가 활시위를 놓았다.

패앵—!

엄청난 기세를 담고 날아간 화살은 코크라를 맞추지 못했다.

화살은 토르의 손에 단단히 잡혀 있었다. 아이스 마법을 걸어놓은 화살이지만 화염 마법에 통달한 토르를 뚫을 수는 없었던 것이다.

그리고… 토르의 머리를 덮쳤던 코크라의 입은 그대로 토르의 머리를 통과해 버린 후였다. 허상이었다.

아나테가 힘이 빠진 듯 털썩 바닥에 주저앉았다.

"토르……."

라나도 활을 늘어뜨린 채 어이없는 시선으로 토르를 보고 있었다.

토르는 빙긋 웃고 있었다.

코크라도 여전히 토르의 어깨 위에 머리를 얹어놓고는 빙글빙글 웃고 있었다.

코크라의 웃음소리가 통쾌하게 터졌다.

"푸하하하! 봤냐? 이 정도는 돼야 내 친구야! 이 녀석은 눈 하나 까딱 안 하잖아?"

토르는 빙긋 웃고는 정겨운 목소리로 코크라에게 말했다.

"장난치느라고 헛힘 썼으니 더 힘들겠다. 들어가서 쉬어."

"그래. 나, 간다."

코크라의 형체가 헬나이트 속으로 삽시간에 빠져 들어갔다.

토르는 라나를 보며 빙긋 웃었다.

"봤지? 나랑 진짜 친구야."

라나는 버럭 소리를 질렀다. 토르를 이해할 수 없었다. 너무너무 화가 났다.

"무슨 무모한 짓이야? 진짜 해칠 수도 있었어! 비록 헬나이트에 봉인되어 있다고 해도 그 정도 형체를 갖추었다면 물리력도 쓸 수 있다구!"

"알아."

"알면서 그런 짓을 해?"

"믿으니까."

"뭐?"

토르의 믿는다는 한마디에 라나는 맥이 풀리는 것을 느꼈다. 목숨을

맡길 정도로 믿는다는 건 아무나 할 수 있는 일이 아니라는 걸 라나는 잘 알고 있었다. 라이칸스로프들이 커트에게 바치는 맹목적인 충성과도 같은 그 믿음…….

토르는 담담한 얼굴로 이야기했다. 살짝 미소마저 띤 채로.

"코크라는 친구야. 하지만 적이기도 하지. 코크라가 헬나이트에서 자유로워지려면 내 몸을 차지하는 수밖에 없어. 하지만 절대 그따위 뒤통수치는 수법으로 내 몸을 차지할 놈이 아니야. 정정당당한 의지의 대결만 있을 뿐이야. 그러니까 믿어. 이놈은 진짜 사나이야. 비겁한 마족들하곤 차원이 다른 놈이라구."

"당신은 정말……."

라나는 멍하니 토르를 바라보다가 휙 몸을 돌렸다.

"아나테, 아공간을 조금만 열어줘요. 밖으로 나가야겠어요."

"그래요."

어지간히 놀랐는지 아나테도 가슴을 누른 채 고개만 끄덕였다.

라나는 텔레포트를 하며 힐끔 토르를 돌아보았다. 맺지 못한 말은 마음속으로만 되뇌었다.

'당신은 정말 이상한 사람이야…….'

커트를 만나봐야겠다. 여왕 폐하는 이 사실을 알고 계실까……?

2

커트를 찾은 라나는 헬나이트와 코크라에 대해 한마디도 꺼낼 수 없었다.

건드리면 터질 것 같은 긴장을 감히 깨뜨릴 수 없었기에.

커트는 곤과 마주 선 채 묵묵히 서로 바라만 보고 있었다. 그러나 둘 사이에는 엄청난 기세의 충돌이 일어나고 있었다. 곧추세운 창과 검은 금방이라도 피를 뿌릴 듯이 형형하게 빛나고 있었다.

라나는 한쪽에 쭈그려 앉은 채 둘을 바라보는 디오스에게 다가갈 수밖에 없었다.

디오스는 라나가 곁에 앉자 손가락을 입에 들어 쉿 하는 시늉을 했다. 라나도 고개를 끄덕였다.

'오늘이었구나……'

커트에게 들은 터였다.

곤과 목숨을 건 대결을 할 것이라는 것을. 라나가 말렸지만 커트는 듣지 않았다.

"목숨을 걸 기회는 흔치 않아. 그럴 가치가 있어, 곤에게는. 그와 전력으로 창을 맞댈 수 있다면 죽어도 좋아."

커트가 한 말이었다. 라나로서는 이해할 수 없어 계속 말리려 했지만 커트의 단호한 결정은 절대 물릴 수 없었다. 엘리시온의 그 누구도 막을 수 없을 것이다. 설사 여왕이라도. 그것은 전사에게 허락된 절대적 자유였으니.

커트의 저런 모습은 라나도 처음이었다. 커트는 항상 고뇌를 안고 있었지만 언제나 당당함을 잃지 않았다. 저렇게 긴장한 모습의 커트는 처음이었다.

'커트……'

엘리시온의 외곽을 순찰하는 것은 힘들고 귀찮은 일이다.

하지만 토르들이 엘리시온에 들어오기 전까지 커트는 항상 그 힘든 일을 스스로 자원해 수행해 왔다. 라나가 그를 돕게 된 것은 정말 우연이었다.

아무리 연습해도 활솜씨가 늘지 않아 시무룩해 있는데 엘리시온에 잠시 들어왔던 커트가 라나에게 충고해 주었다. 어찌 보면 평범한 말이었는데도 그 말은 라나가 가장 놓치고 있던 한 부분을 정확히 짚어 준 것이었다.

'균형이 안 맞으니 그런 거야. 작은 활을 써' 라고 커트는 빙긋 웃으며 말해주었다.

"하지만 다들 롱 보우를 쓰잖아요!"

라나는 항변했지만 커트는 웃었다.

"다들 쓴다고 꼭 너도 써야 한다는 법은 없지."

그 말 때문이었다. 라나가 반신반의하면서도 어느 엘프도 쓰지 않는 숏 보우와 크로스 보우를 쓰게 된 것은. 그녀는 그 후 엘리시온 최고의 명궁이라는 영예로운 호칭을 성인이 되기 전에 받은 최초의 엘프가 되었다.

그때부터였다. 커트를 따라다니며 외곽 순찰을 도운 것은.

커트는 언제나 듬직하고 언제나 당당했다. 모르는 것도, 못하는 것도 없어 보이는 그런 이였다. 그 커트가 지금 시퍼렇게 눈을 뜬 채 긴장하고 있었다.

곤의 모습도 커트와 비슷했다. 아슬란을 쥔 채 자연스럽게 팔을 올리고만 있는 모습이었지만 너무나 삼엄한 기상이 피어오른다.

라나는 곤이 커트와 닮았다는 것을 새삼 깨달았다.

마음을 잘 열지는 않으나 한 번 마음을 준 이에게는 모든 것을 다 준다. 당당해 보이나 내면은 쓰디쓴 고뇌로 뭉쳐 있다. 고요해 보이지만 안에는 뜨거운 열정이 숨어 있다. 너무나 닮고 싶었던 그녀의 우상, 커트의 모습을 한 이가 인간 중에도 있다는 것은 라나에게 충격이었다.

둘의 대치를 먼저 깬 것은 커트였다.

"하앗!"

마법을 쓰면서도 커트는 절대 캐스팅을 하며 마법의 정체를 들키는 실수는 하지 않는다. 날마다 자신이 쓸 마법을 메모라이징해 날마다 수련한다.

라나는 커트를 절대적으로 믿으면서도 저도 모르게 주먹을 꼭 쥐었다.

'먼저 공격했어……'

커트가 먼저 공격하는 것은 처음 보는 라나였다. 그는 어떤 엘프와 대결할 때도 선공을 항상 양보해 주는 엘프였다. 그런 커트가 선공을 시도했다. 그 의미가 무겁게 라나의 가슴을 내리눌렀다.

커트의 기합성을 시작으로 연무장에는 날카로운 쇳소리가 울려 퍼지기 시작했다.

창창. 차차차차창―

창과 검은 결코 직접 부딪치지 않았다. 그럼에도 쇳소리는 날카롭게 울려 퍼지고 있었다. 커트의 창끝에는 새하얀 오러가, 곤의 검끝에는 새파란 검강이 피어올라 있었다. 처음부터 전력을 다한 대결이었다.

커트는 이를 깨물었다.

마법을 쓰지 않으면 이길 수 없는 상대라는 것은 처음부터 알고 있

었다. 하지만 예상 밖이다. 마법을 쓰고도 이렇게 밀린다는 것은. 겉으로 보기엔 대등한 대결이었지만 커트는 알고 있었다. 창끝에 걸리는 느낌이 하나도 없다. 마치 바람을 상대하는 것만 같았다. 인정할 수 없다!

"차아아앗!"

탄성을 가득 담고 있는 은빛 창대가 곤의 몸을 압박해 들어갔다. 눈부신 속도로 움직이는 창끝이 곤의 몸 구석구석을 노리며 분신을 만들 듯 잔영을 일으켰다. 하나하나가 모두 실체인 공격, 커트가 절대적으로 자신하는 연속 공격이었다.

창, 창!

간간이 터지는 금속음을 제외하고는 곤은 기합 한 번, 신음 한 번 흘리지 않았다. 거센 폭풍우에 흔들리는 조각배처럼 흔들렸지만 그 거센 공격을 느릿한 검식으로 여지없이 흩어놓고 있었다.

'그때도 이랬지!'

커트는 살짝 눈살을 찌푸렸다.

처음 맞부딪쳤을 때도 곤의 검은 이랬다. 마치 허공을 향해 창을 휘두르는 것처럼 걸리는 느낌이 없었다. 분명히 창과 검이 맞붙는데도 반발력이 전해지지 않는 기이한 느낌. 곤은 그것을 화경(化勁)이라고 불렀다.

'하지만!'

츄리리리릿—

커트의 창끝이 눈부신 속도로 진격하기 시작했다.

아이스 스피어를 걸어놓은 창끝에는 새하얀 오러가 한 길이 넘도록 뿜어져 나왔다. 그 창끝은 그냥 찌르기만 하는 것이 아니었다. 파르티

잔으로 디자인해 칼처럼 벨 수도 있는 커트의 창끝은 언제라도 틈만 보이면 벨 수 있도록 미세하게 회전하며 움직이고 있었다.

헤이스트를 걸어 엄청난 속도로 움직이는 커트의 발끝을 따라 자욱한 먼지가 피어올랐다. 바닥에 깔아놓은 바위가 깨지며 돌가루가 피어오르고 있었던 것이다.

"합!"

커트의 고함이 짧게 울렸다. 계속된 압박이 만들어낸 실낱같은 틈을 놓치지 않고 커트는 엄청난 속도로 창을 찔렀다.

찌이익—!

곤의 옷이 어깨 어림에서 찢어져 펄럭였다.

디오스가 깜짝 놀라 벌떡 몸을 일으켰다. 방해하지 않기 위해 꾹 입을 다물고만 있었으나 디오스의 눈은 곤의 어깨를 뚫어져라 보고 있었다.

다행스럽게도 피는 나지 않았다.

디오스는 주먹을 꼭 쥐고 부르르 떨었다.

대결에 앞서 둘은 어떤 상황이 벌어져도 끼어들지 말라고 신신당부했다. 설사 둘 중 하나가 죽더라도. 디오스는 기사의 명예가 무엇인지 너무나 잘 알고 있어 둘을 말릴 수 없었다. 하지만 가슴속은 새까맣게 타 들어가고 있었다.

'제발… 제발… 대충 좀 해줘!'

디오스의 바람에도 둘의 격돌은 더욱 격심해지기 시작했다.

자자자자작—

엄청난 파공음이 연무장을 누비기 시작했다.

인간 말살 : **Chapter 37**

A tome of this nature is usually guarded magically—
manifesting itself, more often than not, in a protective
or magical trap.

ride view
of key

separated view

firetip

his chapter begins with the spell lists of the spellcasting
classes and the list of cleric domains and the spells associ-
ated with each domain. An ᴹ or ꜰ appearing at the end of a
ll's name in the spell lists denotes a spell with a material or
ly that is not normally included

ing a particular spell. A creature with no classe
level equal to its Hit Dice unless otherwise s
word "level" in the spell lists that follow alw
caster level.

Spell Effects and Conditions: If a spell c
ject or subjects to be affected by one or mor
blinded, incorporeal, invisible, or st

곤은 오랜만에 숨을 헐떡였다.

"헉… 헉……."

여기저기 옷깃이 찢어져 바람에 펄럭였다. 단정하게 묶어놓았던 머리도 산발이 되고 말았다. 옆구리와 허벅지엔 피가 흘러내리고 있었다. 피를 본 것이 도대체 얼마 만이던가…….

과연 커트다.

곤의 눈은 틀리지 않았다. 커트는 곤이 대륙에 건너와 만난 최고의 무사였다.

풍뢰금강검의 육 초식을 모두 사용했지만 커트를 쓰러뜨리는 데 실패했다. 어검술인 풍뢰금강마저 커트는 믿을 수 없는 강력한 수비로 받아내 주었다. 마법과 창술의 결합은 정말 놀라운 위력을 발휘했던 것이다.

어느새 해가 지려 하고 있었다.

뉘엿뉘엿 기울어가는 태양을 등 뒤에 두고 커트는 창백한 얼굴로 창을 곧추세우고 있었다. 입가엔 가는 피가 흘러내려 말라붙어 있었지만 커트의 눈은 활활 불타고 있었다.

창끝을 잡은 오른손이 미미하게 떨리는 게 보였다. 어깨에 일격을 먹어 팔을 타고 흘러내린 핏방울이 똑똑 바닥에 떨어지고 있었다.

'나는 옆구리와 허벅지… 커트는 어깨와 가슴인가……'

곤은 한 번의 공격밖에 남지 않았다는 것을 잘 알고 있었다. 더 이상은 공력이 받쳐 주지 않을 것이다. 커트의 상황도 비슷했다. 둘 다 마지막 한 번의 공격밖에는 할 수 없었다.

'고맙군. 여기까지 받아주다니……. 최고야……'

곤은 빙긋 미소를 띠었다.

대륙 최고의 검사라던 로키와 싸울 때도 육 초식을 다 써보지는 못했다. 그런데 오늘은 곤이 가진 밑천을 완전히 드러낼 수 있었다.

무사에게 있어 최고의 순간이다.

열심히 닦은 무공을 받아줄 상대가 없다는 건 얼마나 큰 고독인가.

아슬란을 얻어 최고의 상태가 된 지금, 커트는 그가 만난 최고의 상대였다.

'이제 시도해 볼 수 있어……'

몸은 물먹은 솜처럼 지쳐 지금이라도 바닥에 눕고 싶었지만 머리는 명경지수처럼 맑았다.

마음속에 한 올의 망설임도 없었다.

지금이다!

곤은 서른 몇 해 동안 생각만 해오던 검을 이 순간 시도해 보기로 결

심했다. 바로 이 순간을 위해 커트에게 대련을 청했던 것이다.

아슬란이 둥근 궤적을 그리며 곤의 정면으로 세워졌다.

커트의 입가에 희미한 미소가 떠오르는 게 보였다.

곤도 마주 웃어주었다.

'그래, 자네도 알고 있겠지? 이 검이 성공한다면 나는 한 단계 앞으로 나갈 수가 있어. 자네도 할 수 있어. 자네도……!'

곤은 커트를 믿었다.

어떤 공격을 하더라도 커트는 받아줄 것이다. 커트 또한 자신의 한계를 돌파해 낼 것이다.

그리고 곤은 자신을 믿었다. 그동안 무공의 진보를 가로막았던 벽을 허물 준비가 끝났음을, 단번에 돌파할 수 있음을 굳게 믿었다.

"하아아아—!"

곤의 입에서 낭랑한 기합성이 터져 올랐다.

아슬란에서는 검강이 아니라 빛이 솟구치기 시작했다. 너무도 성스러워 보이는 빛, 그것은 너무나 눈이 부시고 찬란해 마주 보기 힘들 정도였다.

디오스와 라나는 너무 눈이 부셔 두 눈을 감을 수밖에 없었다.

"으하아아—!"

커트와 곤의 엄청난 기합이 그들의 귓전에 맴돌았다.

그리고 땅이 흔들리는 충격과 몸을 덮치는 엄청난 기세에 디오스와 라나는 실드를 펼쳐 자신들을 보호했다.

엄청난 빛의 폭발이 있었다. 눈을 감고 있어도 너무나 선명히 느껴지는.

라나는 눈을 뜰 자신이 없었다.

비명 소리는 들리지 않았다. 그러나 아직도 몸이 떨려온다. 커트와 곤의 마지막 격돌은 옆에서 보는 것만으로도, 아니, 눈을 감고 듣는 것만으로도 무서웠다. 커트를 동경해 전사가 된 이후 처음 느껴보는 두려움이었다.

조심스럽게 눈을 뜬 라나는 차마 커트를 볼 수 없어 실눈을 뜨고 디오스부터 바라보았다.

디오스는 찢어져라 눈을 부릅뜨고 있었다. 너무나 놀란 그 표정을 보자니 차마 얼굴을 돌릴 자신이 없었다. 혹시라도 커트가…….

디오스가 후우 탄식을 내뱉었다.

"아직… 난 멀었군……."

그러나 그 눈은 포기한 자의 눈이 아니었다. 승부욕이 불타오르는 듯한, 목표를 확실히 정한 자의 확신에 찬 눈빛이었다.

라나는 조심스럽게 물어보았다.

"커트… 괜찮아요?"

디오스는 고개를 끄덕였다.

"둘 다 괜찮다……. 다행히도."

그 말에 용기를 얻은 라나는 고개를 돌려 커트와 곤이 격돌한 곳으로 눈을 돌렸다.

얼마나 거센 충돌이 있었는지 마치 운석이라도 떨어진 것처럼 연무장이 푹 파여 있었다.

연무장의 가운데에는 곤과 커트가 서로 서 있던 장소를 바꾼 채 등을 돌리고 앉아 있었다. 곤은 토르가 그랬던 것처럼 이상하게 다리를 꼬고 꼿꼿이 앉아 있었고, 커트는… 창대로 바닥을 짚은 채 무릎을 꿇

고 앉아 있었다. 고개를 푹 숙이고 눈을 감은 모습에 라나는 가슴이 철
렁 내려앉았다.

"커트……."

일어서려는 라나를 디오스가 막았다.

"스스로 우리에게 올 때까지 기다려라. 저 둘에겐 가장 중요한 순간
이야. 지금 가면 아무도 연무장에 오지 못하도록 특별히 부탁한 커트
의 의도가 수포로 돌아간다."

"하지만."

"너도 활을 다루니 알 거야. 둘은 방금 전 격돌로 자신의 한계를 넘
어섰다. 그 느낌을 잊지 않으려면 지금 되씹으며 자신의 것으로 만들
어야 해. 다시는 오지 않을지도 모르는 순간이야. 방해하면 안 돼."

라나는 디오스를 새로운 눈으로 볼 수밖에 없었다. 여자나 밝히고
치장에만 신경 쓰는 속물이라고 생각했는데 꽤 진지한 구석이 있는 인
간이었다.

"당신… 생각보다 꽤 괜찮군요."

디오스의 머리카락이 허공에 휘날렸다. 우아한 동작으로 머리칼을
쓸어 올리며 라나를 향해 45도 각도를 틀어 하얀 웃음을 선보였던 것
이다. 거의 동물적인 반사 동작이었다.

"그런 말 많이 듣지."

라나는 자신의 입을 돌멩이로 찧고 싶었다.

곤은 천천히 눈을 떴다.

'드디어… 성공했다. 드디어……!'

환희로 인해 저도 모르게 손끝이 떨리고 있다는 것도 곤은 몰랐다.

검이 있으니 마음이 있고, 마음이 있으니 검이 있는 경지.

누구나 정의 내릴 수 있지만 누구도 그 경지가 어떤 실체를 가졌다 명확히 답할 수 없었던 그 경지.

곤은 커트의 도움으로 드디어 심검(心劍)의 경계에 들어섰던 것이다. 커트와 같은 상대가 없었다면 절대 깨달을 수 없을 경지였다.

아슬란의 검신을 쓸어내리며 곤은 빙긋 미소를 지었다.

'너도 수고했다……. 네가 아니었으면 불가능했을 거야.'

중원에서 쓰던 청명과 같은 무게와 같은 균형감을 선사해 준 아슬란은 곤과 한 몸처럼 움직였다. 이제 아슬란은 단순한 검이 아니라 곤의 일부였다. 마땅히 찬사를 받을 자격이 있었다.

지이이잉…….

아슬란은 곤의 말을 알아듣기라도 한 듯 맑고 청아한 검명을 선사해 주었다. 마음속까지 상쾌했다.

저벅, 저벅.

커트의 발자국 소리에 곤은 몸을 일으켰다.

"곤……."

"커트……."

여기저기 찢어져 거의 제 형체를 잃은 옷을 걸치고서도 커트의 얼굴은 어느 때보다 환하게 빛나고 있었다. 커트의 웃음을 보며 곤은 커트도 한계를 넘어섰음을 직감했다.

커트의 팔이 움직였다. 곤의 팔도 움직였다. 둘은 아무런 약속도 하지 않았지만 서로의 팔뚝을 단단히 얽어 붙였다. 진한 미소가 둘의 얼굴에 떠올랐다. 호탕한 웃음소리가 동시에 터져 올랐다.

2

"무슨 일이죠?"

아나테는 헤르미나의 갑작스러운 초대가 마땅치 않은 듯 쌀쌀맞게 물었다.

한참 토르에게 네크로맨서 마법을 가르치던 중이라 방해받은 듯 불쾌했다.

'그새를 못 참고 연락을 해?'

아공간의 좌표는 토르에게만 말해줬기 때문에 팔찌를 가진 곤이 아니면 아나테에게 연락할 방법은 없었다. 그래서 마음 놓고 토르를 가르치던 중이었는데, 헤르미나는 곤에게 부탁해 아나테와의 만남을 요청했던 것이다.

이제 이틀밖에 남지 않았는데 그새를 못 참는단 말인가!

너무 괘씸해 토르는 데려오지 않았다. 헤르미나가 아나테를 보자고 할 이유는 하나도 없었다. 핑계 김에 토르 얼굴이라도 보자는 거겠지!

헤르미나는 자신의 집무실로 아나테를 청해놓고는 계속 조심스러운 눈길로 아나테를 보고 있었다.

아나테는 조금 짜증스러운 어투로 다시 물었다.

"불렀으면 말을 해야 할 것 아니에요?"

"저……."

망설이는 게 전혀 여왕답지 않다.

아나테는 그것도 마음에 들지 않았다. 남자 좋아하는 게 죄인가? 그렇다고 남자 때문에 남 눈치를 보는 건 뭐냔 말야? 내가 반대하면 토르 포기하기라도 할래?

괜한 심술인 건 잘 알고 있었지만 이상스럽게 자꾸 짜증이 났다.

헤르미나는 몇 번이나 망설이듯 조심스럽게 말을 골랐다.

"다른 분들은 모두 한 단계 이상씩 자신의 한계를 넘으신 듯한데요……. 아나테도……."

아니! 지금 내가 게으름 피웠다고 닦달하려고 불렀다는 거야!

뚜껑이 날아가려는데 헤르미나가 재빨리 말을 이었다.

"혹시… 도움이 되어드릴 게 있을까 해서요. 곤이 제가 도와드릴 게 있을지도 모른다고 하던데……."

곤의 말이라는 헤르미나의 언급에 아나테는 말문이 막혔다.

'곤, 너는 역시……!'

그랬다.

애초에 토르를 부추겨 엘프의 나라를 찾으려고 한 데에는 중요한 이유가 있었다.

드래곤 스켈레톤을 완성시키는 데 필수적인 약물이 엘프들에게 있다는 것을 아나테는 문헌 조사를 통해 알고 있었던 것이다.

아이크의 뼈를 입수하자마자 아나테는 엘프의 나라를 찾아야겠다는 생각을 했고 곧바로 디오스를 떠올렸던 것이다. 오르스를 부활시키기 위해서라면 무엇이든 할 수 있는 아나테였다. 디오스를 자극하기 싫어 토르에게도, 곤에게도 숨겼던 것인데…….

곤은 이미 짐작하고 있었던 것이다. 그녀가 엘프의 나라에서 무언가 원하는 것이 있다는 것을. 그것이 무엇을 위한 것인지도 이미 짐작하고 있을 곤이었다. 한데도 헤르미나에게 말했다는 것은…….

아나테는 푹 고개를 숙였다.

사실상 포기했던 것인데⋯ 엘제키온의 서가 말해준 계시를 듣고 포기하고 있었는데⋯ 곤이 자신과 운명을 같이할 남자라는 계시에 어찌할 바를 모르고 당황하고 있었는데⋯ 곤은 오히려 아나테가 포기하려는 목표를 향해 가라고 등을 떠밀고 있었다.

'곤⋯ 이게 너의 뜻이니⋯⋯?'

아나테는 눈물이 흐를 것만 같아 고개를 젖히며 웃음을 터뜨렸다.

"오호호호!"

"아나테?"

헤르미나가 당황해 아나테를 불렀다.

한참을 웃다 고개를 내리는 아나테의 얼굴엔 싸늘한 위엄이 배어 있었다. 네크로맨서 특유의 음침하면서도 폐부를 찌르는 눈이 날카롭게 빛났다.

"원하는 게 분명히 있어요. 줄 수 있어요?"

"토르님과 아나테 당신에게 도움이 되는 것이라면⋯⋯."

"토르에게도 분명히 도움이 될 거예요. 그 애가 조종할 드래곤 스켈레톤의 완성을 위해 필요한 것이니까. 내게도 물론 필요하죠."

"그게 뭐죠?"

"벨라돈나의 열매."

"벨라돈나!"

헤르미나의 얼굴이 하얗게 질렸다.

잠시 동안 헤르미나는 아무 말도 못하고 아나테를 보기만 했다. 헤르미나의 입이 힘겹게 열렸다.

"그게 우리에게 있다는 걸⋯ 어떻게 알았죠?"

"인간의 축적된 지식을 무시하지 말아요."

"벨라돈나가 어떤 약물인지 알면서 요구하시는 거예요?"

"물론이에요."

"악마를 부르는 열매예요!"

아나테는 고개를 끄덕였다.

헤르미나가 소리를 질렀다.

"악마를 불러내 스켈레톤에 심으실 작정이에요?"

아나테는 고개를 저었다.

"그건 아니에요."

"그럼 용도를 말씀해 주세요. 악마를 소환하실 생각이라면 절대 드릴 수 없어요!"

아나테의 얼굴에 새하얀 웃음이 떠올랐다.

"벨라돈나는 확실히 악마를 불러내는 소환 마법에 꼭 필요한 열매죠. 엘프에게는 가장 순도 높은 벨라돈나의 열매가 있고요. 하지만 내게 필요한 건 악마가 아니에요. 나는 드래곤 스켈레톤의 혼에게 의식을 심어주려는 거예요. 그것을 위해선 벨라돈나가 꼭 필요해요."

"진짜 그 이유뿐인가요?"

"그래요."

헤르미나는 여러 차례 입술을 깨물었다. 한동안 망설이던 헤르미나는 포옥 한숨을 쉬었다.

"당신을 믿겠어요……."

"나를요? 네크로맨서인 나를?"

"당신은 토르님의 친구시니까요……."

아나테는 묵묵히 헤르미나를 바라보았다. 헤르미나도 말없이 아나

194 임페라토르 Thor

테를 보고만 있었다.

둘 사이엔 기묘한 침묵이 계속 맴돌았다. 불안과 평화가 공존하는 묘한 침묵이었다.

3

곤은 토르를 가르쳤던 연무장의 지붕에 앉아 묵묵히 하늘을 보고 있었다.

흐린 밤하늘에는 별 하나 보이지 않았다. 시원한 바람이 불어 풀 냄새가 코를 간질인다.

곤은 조용히 숨을 들이키며 눈을 감았다.

옥스칼토네 대륙에 온 이후, 꾸준히 무공은 늘어만 갔지만 도약은 일어나지 않았다. 원하지 않았기 때문이다. 관심도 없었다. 흐르듯 살다 조용히 사라질 인생이라 생각했기에.

그런데 모든 것이 바뀌었다.

가슴은 예전처럼 뜨겁게 불타오르고 있었다. 무공의 한계도 돌파했다. 날이 밝으면 새로운 길을 떠날 것이다. 새로운 동행들과 함께. 곤의 얼굴엔 스르르 미소가 피어올랐다.

그때였다.

"곤!"

맑은 목소리에 곤은 눈을 뜨며 미소를 지었다.

토르였다.

"왜 여기서 보자고 한 거야? 모두 술 먹느라 난리인데."

엘리시온에 머무는 마지막 밤이었다.

헤르미나는 그들을 위해 연회를 열었고 궁성은 떠들썩한 잔치의 밤을 보내고 있었다.

곤은 빙긋 미소를 지으며 옆 자리를 가리켰다.

"우선 앉으렴."

"응!"

토르는 크게 고개를 끄덕이며 곤의 옆에 앉았다.

"뭐 보고 있었던 거야? 구름 때문에 아무것도 안 보이는데."

"구름 저편."

"엑? 저걸 뚫고 볼 수 있다는 거야? 와아~"

토르는 놀랍다는 듯 두 팔을 번쩍 치켜들었다.

곤은 씩 웃더니 양팔을 뒤로 짚고 몸을 폈다. 밤바람이 시원하다. 이야기하기엔 참 좋은 장소, 좋은 시간이었다.

"토르."

"왜?"

"이젠 안 그래도 돼."

"응? 뭘?"

"그 태도 말이야. 말투도."

"태도? 말투?"

토르가 고개를 갸웃거렸다. 너무 귀여워 꼭 안아주고 싶은 그런 모습으로.

'역시 네겐 그 모습이 어울리는 것일까······?'

곤은 마음이 흔들리는 것을 느꼈으나 고개를 저었다. 뭐든 자연스러운 게 좋은 것이다.

"일부러 명랑한 척할 필요 없어. 일부러 어린애처럼 굴지 않아도 돼. 넌 그냥 너야."

토르의 얼굴이 갑자기 딱딱하게 굳었다. 어린애 얼굴에 어울리지 않는 진중한 표정이었다. 고개를 숙여 푹 한숨을 쉬더니 곤을 바라본다.

"알고 있었어?"

"그래."

"아나테랑 디오스는?"

"모를 리가 없잖아."

"그런 거였나……?"

나름대로 애썼는데 친구들은 알면서도 모른 척해주었던 모양이다.

곤이 토르의 어깨를 툭툭 쳤다.

"감정은 그냥 흐르는 대로 놔두는 게 제일 좋아. 억지로 참을 필요도 없고 억지로 과장할 필요도 없는 거야. 넌 충분히 슬픔을 극복했어. 이젠 억지로 과장하지 않아도 돼."

토르는 곤의 손길이 참으로 따뜻하다고 느꼈다. 바로 이 손이었다. 이 커다란 손. 이 손이 정말 많은 것을 가르쳐 주었다. 곤이 아니었다면 지금의 토르는 없었을 것이다.

수많은 감정이 오갔으나 토르는 침을 삼키고 한마디만 말했다. 그 말로 충분했다.

"응."

곤의 얼굴에 스르르 미소가 피어올랐다. 참 멋진 웃음이었다.

곤이 찡긋 한쪽 눈을 감았다.

"물론 장난치고 싶을 땐 치고. 억지로 점잖아질 필요도 물론 없는 거니까. 마음이 가는 대로 살아. 알았지?"

토르가 눈을 크게 떴다.

"하고 싶은 건 다 하라는 거야? 디오스랑 비슷한 얘기네? 디오스는 어떤 여자든 하고 싶으면 해야 된대. 감정을 속이는 건 죄악이라나? 그런 거야?"

곤이 웃음을 터뜨렸다.

"하하하! 디오스답군."

"곤은 그런 거 싫어하잖아."

곤은 웃음을 멈추고 토르를 바라보았다.

"토르, 너에게도 이제 기준이나 원칙 같은 게 생겼잖아. 안 그러니? 난 그런 것 같던데."

"맞아. 금 같은 거지 뭐. 내가 넘어가기 싫은 금도 있고, 다른 놈이 넘어오면 싫은 금도 있어."

"호~ 멋진 정의구나."

"헤헷."

곤의 칭찬을 받은 토르는 머리를 긁적였다.

곤의 웃음이 짙어졌다.

"네 표현으로 하면… 그 금이란 건 말이야, 자신의 행위를 한계 짓기도 하지만 방향을 제시해 주기도 해. 하고 싶은 건 다 하되 자기 금은 지켜야지. 그게 아니면 금을 긋는 이유가 없으니까. 그걸 지키며 마음대로 하라는 말이야."

"내 금을 지키면서?"

곤이 고개를 끄덕이자 토르는 알았다는 듯 손가락을 튕겼다.

"별로 안 어렵잖아? 알았어!"

'생각처럼 쉽진 않을 거야……'

곤은 빙긋 웃었다.

"아나테도 연회에 참석했니?"

"아니. 바쁘대. 자그레브 만나면 그때 부르라던데? 아공간에서 뭔가 하나 봐. 완성되면 보여주겠다고 나한테도 안 보여줘."

"스켈레톤 연구에 전환점이 온 모양이군."

"나도 그런 것 같은데 안 보여줘서 몰라. 나도 오지 말래."

곤은 토르의 옆구리를 쿡 찔렀다.

"그런데 여왕하고는 어떻게 할 거니?"

토르의 얼굴이 갑자기 굳었다.

"곤도… 알고 있었어?"

"여왕께 할 말이 있어서 따로 뵈었는데… 아무래도 그런 눈치라서 찔러본 거야. 짐작이 맞았구나."

"뭐야? 그럼 몰랐던 거잖아?"

"이젠 알잖아."

"곤!"

"하하하!"

토르의 당황하는 모습을 보며 곤은 유쾌한 웃음을 터뜨렸다.

장난을 치다니……. 토르를 만나기 전이라면 상상도 할 수 없는 일이었지만 곤은 자신의 그런 변화가 즐거웠다.

곤은 꼭 디오스 같은 웃음을 지으며 토르에게 물었다.

"어디까지 간 거지?"

"고온! 넌 디오스가 아니라구! 안 어울리게 왜 그래?"

"안 어울리니?"

"그럼! 그런 느끼한 웃음은 디오스만으로도 충분해! 너까지 그렇게 웃으면 정말 싫어!"

"하하하!"

토르도 곤을 따라 함께 웃었다.

한참을 낄낄대던 토르는 차츰 웃음을 멈추더니 시무룩한 표정으로 곤을 바라보았다.

"사실 헤르미나 때문에 고민이야."

"왜?"

"내가 좋대. 날 사랑한대."

"그게 뭐 어때서?"

토르는 긴 한숨을 쉬었다.

"난 사랑이 뭔지 모르겠거든. 헤르미나도 좋아. 하지만… 자꾸 나나가 떠올라서……."

푹 고개를 숙인 토르의 등을 곤이 다정하게 두드렸다.

"좀 전에 말했잖아. 마음이 가는 대로 살라고. 목표를 정하고 열심히 사는 것도 중요하지만 자신의 감정에 충실하게 사는 것도 중요한 거야. 언젠가는 네 감정을 알게 될 거야. 그때까지는 섣불리 결론을 내지 마. 시간은 많아."

헤르미나는 엘프이고, 토르는 드래곤이었으니 둘은 시간의 구속에서 거의 벗어난 존재들이다. 시간이 많다는 곤의 말은 그래서 묘한 울림을 갖고 있었다.

토르는 잠시 곤을 바라보다가 말끝을 흐렸다. 흔들리는 눈빛을 보여주고 싶지 않아 고개를 돌린 채로.

"으응……."

묘한 침묵이 흘렀다. 곤이 토르의 머리카락을 헝클어뜨리며 말하자 이상한 침묵은 곧 깨어졌지만.

"따로 만나서 작별 인사라도 해야겠구나."

"그러지 말재. 그냥 떠나래. '안녕' 같은 말은 듣고 싶지 않대."

"흠… 역시 여심(女心)이란 복잡한 것……."

"왜 그러는 걸까?"

곤이 어깨를 으쓱 치켜 올렸다.

"나한테 그런 걸 물으면 안 되지. 그런 건 디오스에게 물어봐. 내가 알 리 없잖아?"

"곤, 미리 포기하는 건 안 좋은 습관이랬잖아."

"아… 이 경우는 좀 달라. 해도 안 되는 게 있는 법이란다. 어쩔 수 없는 일 말이야. 내겐 여자의 마음을 이해하는 게 그런 종류의 일이야."

토르는 나나의 죽음을 떠올렸다. 아무리 해도 안 되는 게 있다는 건 토르도 잘 알고 있었다.

"그렇구나……. 그래도 불가능하다는 말은 싫은데……."

"네겐 가능해지길 빌어주마."

잠시 곤과 토르는 묵묵히 앉아 있었다. 어색한 침묵이 아니었다. 묘한 공감과 친밀감이 얽힌 따뜻한 침묵. 아무 말도 하지 않았지만 둘은 언제까지라도 그렇게 앉아 있을 수 있을 것 같았다.

곤은 천천히 하늘을 향해 고개를 들고 물었다.

"토르, 왜 안 묻지?"

"뭘?"

"내가 전에 한 말 있잖아. 대륙을 해방시키자던 말."

"아, 그거?"

"기억은 하는구나."

"그럼! 곤이 그때 얼마나 멋졌는데!"

"공감한 거니?"

"아니."

"그럴 줄 알았어. 그런데… 왜 안 묻는 거지? 아나테도, 디오스도 그런 명분을 탐탁해할 친구들이 아닌데 한마디도 안 하더군. 너까지도. 왜지?"

"당연하잖아."

곤은 말문이 막혔다.

토르를 바라보니 이상한 걸 물어본다는 듯 눈을 크게 뜨고 보고 있다.

"당연… 해?"

곤의 질문에 토르는 고개를 끄덕였다.

"그럼."

"왜?"

"어? 이유가 뭐냐구?"

토르는 갑자기 미간을 찌푸리며 무언가 열심히 생각하기 시작했다. 말을 고르는 듯 보여 곤은 한마디 했다.

"그냥 생각나는 대로 얘기해."

"어… 응! 그게 낫겠다. 첨엔 곤이 한 말이 궁금해서 헤르미나한테도 물어보고, 아나테한테도 물어보고 했는데… 둘이 하는 말 들어도 잘 모르겠더라구. 그래서 그냥 이해하지 않기로 했어. 사실, 별 상관도 없잖아."

"뭐?"

어처구니가 없어 입을 벌리는 곤에게 토르는 계속 이야기했다.

"곤이 하고 싶은 거잖아. 그러면 된 거지 뭐."

"그러면 된 거라구⋯⋯?"

"응. 아마 아나테나 디오스도 비슷할걸? 아나테는 나보다 더 모르는 것 같던데? 아무렴 어때? 곤은 곤 하고 싶은 걸 하는 거잖아. 아나테는 아나테 하고 싶은 걸 하고. 나는 나 하고 싶은 걸 할 거야. 당장은 급한 거 없으니까 곤 하고 싶은 거 도와주는 게 내 다음 목표야! 아나테가 오르스 구하는 준비되려면 아직도 할 게 한참 남았다고 그랬거든. 아나테 도와주는 거는 다음에!"

"토르⋯⋯."

곤은 무어라 형언할 수 없는 기분에 말을 이을 수 없었다.

이렇게 전적으로 자신에게 믿음을 준 존재가 있었던가⋯⋯. 이렇게 아무것도 안 따지고 자신의 편이 되어준 존재가 있었던가⋯⋯.

토르는 웃고 있었다. 하얀 이를 드러낸 토르의 웃음은 너무나 즐거워 보여 아무런 말도 할 수 없었다.

삶의 목표는 그런 것이 아니라고, 자신의 가치관을 확립하고 확실한 계획 아래 차근차근 달성해야 할 그런 것이라고 얘기해 줄 수 없었다.

토르의 웃음은 너무나 눈이 부셨다.

"일단 자그레브부터 만나자고. 운명의 해방자가 할 일이니 어쩌니 하는 어려운 얘기는 곤이 자그레브하고 같이 해. 난 그냥 나 하고픈 거 할 거야. 우선은 곤 도와주기! 하하! 멋지지?"

"토르⋯⋯."

'멋지다'라는 말을 곤은 미처 해주지 못했다. 누구도 따라갈 수 없는 확신과 신념을 담은 토르의 멋진 웃음 너머… 구름을 뚫고 지평선 쪽으로 사라지는 유성의 꼬리를 보고서.

하얗게 반짝이다 긴 꼬리를 날리며 순식간에 사라진 유성을 본 곤은 아무 말 없이 토르의 얼굴을 바라만 보고 있었다.

4

하얗게 눈이 덮인 아이스랜드의 끝에 다섯의 그림자가 모습을 드러냈다.

엘리시온을 떠난 토르 일행이었다.

아나테가 아공간에 있어 한 명이 빠졌지만 커트와 라나가 합류한 일행은 모두 다섯이었다. 커트와 라나는 헤르미나의 명을 받아 엘리시온의 이주처를 찾는다는 명목으로 토르 일행에 합류했다.

토르 일행은 자그레브와 헤어진 곳에 막 도착한 참이다.

"이쯤인가?"

커트의 목소리에 곤이 고개를 끄덕였다.

"맞네."

"연락할 방법도 없이 헤어졌나? 허…….."

"곧 우리 앞에 모습을 드러내실 걸세. 그런 분이었으니."

곤은 커트의 우려에도 빙긋 웃어 보일 뿐이었다. 커트도 함께 웃었다.

"자넨… 가끔 인간이 아닌 것 같다는 생각을 하게 하네. 엘프처럼

보일 때가 있어."

"하하. 대륙의 인간은 분명히 아니지."

"자네 세상을 보고 싶군."

"여기랑 그리 다르지 않다네. 어디나 삶은 비슷하지."

"그런가?"

"그렇다네."

둘은 묘한 웃음을 주고받다 껄껄 웃음을 터뜨렸다.

디오스가 살짝 투덜거렸다.

"뭐가 웃기다고 웃는지… 참내. 하나도 안 웃기네."

"이젠 질투의 대상이 바뀐 거야?"

"뭐? 이게?"

토르가 낄낄거리며 웃었다.

커트의 곁에서 토르를 힐끗 보던 라나는 고개를 갸웃거렸다. 토르에게서 뭔가 변화가 느껴지긴 하는데 그게 무언지 잘 알 수 없었기 때문이다. 여전히 아이처럼 웃고 떠드는데 뭔가 달랐다. 어딘지 묘한 여유가 느껴진달까?

라나의 생각은 이어지지 않았다. 갑자기 형성된 낯선 마나의 흐름에 경계 동작을 취하는데 '오오~!' 하는 탄성이 들렸다. 곤의 목소리였다.

아이스랜드 어디에서나 흔히 볼 수 있는 눈 언덕이 허물어지며 하얀 머리카락을 휘날리는 노인이 모습을 드러냈다.

"자그레브!"

곤이 자그레브와 두 손을 마주 잡았다.

반가움이 넘치는 곤의 기색에 비해 자그레브는 침울하게 보이기까지 하는 아주 쓸쓸한 미소를 지었다.

'여기서 계속 기도만 했다더니 아무것도 먹지 않은 걸까?'

소문만 들었던 대륙 최고의 예언자, 자그레브의 초췌한 모습을 보며 라나는 고개를 갸웃거렸다.

토르도 반갑게 뛰어가 자그레브의 앞에 섰다.

"자그레브!"

자그레브는 찬찬하게 토르를 바라보다 기쁜 웃음을 지었다.

"많이… 성장하셨구려."

"왜 이렇게 말랐어? 너무 힘들어 보이잖아!"

"기도란 원래 그런 것이오이다. 모두 건강해 보이십니다. 아나테가 보이지 않소만……."

"아나테는 아공간에 있어. 연구할 게 있대."

"그랬구려."

자그레브는 천천히 커트에게 시선을 돌렸다. 커트와 자그레브가 정중한 인사를 나누었다.

"오랜만이오, 자그레브."

"여전하신 모습을 뵈니 기쁘오이다."

커트의 곁에 서 있던 라나가 고개를 갸웃거렸다.

"아는 사이예요?"

"이분은?"

자그레브의 반문에 커트가 라나를 소개했다.

"이곳으로 옮긴 후 태어났지요. 라나라 합니다."

"오오. 데바의 축복을……! 생명의 아름다움을 찬미하리니……. 반갑소이다. 자그레브라 하오. 새 생명의 탄생을 보니 기쁘기 한량이 없소이다. 커트와는 엘리시온의 이주 전에 만난 적이 있답니다."

라나는 자그레브의 나이가 적어도 이백 살이 훨씬 넘는다는 사실이 놀라웠다. 인간의 수명은 대부분 그 반도 안 된다 들었는데.

디오스와도 안부 인사를 나누는 자그레브의 모습은 꼿꼿해 보이나 사려 깊은 부드러움이 있었다. 어쩐지 어두워 보이는 게 마음에 걸렸지만 이 외딴곳에서 계속 고행을 했기 때문이리라.

자그레브는 모두와 인사를 나눈 후, 곤에게 시선을 돌렸다. 곤의 눈을 찬찬히 바라보던 자그레브는 엷은 미소를 띠었다.

"드디어… 신념을 세우셨구려."

곤은 조용히 웃어주었다.

자그레브는 진물마저 섞인 눈으로 찬찬히 곤을 바라보다가 토르에게 시선을 돌렸다.

"토르님은?"

"난 아직 잘 모르겠어. 곤이 하고 싶다니까 일단 도와주려고."

"그러셨구려."

"그에 대해서 말씀을 들었으면 하는 게 있습니다만."

곤의 말에 자그레브는 고개를 끄덕였다.

"누추한 곳이오만 모두 들어갑시다. 조금 긴 이야기가 될 듯하오."

"그러지요."

자그레브를 선두로 모두 눈 언덕에 뚫린 구멍 안으로 발길을 옮겼다.

눈 언덕의 안쪽에 뚫어놓은 기도처는 생각보다 아늑하고 따뜻하기까지 했다. 라이트 마법으로 밝혀놓은 은은한 조명 아래 자그레브가 이야기를 하는 중이었다.

"…대륙의 정세는 이와 같소이다. 펠바레트를 중심으로 티폰과 타루니아, 라미아, 파라슈트가 나뉘어 있지만 결국은 하나의 기치 아래 통합된 연방체라고 봐야겠지요."

"드래곤 황제들의 반목은 전혀 없다는 말씀이군요."

곤의 말에 자그레브는 조용히 고개를 끄덕였다.

"그럴 이유가 없으니까요. 게다가 그들은 정말 황제답지 않은 통치를 하고 있소이다. 대륙인들이 별 반발 없이 드래곤들의 통치에 적응하고 있는 것도 그런 이유 때문이지요. 드래곤 황제에게 반항하지 않는 이상 아무런 억압도 하지 않소이다."

갑자기 토르가 자그레브에게 물었다.

"그럼 드래곤들이 황제여도 별 상관 없는 거 아냐? 개기는 놈들만 죽인다면서? 안 개기면 잘 다스린다는 거잖아."

디오스가 고개를 끄덕이는 것을 보며 자그레브는 설레설레 고개를 저었다.

"겉으로 보기엔 그렇지요. 오로지 해방군들만 탄압하고 있소이다. 그러나… 그들의 궁극적인 목표를 아는 인간이라면 그리 태평할 수가 없을 겁니다."

"목표가 뭔데?"

토르의 질문에 자그레브는 잠시 말을 고르는 듯 눈을 감았다. 눈을 뜬 자그레브는 먼저 디오스에게 물어보았다.

"디오스, 그대는 드래곤 통치가 시작된 후에도 여행을 다닌 적이 있소이까?"

"조금씩은요. 제가 있던 사스투는 티폰과 펠바레트의 국경 근처에

있으니까요."

"여자 사냥 다녔겠지."

"토르… 사냥이 아니라 외로움을 나누는 거라고 몇 번을 말해줘야 알겠냐?"

"행여나."

큭큭대는 조용한 웃음소리가 퍼져 갔다.

자그레브도 슬쩍 미소를 띠었다가 다시 목청을 가다듬었다.

"그럼… 여행 중에 혹시 갓난아이를 본 적이 있소이까?"

"갓난애요? 그거야… 응?"

디오스는 고개를 갸웃거렸다.

"그러고 보니 갓난애는 본 적이… 없는 것 같군요."

"곤은 어떻소?"

곤도 고개를 갸웃거리다 대답했다.

"따로 생각해 본 적은 없었는데… 정말 본 적이 없군요. 드래곤 통치 이후에는……."

갑자기 곤의 얼굴이 굳었다.

"그럼 말씀하신 궁극적인 목표라는 게……."

"그렇소."

"허……."

디오스가 곤에게 물었다.

"무슨 소리야?"

곤이 믿을 수 없다는 듯 천장을 바라보며 긴 한숨을 토해냈다.

"정말 믿기 힘드네만… 자그레브의 말씀은 드래곤들이 인간을 멸종시키는 게 궁극적인 목표라고 하신 거라네……."

"뭐?"

디오스는 말도 안 되는 소리에 자그레브에게 고개를 돌려 물었다.

"곤 말이 맞는 겁니까?"

"그렇소……."

"말도 안 돼! 그게 가능합니까?"

"가능하오……. 그것을 위해서 드래곤들이 인간들의 나라를 직접 장악한 것이니까……. 그들은 마법으로 새 생명의 탄생을 강제로 막았소이다."

"왜? 어째서 그런 짓을?"

자그레브는 침울한 눈으로 일행을 하나하나 바라보았다.

"드래곤들은… 인간들을 대륙의 해악으로 본 것이오. 신의 섭리에 어긋나는 일이오만, 인간이 있어선 다른 종족의 삶이 위협받는다 판단한 것이지요. 그들에게… 100년이란 그리 길지 않은 시간이오. 하지만… 그 시간이면 현재 살아 있는 대부분의 인간들은 모두 죽을 수 있지요……."

자그레브의 말에 모두 충격을 먹은 터라 말이 없었다.

침묵을 깨고 커트가 물었다.

"인간들은 아직 이 사실을 모르는 것입니까?"

"모르오."

"알려야 하지 않습니까?"

"알려봤소만… 결과는 참담하외다. 그 사실을 전해 들은 인간들 중 드래곤에게 반기를 든 해방군들은 속속 죽음을 당하고 있고, 통치를 받아들인 인간들은 그 사실을 잊고 있소이다. 역시 마법이지요."

"아무도 이상하게 생각하질 않는다는 거예요? 생명의 탄생은 당연한 일인데도요?"

라나의 질문에 자그레브는 고개를 끄덕였다.

"드래곤 통치가 시작된 지 이제 겨우 3년이 채 지나지 않았소이다. 이상함은 느끼겠지만 그것이 드래곤들의 인간 말살 음모라 생각할 사람들은 별로 없지요. 더구나… 약간의 트릭을 쓰면 그 기간을 훨씬 더 연장시킬 수 있으니까요."

"트릭이라뇨?"

"10년쯤 후에 소수의 아이만 탄생을 가능하게 해주되… 생식의 능력을 빼앗으면 되는 것이오. 대륙 전역을 장악한 그들에겐 그리 어려운 일이 아니지요……."

"맙소사……!"

"눈에 보이는 탄압이 없다는 것이 인간의 눈을 흐리게 하고 있소이다. 반기를 들지 않는 이상 억압은 없으니 말이외다. 정말… 드래곤은 무서운 존재외다……."

커트가 다시 의문을 표했다.

"자그레브… 나는 이해할 수 없소이다. 우리 엘프들도 인간이란 종족의 위험성을 뼈저리게 알고 있소만 그들을 멸종시킨다는 생각은 해보지 않았소. 그것은 생명의 조화를 말씀하신 데바의 뜻에 어긋나는 일이 아니오. 드래곤들도 데바를 모시고 있소. 신의 뜻을 거역하면서까지 그런 일을 하고 있다는 것이오?"

자그레브는 조용히 고개를 끄덕였다.

"신탁이란… 어떻게 해석하느냐에 따라 달라지는 것이지요. 누가 신의 뜻을 정확히 안다 하겠소이까……. 드래곤들은 인간을 멸종시키는 것이야말로 진정한 신의 소명이라 생각하고 있을 게요……. 대륙의 조화는 인간을 완전히 제거해 버려야만 올 수 있다 여기고 있지요……."

이젠 커트도 말이 없었다.

한 종족을 강제로 멸종시키겠다는 어이없는 구상을 실행에 옮기다니……. 문제는, 드래곤들에게는 그 어이없는 구상을 완벽하게 실행할 만한 능력이 있다는 것이었다.

곤이 눈을 빛내며 자그레브에게 물었다.

"그럼 우리는 무엇부터 해야 할까요?"

"곤… 자신이 태어난 세상이 아님에도 인간을 위해, 아니, 진정한 조화의 구축을 위해 드래곤들과 싸우시겠소?"

"물론입니다. 이미 뜻을 세웠고 친구들도 함께하겠다 뜻을 밝혔습니다."

커트가 한 발 나섰다.

"나도 돕겠네. 이런 말도 안 되는 음모를 들은 이상 가만있을 수 없군. 여왕께도 아뢰어야겠네."

자그레브가 커트에게 깊이 고개를 숙였다.

"고맙소이다, 커트."

"대륙의 조화가 그런 말살의 토대 위에 세워진다는 것은 망상일 뿐이지요. 어찌하여 드래곤들이 그런 어리석은 결정을 내렸는지 궁금할 따름입니다. 여왕께 아뢰겠습니다만 저 자신만이라도 전사에게 허락된 자유로 이 싸움에 참가하도록 하겠습니다."

"나도요."

라나가 나서자 커트는 빙긋 웃으며 라나의 어깨를 토닥여 주었다.

디오스가 부득 이를 갈며 몸을 일으켰다.

"아직 내 씨를 세상에 하나도 퍼뜨리지 않았는데… 절대 안 돼! 목숨을 바쳐 싸우겠다!"

결의에 찬 목소리가 울렸으나 모두 디오스를 외면했다. 토르가 끌끌 혀를 찼다.

자그레브는 잔잔한 눈으로 토르 일행을 바라보다가 천천히 입을 열었다.

"우선 대륙의 해방군들을 하나로 통합해야 하오. 그러기 위해선 중심이 굳건해야 하는 바. 펠바레트의 마지막 황녀, 프로시안 공주를 구하는 것으로 시작합시다."

"그녀가… 잡혀 있습니까?"

곤은 아이크의 던전 발굴 때문에 잠시 만났던 금발의 공주를 떠올리며 물었다.

자그레브가 고개를 끄덕였다.

"오올리가 죽은 후… 펠바레트의 백성들을 설득하기 위해 동분서주하다가 골드 드래곤에게 사로잡히고 말았지요. 모종의 이유로 즉시 처단하지 않고 유폐시켜 놓았소이다."

디오스가 급히 물었다.

"그게 어딥니까?"

자그레브의 깊은 눈이 번쩍 빛났다.

"펠바레트의 수도 케이프 성이오."

케이프 성 : *Chapter 38*

A tome of this nature is usually guarded magically—manifesting itself, more often than not, in a protective or magical trap.

side view of key

separated view

firetrap

his chapter begins with the spell lists of the spellcasting classes and the list of cleric domains and the spells associated with each domain. An ᴹ or ꜰ appearing at the end of a spell name in the spell lists denotes a spell with a material or ... . that is not normally included

ing a particular spell. A creature with no classes level equal to its Hit Dice unless otherwise spe word "level" in the spell lists that follow alwa caster level.

Spell Effects and Conditions: If a spell ca ject or subjects to be affected by one or more ... blinded incorporeal invisible, or stu

펠바레트는 옥스칼토네 대륙의 중심 국가라 할 수 있었다. 지리적 위치가 그러했고 국가 간 역할이 그러했다. 동으로는 타루니아, 서로는 티폰, 동남쪽으로는 파라슈트, 남서쪽으로는 라미아와 국경을 맞대고 있었다.

드래곤들이 대륙을 통치하기 전에도 각국의 통상을 조율했지만 골드 드래곤 고오트가 통치를 하는 지금에는 명실상부한 대륙의 중심 국가라 불릴 만했다.

토르 일행은 펠바레트와 타루니아의 경계를 이루는 프루바카나 산맥의 중심 줄기를 따라 이동 중이었다. 동쪽으로 내려가면 타루니아가, 서쪽으로 내려가면 펠바레트가 나오는 깊은 산줄기였다.

일행의 중간에서 곤의 뒤를 따르던 토르는 뒤쪽에서 투덜거리는 목소리에 고개를 돌렸다.

"빨리 가야 하는데! 하필 아나테는 이럴 때 연구람!"

디오스였다.

아나테에게 스켈레톤을 타고 이동할 수 있냐고 물었더니 연구 중이라 불가능하다는 대답을 들었던 것이다. 드래곤들에게 들킬 우려가 있으니 대륙 내에서는 텔레포트 마법을 쓰지 않는 것이 좋다는 자그레브의 말에 토르 일행은 험하디험한 프루바카나 산맥을 넘어온 참이었다.

모두 산행과 여행에 익숙하고 곤을 제외하고는 마법까지 익히고 있어 별 무리 없이 이동해 왔는데 디오스로서는 마음에 차지 않는가 보다.

'좀 이상하네?'

토르는 고개를 갸웃거렸다.

'대륙을 구한다' 같은 명분에는 전혀 관심없다던 디오스가 참으로 열심이다.

텔레포트가 불가능하다는 말에 가장 안타까워했던 것도 디오스였다.

'그렇게 씨를 퍼뜨리고 싶나? 안 된다니까 갑자기 하고 싶어진 거야?'

지금도 봐.

디오스의 저 불타는 눈을.

꼭 먹이를 노리는 맹수와 같은 눈…….

이상하다 생각하던 토르가 갑자기 탄성을 질렀다.

"아하!"

일행이 모두 토르를 바라보았다.

토르는 재빨리 손사래를 쳤다.

"아무것도 아냐! 갑자기 생각난 게 있어서."

다들 다시 걸음을 재촉하는데 토르는 디오스의 곁으로 스윽 다가갔다.

토르의 얼굴에는 웃음기가 떠올라 있었다.

"큭큭. 디오스, 나 알았어."

"뭘 알아?"

"디오스 마음 말이야."

"내 마음? 내 마음이야 오로지 아나테를 향한 한 점 티없는 꽃길이지."

토르는 입을 벌리고 디오스를 바라보았다.

"또 구원의 여인은 오로지 아나테, 하지만 모든 여성은 작업의 대상 운운하는 거야?"

"그거 아니었어?"

"그거야 말해주지 않아도 잘 알고 있지. 그게 사나이의 길이잖아."

"그렇지! 가르친 보람이 있구나!"

'디오스, 그런 말을 공공연하게 하니까 여자들이 다 피하는 거야. 도대체 디오스한테 넘어갔다는 여자들은 어떤 여자들일까?'

하지만 토르는 그런 치명적인 일침을 친구에게 놓을 정도로 모질지는 못했다.

토르는 대신 다른 말을 했다. 전음으로.

"디오스, 이번엔 프로시안이라는 공주 노리는 거지?"

디오스의 눈이 커졌다.

"어떻게 알았어?"

"디오스가 너무 열성일 때부터 어째 이상하다 했어. 고상한 명분 같은 건 다 헛된 거라는 게 디오스 지론이잖아. 그러니… 디오스를 집중

시킬 건 하나밖에 안 남잖아. 여자!"

디오스는 감탄한 눈으로 토르를 바라보았다.

전음을 알면 몰래 말해주겠건만. 혹시 몰라 곤에게 써먹던 소리 안 내고 입만 뻐끔거리는 스킬을 써보았다.

'과연 내 친구! 토르! 이젠 말하지 않아도 내 마음을 아는구나! 진짜 사나이가 된 거야, 토르!'

"잘 못 알아듣겠어, 디오스. 그냥 소리 내서 말해."

디오스는 잔뜩 목소리를 낮춘 채 귓속말을 했다.

"좋아. 도와줄 거지?"

"어떻게 도와주면 되는데?"

"성에 갇힌 공주를 구하는 건 기사라면 누구나 꿈꾸는 로망이야. 더구나 드래곤에게 갇힌 공주라니! 카! 이건 완벽한 로망이야! 결정적으로 구하는 공은 내게 줘라. 알았어?"

"잘할 수 있어?"

"물론이지! 네게 여자에 대해 알려준 게 누군지 잊었어?"

"알았어."

알았다고는 했지만 은근히 걱정되었다.

디오스가 가르쳐 준 것들은… 사실 별로 도움 안 되는 게 많기 때문이다.

'디오스가 잘할 수 있을까? 여태 해온 걸 보면 걱정되는데?'

고개를 흔들며 걸음을 옮기다 토르는 눈을 빛냈다.

아무 소리도 들리지 않고 아무런 종적도 없었지만 마나의 흐름이 심상치 않았다. 곤에게 전음을 던지려 했으나 곤의 전음이 먼저 들렸다.

"매복이야! 모두 경계 태세!"

모두에게 전음을 던진 듯 몸이 굳었던 일행이 무기를 매만지며 눈을 빛냈다.

토르는 곤에게 전음을 보냈다.

"곤, 내가 맡을게."

"좋아. 시끄럽지 않게 처리해. 살기는 안 느껴지지만 상당한 기운이 느껴져. 조심해."

"걱정 마. 죽이진 않을게."

곤의 조용한 웃음소리를 들으며 토르는 주위를 빠르게 훑어보았다.

고지대의 능선인지라 낮은 키의 나무들밖에 없었지만 여기저기에서 숨죽이고 있는 기운이 느껴졌다. 토르는 제일 센 기운을 따라 시선을 움직였다.

막 몸을 날리려는 순간, 갑자기 수풀이 일렁이며 커다란 덩치의 사내가 스스로 모습을 드러냈다.

"뭐야?"

숨어 있는 녀석을 멋지게 잡아챌 셈이었던 토르는 김이 빠졌다.

자그레브의 목소리가 울렸다.

"적이 아니외다. 로키, 오셨구려."

"정확하게 시간을 맞춰 오셨군요. 오랜만입니다."

나무와 수풀들 사이 여기저기서 십여 명의 인물들이 모습을 드러냈다. 로키를 선두로 능선의 양옆에 잠복해 있던 이들은 여전히 경계를 늦추지 않고 사방을 보는 중이었다.

자그레브와 인사를 나누는 로키라는 거한은 찔러도 피 한 방울 나오지 않을 것처럼 꽉 짜인 근육 덩어리의 사내였다. 얼굴 인상도 어찌나 바윗덩어리 같은지 돌로 만들어진 인간 같았다. 촘촘하게 짜인 체인 메일을 걸친 거한은 거대한 검을 등에 지고 있었다.

곤이 자그레브에게 물었다.

"안내자를 만나신다더니 그럼……?"

"맞소이다."

곤은 로키에게 조용히 고개를 돌렸다. 로키도 곤을 바라보았다. 로키의 키가 머리 하나는 더 커서 곤이 올려다보는 것처럼 보였다.

"오랜만이군."

"그렇군."

로키는 옥스칼토네에서 제일 유명한 기사 중 한 명이었다. 당대 최고의 검사로 널리 알려져 있었고 그와 겨루었던 소드 마스터들은 그랜드 소드 마스터라는 영광스러운 호칭을 그에게 바쳤다.

곤과도 우연히 검을 겨룬 바 있었다. 단 삼 초식의 승부였고 승패를 가르지 못한 채 승부를 접어야 했지만.

"뜻밖이군. 자네와 이곳에서 만나다니."

곤의 말에 표정 없는 얼굴로 로키가 대답했다.

"내가 옥스칼토네 해방군의 군단장일세."

"자네가……?"

로키의 얼굴은 여전히 표정이 없었다. 그러나 목소리에는 강한 기운이 실려 있었다.

"내가 자리를 비운 사이 우민의 드래곤 던전을 초토화시켰더군. 자네 솜씨겠지? 내 부하들과 대마법사 오올리 경을 죽인 것은……."

로키의 손이 천천히 등 뒤의 검자루를 잡아갔다.

곤은 미간을 찌푸렸다.

'일이 처음부터 꼬여가는군…….'

로키가 펠바레트 출신인 것은 알고 있었지만 그가 프로시안 공주를 모시는 옥스칼토네 해방군의 군단장이란 것은 전혀 몰랐다. 오올리와 죽은 기사들의 피 빚을 받아내겠다는 그의 요구는 정당했다. 그러나 장소와 시기가 좋지 않아 곤은 눈살을 찌푸렸다.

자그레브가 둘 사이에 끼어들었다.

"로키, 묵은 원한은 접어야 할 때라 미리 말해두었지 않소. 오올리의 죽음은 이미 과거요. 지금 중요한 것은 프로시안 공주를 구해 대륙 해방의 기치를 올바로 세우는 것이오."

"자그레브, 곤과 나는 묵은 승부도 있소이다. 이대로는 찜찜해서 함께 일할 수가 없을 것이오. 풀 것은 풀어야 할 게 아니오. 검을 든 자가 얽힌 관계를 푸는 방법은 오직 하나. 검을 맞대는 것뿐이오."

곤은 고개를 끄덕였다. 로키의 말이 옳았다. 하지만 역시 장소와 시간이 좋지 않았다. 일 초에 승부를 낼 수 있을까⋯⋯.

그때 낭랑한 목소리가 울렸다.

"잠깐!"

토르였다.

토르는 척척 걸음을 옮겨 로키의 앞에 턱 버티고 섰다. 로키의 허리를 겨우 넘는 키라서 토르는 한껏 가슴을 젖혀야 그의 얼굴을 볼 수 있었다. 너무 다가섰던 것이다.

'이런⋯⋯!'

로키는 토르를 보며 빙긋 미소를 지었다.

"뭐냐, 꼬마 친구?"

뭐! 꼬마!

퍽!

토르의 발이 곧장 날아가 로키의 정강이에 꽂혔다. 체인 메일로 감싼 정강이였지만 장작을 패는 듯 둔탁한 소리가 울렸다. 보통 사람이었다면 정강이뼈가 부러져 나갈 만한 강타였다.

그러나 로키는 비명을 지르는 대신 눈을 부릅떴다. 그는 대륙의 그랜드 소드 마스터라 불린 사내, 이 정도 타격에 비명을 지를 정도로 나약하지 않았다.

로키가 막 입을 벌리려 했으나 토르의 말이 더 빨랐다.

"명심해, 돌탱이! 난 꼬마가 아냐! 내 이름은 토르야!"

"돌… 탱이?"

"그래! 앞으로 날 꼬마라고 부르면 가만두지 않겠다!"

"허허, 허허! 으허허허허!"

로키는 큰 소리로 웃어 젖혔다. 참으로 오랜만이었다. 이런 식으로 자신에게 대드는 인간은 나이를 막론하고 여태 없었다. 게다가 눈을 치뜨고 내뱉는 말은 얼마나 당당하던지……. 귀엽기까지 했다. 쿠키라도 가져왔으면 손에 꼭 쥐어주기라도 할 텐데…….

그러나 로키의 웃음은 이어진 토르의 말에 사라지고 말았다.

"그리고 곤에게 시비 걸지 마. 네가 뭔가 착각하고 있는데, 던전에서 기사 나부랭이들이랑 그 음흉한 마법사를 죽인 건 곤이 아니라 나야. 덤빌 테면 나한테 덤벼. 단, 명심해. 난 덤비면 죽인다는 걸."

로키는 토르를 묵묵히 바라보다가 곤에게 시선을 돌렸다.

곤은 토르를 향해 한숨을 내쉬곤 고개를 끄덕였다.

로키의 눈이 커졌다.

"이 꼬마… 아니, 이 아이가 정말……?"

"자네답지 않은 실수군. 외면만 보지 말고 본질을 보게나."

로키는 믿어지지 않는다는 시선으로 토르를 보다 곤의 말에 담긴 의미를 깨달았다.

심상치 않은 마나가 토르의 주위에 흐르는 것이 느껴졌다. 정녕 만만치 않은 적수에게나 느껴지는 삼엄한 기운이 토르의 온몸에 은은히 갈무리되어 있다는 것을 로키는 그제야 깨달았다.

"허… 어찌 이런 일이……."

토르가 로키를 똑바로 바라보며 또박또박 말했다.

"복수를 하고 싶으면 덤벼. 그 빌어먹을 마법사 놈은 아주 비겁한 방법으로 곤이랑 아나테를 죽이려고 했어. 죽을 짓을 했으니 죽어야지. 너도 잘 알아둬. 내 친구한테 덤벼도 내가 죽인다는 걸 명심해."

토르의 푸른 눈빛 속에 붉은 기운이 일렁였다.

로키는 토르가 하는 말이 빈말이 아님을 알 수 있었다. 아울러 자신의 말을 실천할 수 있는 실력도 갖고 있음을 깨달았다. 로키의 시선이 자연스레 묵직해졌다. 다시 검자루에 손이 올라가기 시작했다.

자그레브가 로키의 굵은 팔을 잡은 것은 그때였다.

"군단장, 호승심을 부리는 것이 아니라면 공주님을 먼저 구출한 후에 빚에 대해 생각하게. 이 무슨 섣부른 짓인가! 자네는 지금 떠돌이 기사가 아니라 옥스칼토네 해방군의 최고 수장이라는 것을 잊었는가?"

자그레브답지 않은 삼엄한 어조였다.

자그레브의 말에 수긍했는지 로키의 시선에 담긴 힘이 점차 옅어졌다. 로키는 마침내 검자루에서 손을 뗐다.

금방이라도 뭔가 터질 것 같던 분위기가 그제야 수그러들기 시작했다. 여기저기서 안도의 한숨이 새어 나왔다.

로키는 토르의 푸른 눈을 똑바로 바라보며 말을 꺼냈다.

"좋습니다. 자리를 옮기지요. 공주님을 구출하는 것이 최우선입니다. 그렇지요. 아르마! 안내하라!"

로키의 뒤편에 서 있던 날씬한 기사가 앞으로 나서 일행에게 팔을 펼치더니 앞으로 걷기 시작했다.

로키와 토르는 모두가 자리를 뜰 때까지 움직이지 않고 서로 노려보고 있었다. 결국 곤이 둘의 어깨를 잡고 질질 끌고 갔다. 둘은 곤에게 끌려가면서도 서로 노려보았다.

2

능선 중간의 으슥한 동굴 속.

토르 일행 여섯과 로키와 그의 부관, 그리고 아르마라는 기사까지 아홉 명이 자리를 잡고 앉자 돌 원탁은 어깨가 닿을 정도로 빽빽했다.

원탁의 가운데에는 케이프 성의 상세한 지도가 놓여 있었다. 로키의 부관이 지도를 보며 케이프 성의 경계와 프로시안이 갇혀 있다는 첨탑의 위치를 설명 중이었다.

로키와 토르는 여전히 불꽃같은 눈길을 주고받고 있었다. 막 작전 계획이 논의되려는 때까지 그들은 서로 노려만 보고 있었다.

"군단장님!"

"왜?"

부관의 부름에도 로키는 여전히 토르의 눈만 노려보고 있었다.

"이제 작전 브리핑을 하셔야……."

"자네가 해."

"하지만 큰 계획만 세워놓았지, 세부적인 작전 인원과 편성은 군단장님이 하셔야……."

"끄응……."

어쩔 수 없다는 듯 로키가 고개를 돌리며 일어서자 토르가 번쩍 양팔을 치켜들었다.

"이겼다!"

모두의 시선이 토르를 향했다.

이 심각한 분위기에서 난데없는 함성이라니…….

그냥 혀를 차면 될 일이었지만 로키의 얼굴이 붉으락푸르락해져 그럴 수도 없었다.

"이건 무효야!"

"무효는 무슨! 첫 판은 내가 이겼어!"

"으으……."

곤은 로키와 토르를 보며 슬쩍 미소를 지었다.

로키가 얼마나 호승심이 강한 성격인지 곤은 잘 알고 있었다. 바로 그 성격 때문에 일면식도 없던 곤과 결투까지 하게 되었으니까.

토르와 눈싸움하다 졌다고 얼굴빛이 변하는 로키를 보며 곤은 고소를 지을 수밖에 없었다.

'저 지기 싫어하는 성격은 정말 여전하군…….'

하지만 그 성격이 원동력이 되어 오늘날의 로키가 있을 것이다. 집념과 끈기, 엄청난 승부욕이 없었다면 그랜드 소드 마스터라는 칭호는 결코 얻지 못했을 테니까. 로키는 앞을 보고 돌진만 하려는 전형적인 대류 전사의 기질을 그대로 갖고 있었다.

'아무래도 로키가 제대로 적수를 만난 것 같군.'

토르 역시 지는 걸 굉장히 싫어한다. 호기심만큼이나 승부욕이 강한
것이 토르였다. 처음 곤에게 덤벼들 때도 엄청난 승부욕에 놀라지 않
았던가.

그때 자그레브가 지팡이를 쿵하고 짚었다.

"군단장, 시간이 없다는 걸 잊지 마시오. 공주님이 비록 아직까지는
감금만 당하고 계신다지만 언제 상황이 변할지 모르지 않소!"

로키의 시선은 그제야 토르에게서 거두어졌다. 토르는 양손을 탁자
에 짚고 빤히 로키 얼굴만 쳐다보고 있었지만 로키는 눈길도 주지 않
았다.

"경계는 이미 부관이 설명해 드린 것과 같소이다. 첨탑의 위치도 정
확하오. 공주님이 이곳에 갇혀 계시다는 것도 확인된 사실이오. 소수
의 인원이 전격적이고 은밀하게 구해오는 것이 작전의 기본 틀이오.
거듭된 탄압으로 숙련된 기사와 마법사들의 수가 줄었지만 오늘 합류
한 인원들이 빈자리를 보충해 줄 것이라 믿소. 그럼 작전에 투입할 인
원을……."

그때 디오스가 손을 들었다.

"뭐요?"

"이 지도 하나만 믿고 케이프 성으로 들어갈 것은 아니겠지요? 케이
프 성은 옥스칼토네 대륙에서 가장 큰 성이오. 이런 간략한 지도만 믿
고 들어갔다간 큰코다칠 것이외다."

"케이프 성에 가본 적이 있소?"

"그렇소."

"좋소. 길 안내는 여기 있는 아르마가 맡을 것이오만 그대에게도 부탁하오. 아르마와 짝이 되시오."

아르마라는 날씬한 기사가 몸을 일으켜 디오스에게 고개를 숙였다. 플레이트 메일 위에 걸친 로브의 모자에 가려 얼굴도 보이지 않았지만 디오스는 그를 향해 슬쩍 고개를 끄덕였다.

로키는 커트와 라나를 보며 자그레브에게 슬쩍 고개를 돌렸다.

자그레브가 고개를 끄덕였다.

"그들은 활이 주 무기요."

자그레브의 충고에 따라 두건으로 꼼꼼히 귀를 감추어 커트와 라나가 엘프라는 것은 로키도 아직 모르고 있었다. 로키는 조금 의아한 눈으로 라나를 바라보았다.

"아직 어려 보이는데 대단한 마나로군."

"어리다고 무시하는 건가요?"

"아니. 실수는 한 번이면 족하지. 그대의 능력이 대단하다는 건 이미 알아보았다. 하지만 둘 중 한 명은 성 밖에서 드래곤들을 교란할 기사들과 함께 해주면 좋겠는데? 우리 쪽엔 활의 고수가 드물어서 말이야."

"내가 그 역할을 맡겠소."

커트가 나서자 로키는 만족스러운 웃음을 띠었다. 내심 커트가 남아주길 바랐던 것이다. 안전한 퇴각을 위해서도 활의 고수는 절대적으로 필요했다. 침투조보다 본대의 희생이 더 클 것이 자명한 이런 작전에서는.

"그럼 성 밖에서 드래곤들의 시선을 뺏을 본대는 부관과 그대에게 부탁하겠소. 나는 아르마와 함께 그대들 네 명과 공주님을 구출하겠소. 자그레브께서는 본대에 남아 부상자의 치료와 퇴각시 연락 담당을 해주셨으면 하오."

모두 고개를 끄덕였다.

곤은 감탄한 표정을 지었다. 토르와 티격태격할 때는 아직도 유랑기사의 태가 나더니 작전을 짤 때는 거침없이 적재적소에 인원을 배치한다. 훌륭한 지휘관이었다.

"야~ 돌탱이, 제법인데?"

토르가 턱을 고인 채 말하자 로키는 금세 얼굴을 붉혔으나 곧 긴 한숨을 토해냈다. 아직 작전 계획이 다 짜진 게 아니었던 것이다. 조금 더 참아야 할 시간이었다.

로키는 자그레브와 함께 이 작전에서 가장 중요한 퇴각 계획을 논의하기 시작했다.

토르는 눈을 반짝이며 로키를 보고 있었다.

'재밌는 놈이야……'

토르는 하얀 이를 드러내며 씨익 미소를 지었다. 왠지 로키를 보면 자꾸 승부욕을 느낀다. 그것이 강자를 대하면 자연스레 생기는 승부사의 기질이라는 것을 토르는 아직 몰랐다.

3

디오스는 당황하고 있었다.

케이프 성의 외곽에 있는 허름한 농가에 도착한 아르마는 술통을 가

득 실은 짐마차에 곤과 로키, 토르와 라나를 숨긴 후 로브를 벗어젖힌 채였다.

길게 물결치는 갈색의 머리카락이 출렁거렸다.

아르마는 여자였던 것이다.

날씬한 몸매를 보고 혹시 했던 디오스는 쾌재를 불렀으나 곧 당황할 수밖에 없었다.

쩔걱, 쩔거덕.

플레이트 메일을 익숙하게 벗는 것까지는 좋았는데… 플레이트 메일 속에는 몸에 꼭 달라붙는 가죽 옷밖에는 입고 있지 않았다.

'오오……!'

몸매 예술이다. 워낙 날씬한 몸이라 가슴이 절벽인 게 좀 아쉬웠지만 군살 하나 없는 허리와 도톰한 엉덩이의 곡선만으로도 충분히 눈이 호강을 하고 있었다.

신나는 눈요기에 눈이 즐거웠던 참인데 점점 기분이 야릇하게 구겨지고 있었다.

아르마는 디오스를 아주 없는 사람인 것처럼 치부하고 옷을 벗고 있었던 것이다.

가죽 옷의 하의를 벗자 허리에 걸친 끈 하나에 엉덩이의 계곡을 아슬아슬 가로지른 속옷 말고는 아무것도 없었다. 날씬한 몸매엔 전혀 어울리지 않는 풍염한 엉덩이였다.

그런데 그 엉덩이는 디오스의 눈앞에 뻔히 보이고 있었다.

도발을 하는 게 절대 아니었다. 디오스를 그냥 없는 사람처럼 치부하는 것이다.

'이럴 수가!'

디오스는 충격 먹었다.

여태 자신을 이 정도로 무시한 여자는 대륙에 없었다. 이 정도로 의식을 안 하다니! 이게 가능해?

거기다 상의마저 훌러덩 벗는다. 칭칭 매어놓은 흰 천이 눈에 들어왔다. 가슴도 원래 절벽이 아닌 모양이다.

빠른 속도로 플레이트 메일과 가죽 옷을 감추는 아르마를 보며 디오스는 묘한 패배감에 사로잡혔다.

얼굴도 저 정도면 중상급 이상이지 않은가!

그런데도 나한테 관심없어? 날 완전히 무시해? 이게 가능해? 이게 현실이야?

빠른 속도로 시녀들이나 입는 메이드 복장을 꺼내 걸치는 아르마를 보며 디오스는 마치 마법이라도 보는 것만 같았다. 상의를 입더니 손을 집어넣어 가슴을 감았던 흰 천을 둘둘 감아 뺀다. 출렁이는 유방이 아슬아슬하게 계곡을 만들었다. 끝내주는 몸매였다.

"이봐요."

'호, 드디어?'

기대감을 갖고 무게를 잡으려는데 아르마는 디오스를 무슨 물건 쳐다보듯 보며 말을 건넸다.

"셔츠 뒤 좀 묶어줘요. 시간없어요."

디오스의 손이 저절로 움직였다.

'그래! 내 손이라면!'

"빨리 묶어요! 그것도 못해요!"

디오스의 손은 의도와는 상관없이 빠르게 움직였다. 이게 아닌데, 이게······.

디오스가 셔츠의 뒤를 묶는 동안 머리를 빠른 속도로 매만진 아르마가 빙글 몸을 돌렸다.

"아……!"

디오스는 꼭 여자 나신 처음 본 애송이처럼 탄성을 질렀다.

완전한 변신이었다.

당당한 기사는 마법처럼 사라지고 그 자리엔 너무나 귀여운 시녀가 서 있었다.

아르마는 완전히 다른 인격이라도 심은 것처럼 고개를 살짝 숙이며 미소를 지었다.

"갈까요, 오빠?"

오빠! 오……! 드디어!

이어진 말은 디오스의 기대를 산산이 부수었다.

"성문을 통과하려면 이 방법뿐이 없어요. 마나의 흐름에 드래곤들은 너무 민감하니까 마법도 사용할 수 없어요. 나는 궁성 직속 하녀 '아마'이고, 당신은 이 술들을 빚은 내 오빠, '어마'예요. 명심해요. 내 오빠는 벙어리니까 성문을 통과할 때까지 아무 말도 하면 안 돼요, 알았죠? 경비병들이 놀리고 때려도 절대 반항하지 말아요. 바보라고 말해놨으니까요."

"바, 바보… 어마……."

"이 옷을 입어요. 래피어는 적당히 감추고요."

디오스는 아르마가 던져 주는 허름한 옷들을 슬픈 눈으로 바라보았다.

여태 아득바득 살아오며 별별 경험을 다 해봤지만 바보 역할은 처음이었다. 때리면 그냥 맞으란다. 이름도 바보 '어마'란다.

"휴……."

"빨리 입어요! 궁에 돌아갈 시간이 빠듯하단 말이에요!"

"알았소."

디오스는 힘없이 옷을 입으며 절레절레 고개를 저었다.

'그래……. 사자를 쫓는 사냥꾼이 여우에게 한눈을 판 벌이라 생각
하자……. 더 큰 사냥감이 기다리고 있으니 힘을 내자, 디오스…….'

철벅.

아르마는 디오스의 얼굴에 사정없이 말똥을 묻혔다.

"지저분해야 안 건드릴 거예요. 참아요."

디오스는 정말정말 후회했다. 어째서 케이프 성의 지리를 안다고 말
했을까……. 가만히 있었으면 이런 냄새는 맡지 않아도 되었을 텐
데…….

술통 속에서 키득거리는 토르의 웃음소리가 들리자 디오스는 절망
적인 눈을 하고서 숨을 들이켰다.

"컥!"

한숨을 쉬려고 숨을 들이쉰 게 실수였다.

말똥 냄새는 정말… 진하고 강렬했다.

끼익.

"모두 나와요. 조용."

나직한 아르마의 목소리가 술 창고를 울렸다.

문을 닫는 아르마의 곁에는 디오스가 멍한 얼굴로 서 있었다.

토르와 곤, 로키가 몸을 드러냈는데도 디오스는 여전히 멍하게 서
있었다.

마지막으로 라나가 술통에서 나오자 아르마를 비롯한 다섯 명은 각자의 무기를 점검했다.

"좋아, 준비는 끝났나?"

로키의 질문에 아르마가 구석에 놓인 포대를 가져왔다.

"여기 있어요."

성 여기저기를 순찰하는 경계병의 복장이었다.

곤이 고개를 저었다.

"나와 토르는 필요없소."

로키가 눈을 부라렸다.

"무슨 소리인가? 마법도 쓸 수 없는 곳이야. 사방에 드래곤들이 있네."

"우린 마나를 쓰지 않고도 몸을 숨길 수 있어. 거추장스러운 변장은 필요없지."

로키는 의심스러운 눈으로 곤을 바라보다 빠르게 자신에게 배당된 옷을 걸치기 시작했다. 곤이 허언을 내뱉는 사람이 아니라는 것은 로키가 누구보다 잘 알고 있었다.

라나와 아르마도 빠르게 경계병의 복장으로 갈아입었다.

토르는 디오스에게 다가가 툭 어깨를 쳤다.

"디오스, 너도 입어야지!"

"어? 어."

디오스는 힘없이 걸어가 자신의 옷을 걸치기 시작했다. 그러나 바지에 팔을 꿰는 것이 아닌가.

토르는 킥킥 웃으면서 디오스가 옷을 입는 것을 도와주었다.

디오스가 이러는 이유는 잘 알고 있었다.

성문을 통과할 때 정말 황당한 경험을 했던 것이다. 아르마가 경고한 대로 경비병들은 아르마의 오빠 '어마'를 정말 바보 취급했다. 툭툭 머리를 때리고 낄낄 웃으며 볼따구니를 때렸다. 발로 차기도 했다.

아르마가 경비대장에게 특별히 담근 술이라며 특제 와인을 선물하고 술통 검사를 면제받는 동안 디오스는 경비병들의 희롱에 눈물을 머금고 바보처럼 웃어야 했다.

으으… 어어… 우히히히……

다양한 바보의 웃음을 선보이며 철썩철썩 얻어맞는 디오스의 처량한 시련을 토르는 술통 속에서 다 들어 잘 알고 있었던 것이다.

"디오스, 걱정 마. 내가 그놈들 혼내줄게. 말똥 잔뜩 먹여줄 테니 화 풀어."

디오스가 멍한 눈으로 토르를 보다가 아르마에게 시선을 돌렸다.

어느새 아르마는 시녀의 눈빛은 싹 지워 버리고 경계병 특유의 날카로우면서도 나른한 눈빛을 하고 있었다.

'천의 눈을 지닌 여자군……'

토르는 몰랐지만 디오스가 멍한 이유는 경비병들에게 희롱당했기 때문이 아니었다.

디오스를 희롱한 것은 경비병들이 아니라 아르마였다.

'오빠를 너무 괴롭히지 마세요'라고 하며 디오스를 보호해 주듯 잡아끌었던 아르마…….

아르마는 정말정말 케이프 성안을 잘 알고 있었다. 디오스의 도움 따위는 애초에 전혀 필요없었던 것이다.

디오스는 완전히 헛고생을 한 것이었다. 완전히.

아르마는 멍하니 자신을 바라보는 디오스를 쳐다보지도 않고 로키

에게 짧게 보고했다.

"술 창고에서 첨탑까지 동북쪽으로 계속 걸어가면 됩니다. 경계병 한 조를 술을 먹여 재워뒀으니 첨탑까지는 이상없이 진입할 수 있습니다."

'저 여자⋯ 진짜 대단한 연애 고수일 거야⋯⋯. 날 완전히 갖고 놀았어⋯⋯.'

디오스는 아무도 모르게 한숨을 쉬었다.

창고에 들어오기 전, 둘만 있을 때 지은 아르마의 묘한 웃음은 분명히 디오스를 향한 승리의 비웃음이었다. 완전히 당하고 만 것이다. 꼼짝도 못하고 골탕을 먹었다.

"좋아, 가지."

로키의 대답을 끝으로 모두 빠르게 술 창고를 빠져나갔다.

디오스는 홰홰 고개를 저으며 로키의 뒤를 바싹 따르고 있었다.

'정신 차리자!'

기사의 완벽한 로망을 이런 사소한 패배로 포기할 수는 없었다.

대어가 눈앞에 있다!

'디오스, 이제부터야! 똥 밟았다 생각하자!'

바람이 불자 언뜻 말똥 냄새가 코를 스쳤다. 아직 얼굴을 완전히 닦지는 못했던 것이다. 디오스의 얼굴이 와락 일그러졌다.

4

깜깜한 밤.

성 밖에서 웅대한 케이프 성곽을 바라보던 커트는 슬쩍 왼쪽을 바라보았다.

언제라도 뛰쳐나갈 수 있는 자세로 고삐를 움켜쥔 기사가 전면을 노려보고 있었다. 가끔씩 샤프런을 쓴 말 머리를 툭툭 두드리며 애마를 진정시키는 것이 한 가닥 여유마저 엿보인다.

로키의 부관이라는 이 모르도라는 인물은 상당한 역량을 가진 기사였다. 드래곤들과 싸우게 될 엄청난 전투를 앞두고 수하 기사들의 기세를 단숨에 끌어올렸던 것이다. 모르도의 독려에 결사의 태세를 갖춘 기사들은 공격 명령이 떨어지기만을 기다리고 있었다.

공격 신호는 첨탑에 들어간 토르들이 프로시안 공주의 신병을 확보하고 나서 로키가 보내주기로 했다.

커트는 롱 보우를 잡은 손에 은근히 힘이 들어가는 것을 느꼈다. 정말 오랜만에 집단전을 경험할 것이다. 그것도 골드 드래곤을 상대로.

소란만 일으키는 것이 목적인 공격이었지만 상대는 드래곤들이다. 전투 중에 무슨 일이 벌어질지 알 수 없었다. 커트가 곤의 곁에 라나를 있게 한 이유도 바로 그 때문이었다. 이곳이 오히려 위험한 싸움터가 되리란 것을 커트는 잘 알고 있었다.

오른쪽으로 고개를 돌리니 자그레브가 서서히 몸을 일으키는 것이 보였다. 로키와의 연락을 맡은 이가 자그레브였기에 모르도 또한 자그레브가 몸을 일으키자 고개를 돌렸다.

"돌진할 때입니까?"

모르도의 질문에 자그레브는 고개를 저었다.

"아직 아니오. 조금 더 기다리시오."

몸을 일으킨 자그레브는 모르도에게 다가왔다.

"받으시오."

자그레브가 건네주는 주먹만 한 구슬을 받고 모르도는 이상하다는 얼굴로 물었다.

"이건 통신구가 아닙니까? 군단장님과의 연락은 예언자께서……."

"잠시 계시를 살펴야 할 것 같소. 전투가 벌어지기 전 반드시 돌아올 테지만 혹시 그 안에 연락이 오면 계획된 대로 돌진을 시작하시오. 금방 올 테니 걱정하지 마시오."

"아니, 자그레브!"

"꼭 필요한 일이오. 금세 올 것이오."

자그레브는 그 말을 끝으로 모습을 감추었다. 갑자기 꺼지기라도 한 듯 사라졌던 것이다.

"마법을 쓰면 안 된다 말씀하시고는……."

모르도가 당황해 케이프 성을 보자 커트가 말했다.

"지금 자그레브는 신력을 사용한 것이지 마나를 쓴 것이 아니오. 드래곤들도 눈치채지 못할 거요."

"그래도 그렇지… 이런 상황에서 무슨 계시를……."

수하들이 듣기라도 할까 봐 나직하게 혼잣말을 내뱉는 모르도를 보며 커트도 이상하다고 생각했다.

자그레브가 맡은 역할은 단순한 연락책 이상이었다. 전투 중 다친 기사들의 치료도 맡고 있었고 공주를 무사히 성안에서 빼낸 후에는 퇴각을 전면 지휘해야 하기도 했다. 공격이 눈앞으로 다가온 이런 시기에 난데없는 계시라니…….

'예언자라 신탁의 계시가 신경 쓰이나……? 나쁜 계시라도……?

불길한 예감이 스쳤지만 커트는 마음을 다져 잡기로 했다.

자그레브는 생명의 조화를 평생의 신념으로 간직하고 살아온 엘프의 친구, 대륙의 평화를 걱정하는 진정한 선지자였다. 책임감이 남다른 그가 계시를 살펴야 할 것이 있다면 그의 말대로 반드시 필요한 일일 것이다.

커트는 롱 보우를 잡은 손에 더욱 힘을 주었다. 슬슬 전의를 최고조로 끌어올릴 때가 온 것이다.

피의 탈출 : *Chapter 39*

A tome of this nature is usually guarded magically— manifesting itself, more often than not, in a protective or magical trap.

side view of key

separated view

firetrap

ing a particular spell. A creature with no classes level equal to its Hit Dice unless otherwise spe word "level" in the spell lists that follow alwa caster level.

Spell Effects and Conditions: If a spell cau ject or subjects to be affected by one or more ded incorporeal, invisible, or stun

his chapter begins with the spell lists of the spellcasting classes and the list of cleric domains and the spells associ ated with each domain. An ᴹ or * appearing at the end of the name in the spell lists denotes a spell with a material or ... hat is not normally included

아 무것도 보이지 않는 암흑의 공간에 스르르 하얀 형체가 모습을 드러냈다.

자그레브였다.

"이게 무슨 짓인가? 어떤 상황인지 몰라서 생떼를 쓰는가? 지금 자리를 비우면 안 된단 말일세!"

자그레브가 말을 맺자 음울한 웃음소리가 들렸다. 그러나 형체는 결코 보이지 않았다.

"크크크. 자그레브, 자네답지 않게 무슨 흥분인가? 어차피 서로 확인할 게 있지 않은가? 자네 맘이 갑자기 변하기라도 하면 곤란하니 직접 봐야 안심이 되어서 말이야……."

자그레브는 아무것도 보이지 않는 암흑의 허공에 눈을 박았다.

"오올리, 이제 돌이킬 수 없는 길일세. 자네도 알지 않나? 아직도 내

의도를 의심하는가?"

"아니, 아니……. 확답을 받아야 할 게 있으니 말이지……."

자그레브의 기색이 차츰 차분해졌다.

"무엇인가?"

"성검 아슬란이나 마검 헬나이트 중 하나는 반드시 로키가 직접 써야 해. 알고 있지?"

"알고 있네."

"약속할 수 있는가?"

"그건 그분의 뜻에 달린 것이네."

"자그레브… 자그레브……. 그런 미적지근한 대답으로는 내가 만족하지 못한다는 사실을 잘 알고 있지 않은가?"

마지막 말은 호통에 가까웠다. 자그레브의 옷깃이 화라락 휘날렸다.

"성검과 마검은 모두 주인을 스스로 고르는 검일세. 로키에게 자격이 있다면 당연히 차례가 돌아가겠지."

"자그레브!"

"자네도 알지 않는가? 자네조차도 헬나이트를 취하지 못했어! 그걸 부정하겠다는 것인가?"

엄청난 바람이 휘몰아쳤다. 자그레브의 수염과 머리카락, 옷깃이 모두 파라락거리며 몸서리를 쳤지만 자그레브는 눈도 깜박이지 않고 허공을 바라보고 있었다.

차츰 바람이 가라앉았다.

"흐… 최소한 그들이 모두 옥스칼토네 해방군 소속이 되도록 하겠다는 말은 잊지 말게."

"당연하네. 그것은 나도 바라는 바니까."

"우리 의견이 갈라설 때까지는 함께하는 것인가?"

"그것도 당연하네. 자네가 원하는 인간만의 대륙이란 내게 무의미하니, 드래곤들의 지배를 무화시킨 후에야 나눌 얘기겠지만 말일세."

"흐흐. 기대하지."

"나트판에게 경로는 제대로 흘린 거겠지?"

"물론이지."

갑자기 허공을 뒤흔들며 오올리가 웃음을 터뜨렸다.

자그레브는 눈살을 찌푸린 채 물었다.

"말을 하다 말고 왜 웃는가?"

"자네가… 누군가에게 질투를 할 줄은 몰랐네. 그렇게 고고한 척하더니. 클클."

자그레브의 얼굴빛이 딱딱하게 굳었다.

"그게… 아닐세. 그의 숙명은 애초에 그런 것이었어. 진정한 조화를 위해 복된 거름이 되는 것이 그의 예정된 숙명일세. 그도 기쁘게 받아들일 걸세……."

"흐흐. 그럴까? 의지에 반하는 휘둘림을 극도로 혐오하는 자라고 나는 보았네만."

자그레브는 무겁게 눈을 내리 감았다. 주름이 가득한 눈시울이 파르르 떨렸다.

"그분은 각성이 필요하시네. 각성을 위해선… 그의 희생이 필요하네. 어쩔 수 없는 일이야. 자네의 뜻에도 부합하고……."

"클클. 그렇다고 해두지. 동업자의 속사정을 너무 낱낱이 파헤치는 것도 예의는 아니니. 명심하게! 어떠한 일이 있더라도 내 존재를 프로시안 공주에게 알려서는 아니 되네."

"로키에게도 계속 숨길 생각인가?"

"곧 알려줄 걸세. 로키도 순박한 구석이 있어서 지금 알려줘 봤자 혼란스러워하기나 할 걸세. 라호프에서 살짝 알려줄 셈이네."

잠시 침묵이 흘렀다.

자그레브는 나직하게 한숨을 토하더니 지나가는 말처럼 독백했다.

"리치의 힘이 대단하기는 하군. 드래곤들도 눈치 못 채는 결계를 펼치다니……."

"비웃는 것인가?"

"아니. 자네의 집념에 경의를 표하는 걸세."

"자네도 마찬가지 아닌가? 신성 마법은 나도 알아채지 못하네."

서로 화해라도 하듯 칭찬을 주고받은 자그레브와 오올리는 다시 말이 없었다.

자그레브가 허공을 향해 고개를 끄덕였다.

"이만 가겠네."

"그러게."

자그레브의 몸은 다시 희뿌옇게 사라져 갔다. 자그레브가 사라지자 암흑의 공간에는 짙은 웃음소리만이 흘렀다.

"크큭. 크크크크……."

2

토르는 까마득한 첨탑을 올려다보며 씨익 미소를 지었다.

"곤, 여기도 벽호공으로 오를 수 있을까?"

"물론. 들키지 않고 올라가는 게 관건이겠지만."

로키가 경계병의 복장을 벗어젖히며 빠르게 말했다.

"엉뚱한 생각들 하지 마. 첨탑은 윔 급의 골드 드래곤이 직접 지키고 있어. 어디에서 지켜보고 있는지는 알아내지 못했지만 내내 감시하고 있는 게 틀림없어. 마나 결계가 쳐 있으니 마법도 펼치지 못해. 안으로 들어가 정면 돌파하는 수밖에 없지."

곤이 물었다.

"첨탑 안은 상황을 아는가?"

"정확하게는 파악하지 못했지. 여기까지 오는 길을 확보하는 데도 전력을 쏟았으니까."

아르마와 디오스, 라나도 경계병의 복장을 벗은 채 무기를 꺼내 들었다. 그들은 첨탑이 바로 보이는 경계 초소의 그늘에서 진입 준비를 하고 있었다. 초소 안에는 곤과 토르가 혈도를 제압해 잠을 재운 보초병들이 여기저기 흩어져 있었다.

토르가 로키에게 말했다.

"그럼 안의 상황도 제대로 모른다는 거잖아. 안으로 가나 밖으로 가나 위험하긴 마찬가지인 것 같은데?"

"그래도 첨탑 안에는 골드 드래곤이 없다는 게 확실해. 안으로 들어가는 것이 더 성공 확률이 높다구."

갑자기 토르의 입이 좌우로 스으 벌어졌다.

"돌탱이, 너 드래곤 무서워하는구나?"

로키의 입도 좌악 벌어졌다. 입 진짜 크다.

"땅꼬마, 공주님을 구하기 전엔 최대한 종적을 감춰야 하기 때문이다. 이런 걸 제대로 된 전술이라고 하는 거야. 그리고 한 번 더 돌탱이라 부르면 가만 안 두겠다."

"호~ 한성질 하는데? 한번 해보자는 거냐? 넌 이미 한 번 졌잖아? 또 깨지고 싶어?"

"눈싸움 한 번 이겼다고 진짜 이긴 줄 아냐?"

토르와 로키가 얼굴을 맞대다시피 으르렁거리자 곤이 웃으며 둘을 갈라놓았다.

"지금은 장난칠 때가 아니야. 밖에서도 우릴 기다리고 있어. 장난치고 싶으면 나가서 해."

"장난 아니야!"

로키와 토르가 거의 동시에 곤에게 말했다가 휙 고개를 돌려 서로 외면했다. 등을 돌린 둘의 얼굴에 똑같이 웃음이 떠올라 있는 것을 본 디오스가 어깨를 으쓱했다.

'토르, 이 덩치도 녹이는 거냐? 아주 남녀를 가리지 않는구나. 이 자식, 정치하면 진짜 성공할 거야.'

토르의 친화력이 대단하다는 건 이미 알고 있었지만 어느새 로키와도 투덕거릴 정도로 가까워졌다는 건 놀랍기까지 했다. 로키가 얼마나 무서운 인간인지 누구보다 잘 알고 있는 디오스로서는 토르가 놀랍기만 했다.

아르마도 놀란 표정이었다. 군단장 로키가 장난을 다 치다니. 있을 수 없는 일이 벌어지고 있었다. 이 얘길 해줘도 아마 아무도 안 믿을 것이다. 군단장이 꼬맹이와 함께 농지거리를 주고받다니……

갑자기 토르가 디오스를 바라보더니 찡긋 윙크를 보냈다.

'이젠 나냐? 난 너한테 벌써부터 녹아 있어, 임마…….'

디오스가 헛웃음을 짓는데 토르의 목소리가 들렸다.

"어이, 돌… 아니, 로키. 우리 다른 승부 할까?"

"지금 그럴 때가 아니랬잖아? 아직 어려서 형세를 볼 줄 모르냐?"

긴장도 되지 않는지 실실 웃으며 로키가 말하자 토르는 픽 웃더니 로키의 두꺼운 팔뚝을 툭툭 쳤다.

"자식, 제법이구나. 날 흥분시키려고 잔머리를 다 쓰고. 걱정 마라. 난 싸울 땐 되게 냉정해지거든. 성공 확률을 더 높이는 방법이 있어서 그래. 우리 승부도 낼 수 있고."

로키가 흥미있다는 듯 팔짱을 끼었다.

"읊어봐라."

"나눠서 침투하는 거야. 한쪽은 밖에서. 다른 한쪽은 안으로. 둘 다 들키지 않으면 누가 빨리 공주를 구하냐가 승부다. 둘 중 한쪽이 들키면 다른 쪽이 들키지 않게 최대한 소란을 피우는 거야. 이 경우는 들킨 쪽이 지는 거지. 둘 다 들키면 힘으로 돌파하는 거다. 역시 공주를 먼저 구하는 쪽이 이기는 거야. 어때?"

"흠……."

썩 괜찮은 제안이라 생각한 듯 로키는 고개를 끄덕였다.

아르마가 로키에게 다가가 말했다.

"적이 강대할 때 병력을 나누는 건 피하는 법입니다."

"이번 작전은 기습 공격이 아니라 침투와 구출이 목적이다. 이 경우는 적의 시야를 분산시키는 게 기본이야. 본대도 그래서 외곽에 있는 것이고."

로키는 토르와 지분거릴 때와는 달리 위엄 섞인 목소리로 대답하고는 고개를 끄덕였다.

"좋아. 어떻게 나누지?"

"내가 디오스와 함께 벽을 오르겠다."

"곤이 아니라?"

"디오스가 적격이야. 이런 성의 구조는 빠삭하니까. 아무도 모르게 숨어들어 가는 데에도 일가견이 있어. 그리고 곤과 라나는 널 지켜줘야지. 약해 보이는 네 부하도."

아르마가 발끈하려는데 로키가 팔을 들어 막았다. 토르를 바라보는 시선은 착 가라앉아 있었다.

"일부러 적의 시선을 모을 필요는 없다. 무리하는 건 전투에서 금물이다."

토르는 씨익 하얀 이를 드러내고 웃었다.

"쓸데없는 걱정이야. 난 내 능력을 과신하지 않아. 이건 자신감이라고 하는 거야."

"흐……."

로키는 큭큭 웃더니 토르에게 손을 내밀었다. 토르도 마주 잡았다. 크기가 너무 차이나 토르의 손은 아예 보이지도 않았지만.

"구하고 나면?"

"디오스가 성내 지리를 아니 먼저 빠져나가겠어. 자그레브와 합류하면 되는 거지?"

"아주 이길 거라 자신하고 있군."

로키가 어이가 없는 듯 콧바람을 내뿜었다. 토르는 미소로 대답해 주었다.

"자신감이랬잖아."

"누가 먼저 구하든 50을 셀 때까지는 기다리는 걸로 하자. 퇴각이 더 어려운 작전이니."

"좋아."

"지는 쪽이 뭘 하는 걸로 할까? 이건 내기니까."

"뭐든 시키는 대로 하나 하기로 하지. 올라가는 동안 재밌는 거 생각해 놓을게."

로키가 토르의 말에 덩치에 맞지 않게 키득거렸다.

"후회할 거야, 그 말."

"후회는 무슨, 난 그런 거 몰라. 맨 위층이지?"

"우리가 알기론."

"좋아. 첨탑 안으로 너희가 들어가면 시작하는 거다."

"어허. 여유까지?"

곤이 걱정이 되었는지 슬쩍 끼어들었다.

"토르……."

"걱정 마. 내 실력 알잖아, 곤. 그리고 이게 너 효과적이야."

곤은 토르의 얼굴을 묵묵히 바라보다가 어깨를 한 번 꽉 잡아주고는 몸을 돌렸다. 라나는 잠시 토르를 응시하다 곤을 따라갔다.

로키는 씨익 미소를 짓고는 아르마에게 손짓하고 걸음을 옮겼다.

로키를 선두에, 곤을 가장 후미로 둔 네 명의 그림자가 빠르게 사라져 가자 토르는 디오스를 바라보며 미소를 지었다.

"디오스, 이제 공주를 구해볼까? 결정적인 순간엔 네가 나서는 거야!"

"토르!"

디오스가 감격해 토르의 손을 붙잡았다.

약속을 절대 잊지 않는 토르. 디오스에겐 최고의 친구였다.

첨탑 안은 희미한 횃불만 밝혀 있었다.

입구를 돌파하는 건 어렵지 않았다. 보초를 통해 이미 암호를 알아
낸 후였기 때문에 열린 문을 단숨에 밀어젖히고 보초병들을 제압했다.

빙글빙글 돌아 올라가는 계단을 밟아 오르며 로키는 점점 긴장이 고
조되는 것을 느끼고 있었다.

'너무 조용하군. 안 좋아.'

문이 나타날 때마다 안을 확인했지만 갇혀 있는 사람은 아무도 없었
다. 죄수가 없어서인지 지키는 인원도 없었다.

하지만 이곳은 해방군의 수장이자 마지막 황손인 프로시안 공주가
감금되어 있는 곳이다. 드래곤들이 유일하게 탄압하는 해방군의 수장
인 데다가 드래곤들이 모조리 죽인 황족 중 마지막 남은 황손, 프로시
안 공주. 그녀가 감금된 첨탑치고는 너무 경계가 허술했다.

'역시 침투에는 무방비인가? 아무도 놓치지 않는다는 자신감인
가……'

프로시안 공주를 구하기 위해 엄청난 노력을 했지만 첨탑 안의 경계
상황은 아무것도 알아낼 수가 없었다. 경계가 아예 없기 때문에 알아
낼 수 없었던 걸까?

로키는 불길한 예감을 떨치기 위해 토르와의 내기를 떠올렸다. 입가
에 슬쩍 미소가 떠올랐다.

'이런 상황에서 내기를 하자고? 훗.'

몸은 작고 어려 보이지만 놈은 분명히 그가 만나본 최고의 고수 중
한 명이었다. 숙적으로 여기고 있던 곤과 비슷한 기운을 풍기는 데다

몸에 잠재된 마나만으로도 깜짝 놀랄 만한 실력자임이 분명했다. 실력의 고하를 직접 검을 맞대지 않는 한 쉽게 가늠할 수 없을 정도의 초실력자.

자그레브에게 이미 어느 정도 들었지만 볼수록 맘에 드는 놈이다. 감히 이 로키에게 농을 던지다니, 그것도 스스럼없이. 실력도 없는 놈이 주둥일 나불댔다면 단숨에 뭉개 버렸겠지만 실력도 충분해 보이는 놈이었다.

'날 이기는 게 얼마나 어려운지 알려주지……'

로키는 빙긋 웃음을 흘리며 계단을 오르는 속도를 조금씩 높였다. 첨탑을 오르는 둥근 계단의 가운데에 꼿꼿이 서 있는 기둥을 빠르게 돌아 올라갔다.

아르마와 라나가 로키를 따르고, 마지막으로 곤이 올라가고 나자 기둥 가운데에 갑자기 황금빛 타원이 생겨났다. 타원은 묘하게 일그러지더니 곧 그 자리에서 꺼지듯 사라지고 말았다.

디오스와 토르는 첨탑 외곽을 무인지경처럼 달려 오르고 있었다.

토르는 마치 벽의 일부가 된 것처럼 디오스를 등에 업고도 첨탑의 그림자 속을 귀신처럼 누비고 있었다.

"디오스, 아무래도 외곽을 지키는 놈은 없는 거 아닐까? 드래곤이 있다면 뭔가 기운이 느껴질 텐데 아무 기운도 안 느껴져."

디오스는 토르의 전음에 대답할 방법이 없는지라 약속한 대로 톡톡 토르의 어깨를 두 번 두드렸다. 이미 약속해 둔 계속 가자라는 신호였다.

"하하. 답답하지? 조금만 참아."

토르가 휙 몸을 날리려는데 디오스의 손가락이 급하게 토르의 목을 건드렸다. 한 번이었다.

톡!

토르의 몸이 딱 멈추었다. 한 번은 멈추라는 신호였다.

토르는 빙글 몸을 돌리며 디오스를 감싸듯 뒤로 보내고 정면을 응시했다. 벌써 반은 넘게 올라온지라 케이프 성의 전경이 한눈에 바라보였다.

그리고 보았다.

달빛을 받아 황금색으로 물결치는 거대한 골드 드래곤의 활공을. 어디에서 그 덩치가 나타났는지 지금까지 조금도 눈치채지 못했던 거대한 몸체가 그림처럼 첨탑의 주변을 한 바퀴 돌았다.

토르는 기운을 감추고 호신강기를 끌어올려 음파마저 은밀하게 차단했다. 디오스의 심장 소리나 마나의 흐름마저 단숨에 차단해 버렸던 것이다.

"꾸웨엑—"

낮은 고함을 질렀던 골드 드래곤은 천천히 첨탑의 바로 앞에 있는 건물 지붕 위에 내려앉았다. 토르가 있는 쪽과는 반대 방향이었기 때문에 토르는 슬쩍 목만 내밀어 골드 드래곤을 계속 보았다.

꼬리와 날개를 몸에 붙이더니 갑자기 드래곤의 기운이 씻은 듯 사라졌다. 꼭 돌이 되어버린 것처럼 보였다. 골드 드래곤의 형체는 지붕과 어우러져 마치 지붕의 일부처럼 보였다.

'저게 골드 드래곤의 석화 마법이구나……'

토르는 꿀꺽 침을 삼켰다.

헤르미나에게 마법을 배울 때, 각 드래곤들의 특기와 공략 마법에

대해 들은 바 있었다.

골드 드래곤은 대지의 기운을 타고난지라 석화 마법을 마음대로 부릴 수 있다더니…….

'위험할 뻔했네…….'

토르는 운이 좋았다는 것을 깨달았다. 단순하게 그늘이 진 곳이라 이 방향을 택했던 것인데 운 좋게도 골드 드래곤이 잠복한 곳과 반대쪽이었다.

'운도 실력이지…….'

토르는 빙긋 웃고는 다시 디오스를 업은 채 빠른 속도로 위로 오르기 시작했다. 또 언제 순찰 비행을 할지 모르니 단숨에 오르는 것이 좋았다.

그때 우르릉 하는 굉음이 첨탑 안에서 들려왔다.

'안쪽이 들켰구나!'

토르는 엄청난 속도로 몸을 날렸다. 골드 드래곤의 경계는 완전히 무시하고 약간의 소음도 개의치 않았다. 안에서 들킨 이상, 모든 시선은 첨탑 안으로 향할 것이다. 공주를 빨리 구하는 것이 일행의 안전을 도모하는 길이라는 것을 토르는 잘 알고 있었다.

'로키, 뭘 시켜줄까?'

토르는 싱긋 웃으며 디오스를 업은 손에 힘을 주었다.

곤의 날 서린 고함이 터졌다.

"물러서게, 로키!"

고오오오―!

금빛으로 빛나는 엄청난 화염 브레스에 맞서 곤이 든 아슬란이 휘돌았다. 아슬란의 검신에서 새파란 검강이 솟구치며 눈부신 검막을 만들었다.

"차아아앗―!"

로키는 곤이 만들어준 틈을 놓치지 않았다. 투 핸드 소드인 그의 거검을 치켜들고 그대로 몸을 날렸다. 로키의 거대한 체구가 허공을 날았다.

기둥으로 생각했던 것이 기둥이 아니었다.

첨탑을 받치고 있는 듯 보였던 기둥은 골드 드래곤의 변신이었던 것이다. 표면이 매끄러워 골드 드래곤의 변신이라고 생각하지도 못했다가 뜻밖의 기습을 당한 터였다. 곤이 아니었다면 이미 새까만 잿더미가 되었을지도 모른다는 분노가 로키의 검에는 그대로 실려 있었다.

쌔에엑―

라나의 얼음 화살이 날아들었지만 골드 드래곤의 두꺼운 피부는 뚫을 수 없었다. 로키가 드래곤과 한 덩어리가 되어 싸우는 바람에 더 이상 활도 쏠 수 없었던 라나는 한숨을 쉬며 아르마를 바라보았다.

"여긴 두 사람에게 맡기고 우리가 올라가는 게 어때요?"

라나는 눈을 빛냈다. 커트도, 토르도, 곤도 자신을 보호해 줘야 할 대상으로 취급했다는 것을 라나는 잘 알고 있었다.

'나는 인형이 아냐.'

라나의 불타는 눈을 아르마는 묘한 눈으로 바라보았다.

아르마는 고개를 돌려 싸움의 형세를 관찰했다. 그다지 밀리는 싸움은 아니었다. 한 사람은 그랜드 소드 마스터이고, 또 한 사람은 그 사람이 필생의 숙적이라 말했던 검사이다. 게다가 곤과 로키의 공세가 워낙 맹렬했던지라 낄 틈도 없었다.

아르마는 라나를 향해 힘차게 고개를 끄덕였다.

아르마와 라나의 날씬한 몸은 골드 드래곤의 브레스를 잽싸게 피하며 쏜살처럼 계단을 뛰어오르기 시작했다.

그때, 토르는 맨 위층에 도달해 진입할 틈을 찾고 있었다.

첨탑 안에서 계속 꽝음이 들려와 마음은 급해져 오는데 빌어먹을 탑에는 창문 하나 없었다.

'젠장!'

그대로 뚫고 들어가려고 주먹을 치켜드는데 디오스가 팔을 잡았다. 디오스는 토르에게 손가락을 들어 왼쪽으로 가라고 지시했다. 토르가 몸을 옮기자 디오스는 토르의 등에서 내려와 스스로 첨탑의 벽에 매달렸다. 훌륭한 자세, 역시 노련한 티가 물씬 풍겼다.

'그래, 이런 벽을 한두 번 뚫어봤겠어?'

평소에도 귀부인 몰래 만나기 스킬을 얼마나 자랑하던 디오스던가. 별별 스킬이 다 있었다. 심지어 감옥에 갇힌 귀부인과도 마지막 이별을 하려고 만나러 갔다던 디오스다.

디오스는 세심한 손길로 벽을 쓰다듬더니 씨익 미소를 지었다.

아무리 죄수라 할지라도 낮 동안엔 햇빛을 보여주는 게 펠바레트의 전통이라는 것을 디오스는 잘 알고 있었다. 예상했던 대로 숨겨진 창이 있었다.

디오스가 토르에게 엄지를 들었다.

낮은 소리와 함께 창문이 열리는 소리가 들렸다.

토르도 디오스에게 엄지를 치켜들었다.

"디오스, 잘해봐. 스물까지 세고 들어갈게."

토르의 전음에 디오스는 입술을 오물거려 소리없이 대답했다. 이번엔 토르도 알아들었다.

'앤 이제 내 거야!'

디오스가 창 안으로 사라지자 토르는 미간을 찌푸렸다.

'걱정되네……'

디오스에게 여자를 배우던 토르, 이제 디오스의 스킬을 걱정할 경지가 되었다.

3

"공주."

디오스의 묵직한 저음의 목소리가 매력적으로 울렸다.

불조차 켜 있지 않은 어두운 실내였지만 침대 위에 누군가 누워 있다는 것을 이미 확인한 디오스였다. 살짝 코를 스치는 방향은 상대가 고귀한 신분임을 증명해 주었다. 틀림없는 프로시안 공주이리라.

성안에 갇힌 공주를 구해내는 기사!

견습 기사였을 때부터 숱하게 꿈꾸었던 기사의 로망!

더구나 전해 듣던 옛날이야기 그대로 공주는 드래곤에게 잡혀 있었다. 이것이야말로 기사의 완벽한 로망 아니던가!

아르마에게 당했던 희롱의 기억도, 남자 취급 받지 못하고 바보 취급이나 당했던 수치의 기억도 멀리멀리 사라져 간다.

이제 진정한 사냥의 순간!

후세의 사가들이여! 이 순간을 기록하라!

마검사 디오스가 대륙의 마지막 황족인 프로시안 공주를 드래곤의 수중에서 구해내는 이 아름답고도 숭고한 이야기를!

디오스는 마치 관객이라도 보고 있는 것처럼 우아하게 걸음을 옮겼다. 스텝 하나에도 그동안 갈고닦은 온갖 노하우가 담뿍 실려 있었다.

그야말로 멋지게 침대가로 다가간 디오스는 어둠에 익숙해진 눈길로 침대를 내려다보았다.

검은 드레스를 단정하게 입은 채 윤기 도는 금발을 베갯머리에 흩어놓고 있는 여인, 눈을 감고 있는 여인의 모습은 익히 들어온 프로시안 공주의 아리따운 자태가 틀림없었다.

"오!"

디오스는 저도 모르게 탄성을 내뱉었다.

막 피어나려는 눈부신 미모였다. 마음 고생이 심했던지 수척해진 볼에는 묘한 애잔함이 흘러 그 아름다움을 더욱 빛내주었다.

나쁜 꿈이라도 꾸는지 미간을 찡그리고 있는 것이 꼭 껴안아주고만 싶었다.

"공주."

디오스는 다시 한 번 나직하게 프로시안 공주를 불렀다.

그러나 프로시안 공주는 눈을 뜨지 않았다.

"공주."

프로시안 공주의 어깨를 조심스럽게 흔들었다. 그래도 눈을 뜨지 않았다.

'마법이라도 걸려 있나?'

마나를 사용할 수 없어 조사할 수도 없지 않은가.

몇 번이나 어깨를 흔들어보았던 디오스는 갑자기 씨익 미소를 지었다.

"마법이라도 걸리신 모양이구려."

프로시안 공주는 대답이 없었다.

이 경우엔 오직 한 가지 방법만이 공주를 깨우는 법이다. 숱한 전래 민담에 전해 내려오는 기사들만의 독특한 잠 깨우는 그 방법!

디오스는 마치 양치라도 하는 것처럼 자신의 이를 손가락으로 스윽 닦았다. 입 안 구석구석 정성스럽게 손가락으로 슥슥 닦았다.

그리고 디오스는 눈을 빛내며 고개를 숙여갔다.

"내 그대의 잠을 깨우오리다. 눈부신 첫 키스의 충격으로 이제 공주는 잠에서 깨어나리니… 축복할지어다. 후세의 사가들이여, 이 순간을 축복할지어다."

앵두 같은 그 입술에 천천히 다가가는 그때!

갑자기 번쩍 프로시안 공주가 눈을 떴다.

거의 스칠 듯한 거리까지 내려가 있던 디오스의 얼굴이 딱 멈췄다.

디오스의 저음이 다시 울렸다.

"공주, 이것은……."

경쾌한 대답 소리가 울렸다.

짜악—!

후세의 사가들은 이 순간을 기억할 것이다.

그리고 토르도 영원히 기억할 것이다.

스물을 다 세고 창 안으로 들어온 토르는 끌끌 혀를 찼다.

'내 저럴 줄 알았지……. 다 차려줘도 못 챙겨 먹냐? 으휴…….'

디오스는 뺨을 얻어맞고 석상이라도 된 것처럼 굳어 있었고 프로시안 공주는 침대 한구석으로 물러나 오들오들 떨고 있었다.

디오스가 열심히 눈알을 굴리더니 답이 안 나오는지 토르에게 애타게 눈짓을 보냈다. 토르는 한때의 연애 스승, 디오스를 보며 한숨을 폭 쉬었다.

'나한테 말해준 경험담들… 혹시 다 뻥 아닐까?'

앞으로 디오스가 가르쳐 준 스킬을 쓸 때는 반드시 세 번 생각한 후에 쓰겠다고 토르는 다짐했다.

"이봐, 우리는 당신 구하러 온 거야. 당신 부하들도 지금 와 있어. 당신, 프로시안 공주 맞지?"

토르가 다가가며 냉정한 목소리로 묻는데, 갑자기 프로시안 공주의 얼굴에 반가운 기색이 스쳤다.

"아, 당신은?"

"어? 날 알아?"

"알아요. 우민에서 당신을 봤죠. 자는 것만을 봤지만."

"그래? 그때 일은 유감이지만 일단 접어둬. 지금은 같은 편이니까. 로키도 널 구하러 와 있어. 조금 있으면 올라올 거야. 앞으로 서른 셀 때까지 안 올라오면 우리가 먼저 빠져나가야 하고."

"로, 로키가요?"

"진정해. 모두 당신 걱정 많이 하니까."

토르와 프로시안 공주가 다정스레(?) 이야기하는 것을 보며 디오스는 폭 고개를 숙이고 옆으로 물러났다. 사나이 로망은 이미 비참하게 개박살난 터라 몸에 힘이 하나도 없었다.

토르는 계속되는 굉음에 귀를 기울이다 눈을 빛냈다. 어느덧 소리가 멈췄던 것이다.

'이긴 걸까? 하긴… 곤을 누가 이겨?

드래곤과 싸워도 이길 자신이 토르는 있었다. 하지만 곤이라면 좀 자신없다. 곤은 토르가 그만큼 신뢰하는 고수 중 고수였다.

우당탕 하며 문을 부수는 소리가 들리고 두 사람이 안으로 뛰어들었다.

재빨리 경계 태세를 갖추는 모습에 토르는 여유있게 팔짱을 끼었다. 아르마와 라나였다.

"공주는 구했어. 그쪽은?"

"모르겠어요. 두 분이 한참 골드 드래곤과 싸우시는 틈에 먼저 올라왔으니."

"그럼 곧 올라오겠군. 싸움은 끝났어."

확신 어린 토르의 목소리에 라나는 고개를 갸웃거렸다.

"내려가 봐야 되는 거 아냐?"

"곤은 드래곤 따위한테 지지 않아."

드래곤 따위라니……

드래곤이 어떤 존재인지 제대로 알긴 아냐고 되묻고 싶었다. 인간의 능력으로 드래곤에게 대항하는 게 얼마나 무모한 일인지도. 하지만 라나는 물어볼 수 없었다. 토르의 모습이 어짜나 확신에 넘치는지 눈이 부실 지경이다. 이 정도의 믿음을 주고받는 사이였다니…….

그때였다.

곤과 로키가 도착한 것은.

로키의 체인 메일은 어깨 부분이 뜯겨 있었다. 그러나 상처는 입지 않은 듯 보였다.

라나는 눈을 크게 떴다. 정말 이기고 올라온 모양이다. 아무리 봐도 웜 급은 가뿐히 넘는 성룡이었건만. 그것도 상처 하나 입지 않고……

로키가 프로시안 공주 앞에 깊이 부복하는 것은 눈에 들어오지도 않았다.

곤과 토르가 빙긋 웃으며 손을 마주치는 것만이 보였다. 마치 어디 잠시 놀러 갔다가 다시 만난 친구들처럼 스스럼없이 웃고 있었다.

'멋있어…….'

라나는 곤과 토르의 관계가 부러웠다. 라나도 커트와 그 정도의 신뢰 관계는 쌓아 올리지 못했다. 커트는 자신을 걱정해 일부러 이들과 붙여주었다는 것을 라나는 잘 알고 있었다.

'나도 더 강해져야 해…….'

라나가 입술을 깨물 때, 토르의 명랑한 목소리가 울렸다.

"로키! 내가 이겼지? 기대하고 있어. 빠져나가면 꼭 시킬 게 있으니까. 아하하하!"

로키의 얼굴이 살짝 일그러졌지만 그도 곧 대소를 터뜨렸다.

곤이 아슬란을 검집에 넣으며 말했다.

"이제 퇴각해야지."

"그래. 이제부터가 진짜 위험할 테니 모두 단단히 준비하라구."

웜 급의 드래곤을 해치운 것도 워밍업에 불과하다는 듯 로키는 목을 꺾으며 말했다.

라나는 정말 이 인간들을 이해할 수 없었다. 그리고 정말… 터무니없이 강한 인간들이었다.

'하지만 드래곤들은 하나둘이 아니란 말이지…….'

자신의 역할도 끝나지 않았다고 라나는 결의를 다졌다.

"신호요!"

통신구를 잡은 자그레브가 외치자 로키의 부관, 모르도는 검을 빼들며 소리쳤다.

"돌겨억─!"

"하아!"

50명은 넘어 보이는 기사단이 일제히 고삐를 당겼다. 그들은 말발굽 소리를 울리며 케이프 성으로 돌진하기 시작했다.

기사들의 뒤를 따르며 커트는 슬쩍 눈살을 찌푸렸다. 커트는 이 작전 계획이 너무 큰 희생을 요구한다는 것을 잘 알고 있었다.

벌판에서 서로 대치한 상태라면 기병들로 이루어진 기사단이 얼마나 막강한 위력을 발휘하는지 누구보다 잘 아는 커트였지만 이것은 기마전이 아니라 공성전이었다.

흔한 투석기 하나 없이 공성전을 기병들로만 치른다는 게 말이 되는가? 아무리 적의 시선을 돌리기 위한 유인책이라 하나 너무 무모한 계획이었다. 불을 향해 날아가는 불나비와 무엇이 다를 것인가……. 이것이 생명을 존중한다는 자그레브가 용인할 만한 계획인가……. 성민의 목숨도 소중하다고 말했지만 커트는 이해할 수 없었다. 성벽을 때리는 것만으로도 효과는 충분했기 때문이다.

불길한 예감에 시달리면서도 커트는 연사의 준비를 마친 채 롱 보우를 잡고 달렸다. 마나의 기운을 억제할 필요가 이젠 없었기 때문에 말들에게도 뒤지지 않을, 아니, 추월할 자신도 있었지만 커트는 맨 후미를 달리고 있었다. 기사들의 헛된 희생을 막기 위한 최소한의 방책이었다.

커트는 그때 아주 이상한 장면을 보았다.

그가 알기로 자그레브는 예언자이지, 마법사가 아니었다. 마나를 사용하는 기초 마법쯤이야 알고 있었지만 공격 마법 같은 것은 전혀 익히지 않은 사람이 자그레브였다.

그 자그레브의 손에 검푸른 파이어 볼이 맺히는 것을 커트는 똑똑히 보았던 것이다. 커트가 임의로 맨 후미에 처지지 않았다면 절대 볼 수 없었을 터였다.

'검은색 마나? 자그레브가 왜?'

더 생각할 틈이 없었다.

콰릉!

자그레브의 손을 떠난 파이어 볼이 푸른 불빛에 휩싸여 케이프 성의 성문을 사정없이 뒤흔들었기 때문이다.

"와아!"

"드래곤들은 들어라! 옥스칼토네 해방군이 여기 왔다! 나와서 정정당당히 결투를 벌이자—!"

의도된 함성과 고함이 잇따르고 성안 여기저기에서 기다렸다는 듯 골드 드래곤들이 날아올랐다. 새까만 성곽의 그림자에서 무서운 속도로 날아오르는 드래곤들의 그림자는 일대 장관이었다. 그리고 일대 공포였다.

"꿰에에에에엑—"

엄청난 포효 소리와 함께 여기저기서 금빛으로 휘황찬란하게 빛나는 화염 브레스가 뿜어져 나왔다.

브레스에 휩쓸린 기사들의 일단이 비명을 지르며 재로 화하는 것을 커트는 꼼짝도 못하고 지켜볼 수밖에 없었다.

화살 정도로 막을 수 있는 공격이 아니었다. 그런 숫자가 아니었다. 브레스는 아이스 마법을 건 화살 따위로는 없앨 수 없었다.

그러나 커트는 활시위를 풀지 않았다.

이 작전에 희생이 동반된다는 건 애초부터 알고 있었다. 보다 중요한 것은 조금이라도 희생을 줄이는 것. 그 역할을 커트는 냉정하게 수행했다.

쐐애에에엑—

롱 보우에서 발사된 엄청난 스피드의 화살은 골드 드래곤들의 눈과 날개만 노렸다. 아무리 정련된 플레이트 메일이라도 단번에 관통할 수 있는 커트의 화살은 결코 기대를 저버리지 않았다.

"꾸웩."

눈을 맞은 골드 드래곤들이 일시 방향 감각을 잃고 추락했다.

파앗—!

살아남은 기사들이 일제히 필라를 던졌다. 던지기 전용의 가볍고 날카로운 창인 필라 또한 드래곤들의 얇은 날개 막을 노렸다. 그들 또한 오랜 항전의 경험으로 드래곤들과 싸우는 데 어느 정도 익숙해 보였다.

그러나 땅에 떨어진다고 드래곤들의 위력이 줄어드는 것은 절대 아니었다. 그들의 발톱과 그들의 꼬리, 그들의 브레스는 여전히 치명적인 위협을 안겨주었다.

어느새 커트의 눈꼬리는 올라가고 있었다.

인간을 너무나도 증오하던 커트였지만 그는 타고난 전사였다. 적을 대함에 추호의 자비도 갖지 않는 것이 진정한 전사의 자세.

커트의 몸이 날아올랐다.

맹렬하게 브레스를 뿜던 골드 드래곤의 머리 위에 올라탄 커트는 거푸 화살을 쏘아 두 눈을 모두 명중시켰다.

"카오오—"

비명이 울려 퍼질 때 커트는 골드 드래곤의 여린 입속에 화살을 박아 넣었다.

"카악!"

드래곤은 그래도 죽지 않았다. 목을 부여잡고 미친 듯이 바닥을 구르긴 했지만 움직임은 멈추지 않았다.

'화살로는 역시 무리인가?'

커트는 그러나 활시위를 풀지는 않았다. 기사들이 필라를 던지고는 있었지만 커트가 쏘는 화살에는 정확성과 위력을 비길 수가 없었다.

아직도 하늘을 제압하고 있는 골드 드래곤의 수는 적지 않았다.

그때였다.

성곽을 훨훨 넘는 일곱 명의 그림자가 나타난 것은.

토르와 곤, 디오스, 라나가 프로시안 공주와 로키, 아르마를 안고 성을 넘고 있었다.

로키의 터질 듯한 고함이 울려 퍼졌다.

"작전 성고옹—! 퇴가악—!'

그 소리와 함께 성곽을 넘던 일곱의 형체가 꺼지듯 사라졌다.

약속된 장소로 텔레포트를 했을 것이다.

'이제부터 시작인가?'

커트는 사방을 둘러보며 모르도를 찾았다. 그러나 커트는 그의 머리만 발견할 수 있었다. 드래곤의 발톱에 당한 듯 목을 잘린 모르도의 머리가 커트를 보고 있었다.

커트는 저도 모르게 거칠게 소리쳤다.

"자그레브으—!"

자그레브의 목소리는 한참 뒤쪽에서 울려 퍼졌다.

"모두 이곳으로!"

자그레브는 부상병들을 한데 모은 채 후방에서 소리치고 있었다. 이미 죽은 기사들은 방치했지만 목숨이 남아 있는 전투 불능의 기사들은 모두 옮겨놓았던 것이다.

"모두 후퇴하시오! 어서!"

커트는 저도 모르게 목 놓아 소리쳤다.

롱 보우를 당겼다 놓는 스피드가 인간은 감히 따를 수 없어 눈이 부셨다.

쉭— 쉭. 쉭. 쉭. 쉭. 쉭.

커트의 지원 사격에 힘입어 이십여 명의 기사가 간신히 드래곤들의 사정권에서 벗어나 후퇴하기 시작했다. 말을 잃은 기사는 달렸고 말을 탄 기사들은 동료들을 구하기 위해 더욱 세차게 달렸다.

커트는 후미를 달려오던 기사가 불타 재가 되고 찢겨 날아오르는 것을 눈앞에서 보면서도 냉정하게, 냉정하게 화살을 쏘았다.

그러나 커트의 눈은 한껏 찢어져 붉게 핏발이 서 있었다.

걷잡을 수 없는 살기가 그의 온몸에서 피어오르고 있었다.

자그레브의 커다란 고함이 없었다면 커트는 그 자리에서 계속 화살을 날리고 있었을지도 모른다.

"커트! 어서어—!"

순간, 커트의 몸이 사라졌다. 순식간에 헤이스트로 자그레브의 곁에 내려선 커트는 날카롭게 소리쳤다.

"어서 빨리!"

자그레브의 손이 치켜 올라가며 웅얼거리는 캐스팅이 끝날 때까지 커트는 쉬지 않고 화살을 날렸다.

마침내 캐스팅이 끝나자 한데 모여 있던 이십여 명의 기사들과 함께 자그레브와 커트도 사라졌다.

골드 드래곤들이 소리 높여 포효성을 울렸다.

"탐지해! 텔레포트한 위치를!"

성곽 높이 자리잡고 앉아 날개를 접은 채 전황을 지켜보던 골드 드래곤이 묵직하게 명령했다.

성 주위에 비참하게 찢겨 흩어진 기사들의 잔해를 골드 드래곤은 쓰레기 보듯 지나쳤다.

각성 : *Chapter 40*

A tome of this nature is usually guarded magically—
manifesting itself, more often than not, in a protective
or magical trap.

side view
of key

separated view

firetrap

his chapter begins with the spell lists of the spellcasting
classes and the list of cleric domains and the spells associ-
ated with each domain. An ᴹ or ꟷ appearing at the end of
                  in the spell lists denotes a spell with a material or
                          is not normally included

ing a particular spell. A creature with no classes
level equal to its Hit Dice unless otherwise spe
word "level" in the spell lists that follow alwa
caster level.

Spell Effects and Conditions: If a spell ca
ject or subjects to be affected by one or more
                       incorporeal, invisible, or stun

각성 1

텔 레포트를 하여 1차 집결지에 당도한 커트는 기다리고 있던
토르 일행과 조우할 수 있었다.

제일 먼저 라나가 달려와 커트의 안위를 살폈다.

"괜찮아요, 커트?"

"괜찮아."

라나가 무사한 걸 보고 커트는 시선을 돌려 곤에게 눈으로 인사를
했다. 곤이 웃음으로 받아주었다.

커트는 로키에게 시선을 돌렸다. 이따위 작전 계획을 세운 인간의
얼굴을 보고 싶었던 것이다.

그러나 커트는 아무 말도 할 수 없었다.

바윗덩어리 같기만 하던 로키의 얼굴이 창백하게 질려 있었던 것이
다.

"반이나……."

신음처럼 배어 나오는 로키의 음성은 피라도 흘리듯 처절하게 들렸다.

자그레브가 로키에게 재촉을 했다.

"시간이 없소… 로키."

로키는 이를 악물고 있었다. 고개만 끄덕였다.

한 걸음 앞으로 나가 반 이상이 부상을 입은 이십 명 남짓의 기사들을 보며 로키는 천천히 품에 안은 프로시안을 가슴 위까지 들어올렸다. 텔레포트의 충격으로 프로시안은 정신을 잃은 채였다.

"공주님은… 무사하시다. 모두… 수고했다!"

지친 기사들의 얼굴에 환희가 솟아올랐다. 동료들의 죽음에도 불구하고 환호성을 올리는 기사들을 커트는 묵묵히 바라만 보았다.

'인간들은… 아직도 비슷하군.'

예전에도 그랬다. 생명이 유한하기 때문에 더 목숨을 아끼는 것이 인간이었지만 진정한 기사라 불리는 인간들은 하나같이 신념을 위해 초개처럼 목숨을 던졌다. 이들은 하나같이 진짜… 기사들이었다.

로키의 낮은 목소리가 들렸다.

"모두 해산한다. 별도의 명령이 있을 때까지 각자 몸을 보존하도록."

커트의 눈썹이 꿈틀했다.

겨우 살아남은 부하들을 이제 와서 버린단 말인가!

한 걸음 나서려는데 자그레브가 팔을 붙들었다.

자그레브에 대해서도 약간의 의혹과 못마땅함을 느끼고 있던 커트의 목소리는 날이 섰다.

"저들을 버리고 간단 말이오?"

로키의 몸이 돌아섰다. 그의 눈빛은 깊이 가라앉아 있었다.

"버리는 게 아니오."

"그럼 무엇이오! 저들의 희생을 받아만 먹고 이제는 알아서 도망가라니! 그게 지휘관으로서 할 짓이오!"

"커트… 그것은……."

자그레브가 말하려 했으나 로키가 말을 끊었다.

"저들은 함께 가고 싶어도 가지 못하오. 드래곤들은 자국의 국민들이 국경을 넘지 못하도록 마법을 걸어두었소. 저들을 억지로 데려가는 것이 저들을 죽이는 길이오."

"그, 그런……!"

"그 마음은… 고맙소."

로키는 묵묵히 커트를 바라보다가 빙글 몸을 돌리고 기사들에게 해산을 명했다.

짤막한 구령 소리가 혼을 담은 채 울려 퍼졌다.

기사들은 지친 몸과 상처를 안고 제각기 흩어지기 시작했다. 그들의 뒷모습을 하염없이 바라보는 로키의 등이 너무 아팠다. 커트는 눈알이 깔깔해지는 것을 느꼈다.

자그레브의 목소리가 이어졌다.

"우리가 얼른 이동하는 것이 저들을 살리는 길이오. 드래곤들이 텔레포트한 좌표를 찾고 있을 거요. 모두 모이시오."

모두가 모이자 다시 캐스팅이 시작되었다. 그들의 몸은 삽시간에 사라졌다.

2차 이동지는 라미아였고 3차 이동지는 티폰이었다.

빠른 시간 내에 엄청난 거리를 이동해 드래곤들의 이목을 흐리는 방법을 쓴 것이다.

자그레브의 얼굴에 점점 피로가 감돌자 토르가 나섰다.

"자그레브, 다음엔 내가 할게. 좌표를 알려줘."

"그보다… 아나테에게 연락은 되었소이까?"

"응. 좌표를 가르쳐 주면 나오겠대. 이번에 가는 데에서 합류하면 될까?"

자그레브는 고개를 끄덕이고는 다시 물었다.

"드래곤 스켈레톤을 타고 이동할 수 있겠소이까?"

"가능하대."

"정말 잘되었구려. 다행이외다."

토르가 자그레브와 이야기할 동안 곤은 커트의 어깨를 두드렸다.

"흥분한 모양이군. 진정하게."

"추한 모습을 보였군. 오랜만에 전투를 해서 그런 듯해."

"이해하네……."

곤과 커트는 쓸쓸한 미소를 주고받았다.

그때 토르가 모두에게 소리쳤다.

"그럼 이동한다?"

토르는 아주 어색하면서 이상한 캐스팅 주문을 외웠다.

"음… 공간아, 열려라! 텔레포트!"

곤과 디오스의 얼굴에 웃음이 떠오르는데 라나는 고개를 갸웃거렸다.

'뭐 저런 주문이 다 있어?'

공간이 이지러지며 텔레포트가 시작되었다.

"아나테!"

토르가 달려가 아나테를 꽉 안았다. 아나테는 조금 피로한 얼굴로 서 있다가 토르를 안고 활짝 웃어주었다.

그들이 합류한 곳은 펠바레트와 타루니아의 경계를 이루는 프루바카나 산맥의 가파른 능선이었다.

자그레브가 급히 물었다.

"아나테, 이 인원이 다 타도 날 수 있는 것이오?"

"문제없어요, 아이크?"

아나테의 뒤에 거대한 동체를 웅크린 채 앉아 있던 드래곤 스켈레톤이 벌떡 몸을 일으켰다.

"와아~"

토르의 입이 벌어졌다.

스켈레톤은 그냥 몸만 일으킨 것이 아니었다. 목을 길게 늘여 토르 일행을 보는데 횅했던 안공에는 뚜렷한 눈동자가 보이고 있었다.

"아나테? 완성한 거야?"

"아니. 완성은 멀었지. 하지만 상당히 근접했어. 이젠 어느 정도 자의식이 생겨났거든. 아이크 본래의 영혼은 아니지만 이 정도면 아이크라 불러줄 만하지."

"와아~"

벨라돈나를 이용해 드래곤 스켈레톤에 의식을 심어주는 데 성공한 아나테는 자랑스러운 미소를 지었다.

곤이 다가가 아나테를 치하했다.

"고생했군, 아나테."

"응."

아나테는 왠지 담담한 미소로 곤을 맞았다. 곤에겐 오히려 친숙한 태도인지라 곤은 이상함을 전혀 느끼지 못했지만 디오스는 고개를 갸웃거렸다.

'어째… 이상한데?'

자그레브의 재촉은 디오스의 생각을 끊어버렸다.

"아나테, 그럼 프루바카나 산맥을 따라 주욱 날다가 타루니아의 외곽에 있는 라호프 만으로 은밀히 이동해 주시오. 해방군의 비밀 기지가 그곳에 있소. 국경선을 따라 비행하면 드래곤들의 마나 경보를 피할 수 있을 거요."

"알았어요. 모두 타세요."

거듭된 텔레포트의 충격에 정신을 잃고 있는 프로시안 공주를 안고 로키와 아르마가 스켈레톤의 가슴 안에 자리를 잡았다. 자그레브도 그들과 함께 앉았다.

토르들은 자연스럽게 아이크의 척추에 올라탔다.

아나테가 토르를 향해 빙긋 미소를 지었다.

"내가 도와줄 테니 조종을 해볼래?"

"정말?"

"약속했잖아. 일단 하늘로 올라간 후에 조종하게 해줄게."

"좋았어!"

토르는 쾌재를 불렀다. 얼마나 기다렸던 순간인가! 신나는 일이 마구마구 벌어지고 있었다. 아하하하하!

2

펠바레트와 국경을 맞댄 프루바카나 산맥의 남북 줄기를 지나 타루니아와 아이스랜드의 경계를 이루는 동서 줄기를 따라 아이크는 유유히 날고 있었다.

아이크의 머리 위에 나란히 앉아 토르와 아나테는 계속 깔깔거리며 대화를 주고받고 있었다.

그들을 바라보며 곤은 엷은 미소를 띠고 있었지만 디오스는 아까부터 계속 이상한 듯 아나테의 등만을 바라보고 있었다.

'왜 우리 쪽으로는 안 오지? 토르가 조종을 하고 있으니 올 수도 있잖아? 저 봐. 저 과장된 웃음. 뭔가 이상하군.'

아나테는 분명히 이쪽으로 오는 것을 피하고 있었다. 눈도 돌리지 않고 있었다.

고개를 갸웃거리며 계속 아나테를 바라보려는데 갑자기 눈 안으로 뭔가 들어왔다.

"익."

눈을 깜박이자 시야가 다시 밝아졌다. 눈에 들어온 건 새하얀 눈송이였다. 조금씩 눈발이 날리고 있었다.

커트가 고개를 끄덕였다.

"눈이군. 이쪽은 언제 눈이 와도 이상하지 않은 곳이지."

그리운 듯한 눈으로 라나도 방긋 미소를 지었다.

그러나 그들의 반가움은 그리 오래 가지 않았다. 눈발이 점점 거세

지더니 강풍마저 불어왔다. 눈보라였다.

아나테는 눈살을 찌푸렸다. 바람이 너무 거세고 눈보라가 심해 시야조차 제대로 확보되지 않았다. 아나테는 소리를 질렀다.

"자그레브! 더 이상은 무리겠어요!"

가슴을 감싼 갈비뼈에 앉아 있던 자그레브가 크게 소리쳤다.

"북동 방향으로 5도만 꺾어 계속 날면 될 거요! 그 방향이 라호프 만으로 향하는 방향이오! 조금만 더 날다 내려갑시다!"

"그래요!"

아나테가 큰 소리로 대답하고 아이크의 양쪽 뿔을 왼쪽으로 꺾었다. 아이크의 진행 방향이 약간 틀어졌다.

하지만 가면 갈수록 눈보라가 심해지고 있었다. 이제는 볼을 때리는 눈발이 아프기까지 했다.

"내려가야겠어요!"

아나테가 고함을 지른 바로 그때!

엄청난 강풍이 회오리바람으로 몰아치며 아이크의 측면을 강타했다. 아이크의 거대한 동체가 휘청거릴 만큼 엄청난 충격이었다.

"뭐야?"

토르가 깜짝 놀라 외칠 때, 아나테는 보았다. 눈앞을 새하얗게 덮치는 얼음 기둥들의 쇄도를. 실드를 칠 틈도 없었다. 시야가 완전히 차단되다시피 한 눈보라 속에서 그야말로 불쑥 나타났으니. 하나하나가 아름드리가 훨씬 넘는 얼음 기둥들이 수도 없이 아이크의 전신으로 날아들었다.

"아이스 니들?"

커트의 깜짝 놀란 외침은 거대한 충격음에 묻혀 버리고 말았다.

콰콰쾅!

꾸어어어ㅡ

눈보라 속에서 불의의 일격을 맞은 아이크가 추락하기 시작했다. 형편없이 구겨진 날개 막의 한쪽은 완전히 뼈가 부러진 채.

"모두 정신 차렷! 꽉 잡아!"

눈보라 속에서 곤이 큰 소리로 고함을 질렀다.

아나테는 눈조차 제대로 뜰 수 없는 무서운 속도의 추락 속에서도 아이크의 뿔을 잡고 우뚝 서 있었다. 부러진 날개 때문에 아이크의 몸이 빙글빙글 돌고 있었다.

아나테의 곁에서 아이크의 뿔을 잡고 있던 토르가 외쳤다.

"아나테! 아이크 날개부터 고쳐야 해! 힐링을 하면 되는 거야?"

"안 돼! 힐링 마법을 써도 복구되지 않아! 다른 드래곤의 뼈로 대체해야 해! 뼈 자체가 손상되어서 복구가 안 돼!"

"그럼 어떻게 해?"

아나테는 미간을 찌푸렸다가 단호하게 소리쳤다.

"아이크! 날개를 접어!"

아이크는 억지로 날개를 접으려 했지만 부러진 뼈로는 아나테의 명령을 제대로 수행할 수 없었다.

그것을 본 토르가 몸을 날렸다.

"토르!"

아나테가 비명을 질렀다.

토르의 몸이 가랑잎처럼 허공에 날렸다. 그러나 토르는 의도한 도약을 했던 것이기 때문에 아이크의 날갯죽지에 무사히 안착할 수 있었다.

"야압!"

토르가 강제로 아이크의 날개를 접기 시작했다. 간신히 부러진 쪽의 날개를 접자 아이크의 몸이 평형을 회복했다.

그러나 무시무시한 속도로 추락해 가는 것은 여전했다. 가속이 붙어 이젠 아나테조차 제대로 눈을 뜰 수 없었다. 눈보라가 너무 엄청나 아무것도 보이지 않았다.

"토르! 바닥까지 얼마나 남았지?"

토르에게 한 아나테의 질문에 곤이 대답했다.

"백 척! 아니, 이 속도면 스물을 세기 전에 바닥에 처박힐 거야!"

아나테가 큰 소리로 외쳤다.

"아래에 있는 사람들을 끌어 올려!"

곤이 서둘러 움직였다.

강렬한 저항감 때문에 제대로 몸을 움직일 수 없었지만 곤은 아이크의 뼈를 두 다리로 꽉 조인 채 아래로 빙글 몸을 돌렸다. 아이크의 등 뼈에 거꾸로 매달린 채 곤이 소리쳤다.

"로키! 한 사람씩 올려!"

갈비뼈를 꽉 잡은 채 바닥에 배를 깔고 엎드려 있던 로키가 이를 악물고 몸을 일으켰다. 돌풍이 어찌나 강한지 귀청을 찢는 듯한 소음이 엄청나게 울렸다.

곤은 그 거센 강풍 속에서 프로시안 공주와 아르마, 자그레브를 차례로 끌어 올렸다. 마지막으로 곤이 손을 내밀었다.

"로키! 뛰어올라라!"

"큭!"

사람들을 들어올려 줄 때는 그래도 간신히 바람을 이길 수 있었지만 허공으로 발을 떼니 로키의 몸이 폭풍에 휩쓸린 낙엽처럼 뒤로 날아갔다. 로키의 두꺼운 팔이 허공을 휘적거렸다.

"로키!"

곤은 곡예라도 하는 것처럼 발로만 스켈레톤의 척추에 매달리며 로키의 팔을 잡아챘다.

턱!

둘의 손은 꽉 엉켜 있었지만 곤의 발끝이 무게를 견디지 못해 점점 등뼈에서 미끄러지기 시작했다. 곤은 아찔한 어지러움을 느꼈다.

그때 무언가 발목을 꽉 붙드는 감촉이 느껴졌다.

토르와 디오스, 커트였다.

커트는 곤의 발목을 단단히 잡은 채 소리쳤다.

"걱정 말고 몸에서 힘을 빼!"

곧 곤과 로키의 몸이 아이크의 몸 위로 끌어 올려졌다.

아나테가 뒤를 돌아보며 날카롭게 소리쳤다.

"모두 올라온 거야?"

"맞아!"

토르가 악을 쓰며 대답하자 아나테는 고함을 질렀다.

"플라이 마법을 쓸 수 있는 사람은 모두 뛰어내려! 이 속도로 바닥에 처박히면 모두 죽어!"

"안 돼! 마법을 쓸 수 없는 사람이 네 명이나 돼! 다 보호하긴 역부족이야!"

곤이 고함을 지르자 아나테는 고개를 홰홰 저었다.

'이런 상황에서도 남을 보호하겠다는 거야?'

그러나 급한 와중에도 웃음이 피어오른다. 그런 남자가 곤이라는 걸 너무나 잘 아니까. 그게 곤이니까!

아나테는 날카롭게 소리쳤다.

"그럼 여기서 승부를 걸자! 실드를 쓸 수 있는 사람은 모두 아이크의 몸을 감싸! 그리고 갈비뼈를 하나씩 잡아! 절대 정신을 놓지 마. 모두 정신 차려!"

곧 마법을 쓸 수 있는 사람은 모두가 캐스팅 주문을 외기 시작했다.

토르는 캐스팅없이 곧바로 실드를 사용할 수 있었지만 그럴 수 없었다. 캐스팅없이 마법을 사용할 수 있는 건 드래곤이나 가능한 일, 아무리 다급해도 캐스팅 시늉은 내야 했다. 그런데… 마음이 급하니 생각이 나질 않았다.

"익!"

한 겹, 한 겹 실드가 덧씌워지는 것이 느껴졌다.

토르는 급한 나머지 붉은 머리카락을 파라락 휘날리며 아무렇게나 생각나는 대로 지껄였다.

"다 막아! 실드!"

토르의 곁에 바싹 붙어 있던 라나는 토르가 캐스팅하는 소리를 들었지만 이상하다 생각할 여유도 없었다.

그때 갑자기 곤이 아나테 쪽으로 접근하기 시작했다. 아나테는 조종을 하느라 아이크의 머리에 앉아 있었으니 추락의 충격도 가장 많이 받을 수밖에 없는 위치였다. 곤은 아나테의 뒤에 바싹 다가가 전력으로 호신강기를 펼쳤다.

"아!"

곤을 보던 토르의 얼굴에 화색이 돌았다.

그래! 이제 마법과 무공을 동시에 쓸 수 있지!

토르도 전력으로 내공을 일으켜 호신강기를 펼쳤다. 호신강기로 아

이크까지 보호할 수는 없겠지만 친구들은 보호해 줄 수 있을 터였다.

그리고 조금 후 엄청난 충격이 토르들을 덮쳤다. 아이크가 드디어 바닥에 추락했던 것이다.

콰릉!

땅속으로 몸이 꺼지는 것만 같았다. 뇌가 아래위로 세차게 흔들려 눈앞이 어질어질했다.

프로시안 공주를 꽉 잡고 로키는 신음을 흘렸다. 정신을 잃은 공주를 보호하자니 배로 힘이 들었던 것이다.

펑!

아이크의 몸이 한차례 크게 튀어 올랐다.

"아악!"

갈비뼈를 놓친 아르마의 손을 디오스가 잡아챘다. 디오스는 아르마를 거세게 끌어안았다.

"정신 차려!"

아르마는 저도 모르게 디오스의 목을 와락 끌어안았다.

토르는 자그레브가 팅겨 나가지 않게 그의 옆에 바싹 붙어 있었다. 거듭된 충격에 뇌가 흔들렸으나 토르는 눈도 감지 않고 전면을 노려보고 있었다.

그러나 추락은 아직 끝난 것이 아니었다.

파아아아아─!

눈보라가 엄청나게 피어올랐다.

아이크가 떨어진 곳은 프루바카나 산맥의 산등성이, 온통 눈으로 덮여 있는 설산 지대였다.

아이크의 거대한 몸이 눈밭을 헤치며 미끄러지고 있었다.

나무들이 멋대로 부러져 나가며 거죽이 찢어져 나뒹굴었다. 아나테가 흑마법으로 단단하게 정련시킨 아이크의 뼈도 하나둘 튕겨 나가고 있었다.

콰쾅!

엄청난 충격음과 함께 갑자기 아이크의 몸이 멈추었다. 바위에라도 부딪친 것일까……? 토르는 훌훌 허공을 날며 자그레브를 끌어안았다. 전신이 찢어질 듯한 고통 속에서도 토르는 절대 눈을 감지 않았다.

3

"으……."

토르는 몸을 일으켰다. 계속 머리가 흔들린다. 귓속은 계속 웅웅 울리고 지면은 위로 올라왔다가 꺼졌다 흔들렸다 난리였다.

"이익!"

머리를 흔들고는 내공을 일주천시키자 토르는 곧 제정신이 돌아오는 것을 느꼈다. 그제야 주위를 살필 여유가 생겼다. 눈보라가 불지 않아 사방이 잘 보였다.

바로 곁에 쓰러져 있는 자그레브는 정신을 잃은 채였다. 얼른 몸을 살폈더니 다행스럽게도 특별히 다친 곳은 없어 보였다.

사방은 완전히 폐허였다.

얼마나 무지막지한 속도로 추락했는지 아이크가 미끄러지면서 길을 낸 눈밭이 엄청나게 파여 길게 이어져 있었다.

'메테오를 쓰면 이런 위력일까?'

토르는 고개를 갸웃했다가 머리를 툭툭 쳤다. 이런 엉뚱한 상상에 빠질 때가 아니었다.

자그레브를 안은 토르는 몸을 날려 아이크의 머리가 보이는 쪽으로 달려갔다.

마지막 충격에서 느꼈던 것처럼 아이크는 거대한 바위와 충돌한 상태였다. 추락하는 가속도가 얼마나 거셌는지 아이크의 몸은 완전히 만신창이로 변해 있었다.

토르는 아이크의 머리 옆에 앉아 있는 곤과 아나테를 발견하고 크게 소리쳤다.

"곤! 아나테!"

곤이 고개를 돌렸다. 곤과 아나테도 무사한 모양이었다. 그러나 아나테는 망연한 표정으로 고개를 젓고 있었다.

토르는 아이크가 충돌한 커다란 바위에 자그레브의 몸을 기대놓고는 서둘러 물었다.

"곤, 아나테 다쳤어?"

곤은 대답없이 고개를 저었다.

곤이 조용히 아이크를 가리키는 것을 보고 토르는 아나테가 멍한 이유를 알 수 있었다.

아이크의 눈빛이 꺼져 있었다. 눈동자가 보이던 안공에는 다시 텅 빈 공간만 남아 있었다.

아나테에게 아이크가 어떤 의미가 있는 스켈레톤인지 잘 아는 토르는 무어라 위로할 말을 찾을 수 없었다. 이제 오르스를 구하기 위해선 드래곤의 뼈를 구하는 것부터 다시 시작해야 할 것이다…….

그때 토르의 눈이 반짝였다.

"아나테! 빛이 났어!"

미약하지만 안공 깊은 곳에서 푸른 빛이 번쩍이는 것을 본 토르는 환호성을 질렀다.

"아나테! 아이크 죽은 게 아냐! 눈에서 빛이 났다구! 아이크! 눈을 떠라!"

아나테를 달래는 한편, 토르가 명령을 내리자 아이크의 눈빛이 다시 살아나기 시작했다. 몸을 움직이지는 못했지만 미세하게 고개도 돌리려 한 것이 보였다.

"아나테, 봤지? 좀 힘들어도 복구할 수 있겠어!"

"그래… 그렇구나……."

아나테는 떨리는 손으로 아이크의 머리뼈를 쓰다듬었다.

참으로 이상한 기분이었다. 아이크가 완전히 망가진 줄 알고 이것이 운명인가 생각했다. 엘제키온의 서가 말한 대로 운명의 상대는 곤이 맞나 보다 생각했다. 그런데 다시 아이크가 깨어났다.

곤이 헤르미나에게 부탁해 우연찮게 벨라돈나를 얻은 아나테는 그것이 곤의 뜻이라 생각한 바 있었다. 내 곁에 있지 말고 스켈레톤을 완성해 오르스를 구하라는 무언의 뜻으로 생각했다. 괴로웠다. 하지만 곤의 뜻이 그렇다면 할 수 없는 일…….

그래서 곤을 만나자 마음이 헛헛했다. 예전처럼 대하고자 했으나 그렇게 되질 않았다. 그래서 외면했던 것인데…….

아이크가 망가졌다 생각하고 곤을 떠올렸던 아나테는 아이크가 깨어난 것을 보고 다시 곤의 뜻을 떠올릴 수밖에 없었다. 참으로 마음이 복잡했다.

토르의 목소리가 들렸다.

"곤, 디오스는?"

"다 흩어졌을 거야. 찾아보자."

"좋아. 아나테는?"

아나테는 휘휘 고개를 젓고는 천천히 일어섰다.

"나도 아이크의 뼈를 회수해 와야지. 쓸 만한 게 있을지 모르니. 나는 저쪽으로 갈게. 너희는 사람들을 찾아."

"조심해, 아나테."

아나테가 휘청거리는 몸을 추스르고 걸음을 옮기자 곤과 토르는 마주 보았다.

"내가 우측을 맡지. 넌 좌측을 찾아보렴."

"응!"

"자그레브를 업고 가야겠다. 혼자 놔둬선 안 돼."

"내가 업을게."

곤이 말릴 사이도 없이 냉큼 자그레브를 업은 토르가 몸을 날렸다.

토르는 눈 속에 파묻혀 있는 디오스를 맨 처음 발견했다. 품속에 아르마를 꼭 안고 있었다. 눈을 감고 있는 것이 정신을 잃은 것만 같아 한 걸음 다가가던 토르는 걸음을 멈추었다.

디오스가 살며시 눈을 떴던 것이다.

'좀 있다 와.'

디오스의 입모양을 보고 토르는 킥 웃으며 전음을 날렸다.

"다치진 않았어? 아르마는?"

'무사해.'

토르는 킥킥 웃으며 몸을 돌렸다.

'새로운 작업인가? 대단해, 디오스. 이 상황에서. 이번엔 꼭 성공하라구.'

"다 찾으면 데리러 올게."

전음을 남긴 토르는 다시 몸을 날렸다.

눈 속에서 새로 찾은 일행은 로키였다. 로키는 눈을 뜨고 있었다.

"로키!"

토르는 깜짝 놀라 달려갔다.

로키의 오른쪽 팔이 이상한 각도로 완전히 꺾여 있었던 것이다.

"잘 왔다, 토르. 이것 좀 맞춰줄래?"

로키는 담담한 얼굴로 토르를 맞았다. 오른팔이 망가진 사람이라고는 도저히 믿을 수 없는 얼굴로.

"어떻게 된 거야?"

"영광의 상처지."

로키는 곱게 누워 있는 프로시안 공주를 가리키며 활짝 웃었다. 추락시 무리하게 프로시안을 보호하려다 입은 부상이었다. 프로시안은 털끝 하나 다치지 않았기에 로키는 웃을 수 있었다.

토르가 혀를 차며 물었다.

"영광은 무슨. 안 아파?"

"빨리 맞춰줘. 사실 많이 아파."

자그레브를 조심스럽게 내려놓자 로키가 물었다.

"부상을 입으셨나?"

"아니, 정신을 잃었을 뿐이야. 곧 깨어날걸?"

토르는 로키의 팔을 세심하게 살펴보았다.

"어디 보자……. 이거 완전히 조각났는걸? 힐링 마법을 써도 쉽게

낫진 않겠어."

"대충… 움직이게나 해줘."

"그래."

토르는 또 이맛살을 찌푸렸다. 그놈의 캐스팅! 으아!

로키는 기다리는 눈으로 토르를 바라보고 있었다. 토르는 그럴듯한 주문이 떠오르지 않아 초조했지만 언제까지 기다리게 할 수는 없었다.

'에익!'

"절대 아프지 않을 것이로다. 힐링!"

로키는 토르의 캐스팅 주문이 이상하지 않았는지 부드럽게 눈을 감고 있었다.

"야… 너 대단한데? 정말 안 아파."

"부목도 대자. 뼈 붙여놓을 정도의 실력은 아직 없으니까. 자그레브가 깨면 다시 치료를 받아. 자그레브가 제일 잘하잖아."

토르는 주변에 흩어진 부러진 나무를 대고 칭칭 로키의 팔을 감아주었다.

"고맙다. 신세를 졌군."

"내기에서 이긴 거 시키면 그 말 쏙 들어갈걸?"

"하하. 기대하지."

토르도 로키와 함께 마주 웃었다. 그러다 토르의 웃음은 씻은 듯 사라졌다. 로키가 물었던 것이다.

"그런데 누가 우릴 공격한 거지?"

'아차! 깜박 잊었어!'

아이스 니들 같은 고급 마법을 그 엄청난 높이에서 사용했다면…….

토르는 획 고개를 돌렸다.

때마침 엄청난 괴성이 귀를 울렸던 것이다.

"꾸웨에에에엑—"

곤이 간 쪽이었다.

"드래곤!"

시야 가득 하얗게 하늘에서 떨어지는 것들이 눈에 들어왔다. 눈이 아니었다. 하늘을 덮듯이 날아 내려오는 건 새하얀 드래곤들이었다. 은백색으로 반짝이는 모습은 눈을 뭉쳐 만든 것 같았지만 새빨갛게 빛나는 눈동자에는 살기가 가득했다. 수십은 족히 넘어 보이는 엄청난 숫자였다.

실버 드래곤들의 습격이었다.

4

토르는 재빨리 움직였다.

먼저 자그레브를 업고는 한 팔로 프로시안을 안은 로키를 끼고 디오스에게로 몸을 날렸다.

디오스와 아르마는 그새 엉켜 있었다. 이번엔 성공했는지 완전히 찰떡처럼 입이 붙어 있었다.

'아니, 드래곤 소리도 못 들었단 말이야? 대단한 집중력!'

토르는 급한 와중에도 쿡하고 웃었다.

드래곤들의 습격도 별로 놀랍지는 않았다. 저쪽엔 곤이 있으니 이들만 잘 챙기면 무조건 안심이다.

"디오스! 일어나! 공격이야!"

당황한 표정으로 몸을 일으키는 디오스와 아르마 곁에 로키와 자그레브를 내려놓았다.

"꾸웨에에에—"

어느새 실버 드래곤 하나가 새하얀 브레스를 내뿜어 공격해 왔다.

"나와, 코크라!"

토르는 헬나이트를 손에 잡고 빙글 유연하게 검을 휘둘렀다.

곤에게 배운 수비 검막이 물샐틈없이 일행을 보호했다.

토르는 뒤도 안 돌아보고 소리쳤다.

"로키! 검 쓸 수 있어?"

"수비 정도는."

거대한 투 핸드 소드를 왼손 하나로 잡고 로키는 결연하게 대답했다.

"디오스! 아르마!"

"우린 이상없어!"

"좋아! 공주와 자그레브를 보호한다! 곤들이 합류하면 움직이는 거야!"

토르는 헬나이트를 치켜 올리며 호기 높게 소리쳤다.

"고온—! 이쪽이야! 자그레브, 디오스, 아르마, 로키, 프로시안, 나. 모두 모여 있어!"

동시에 헬나이트에서 엄청난 불꽃을 담은 검강이 솟구쳤다.

"꾸웨에에엑—!"

아이스 브레스에 극성인 화염 공격에 실버 드래곤들이 비명을 질렀다.

곤은 아슬란을 휘두르다 토르의 목소리를 들었다.

커트와 라나를 발견한 직후 실버 드래곤의 공격을 받은 터라 정신없이 싸우는 중이었다.

모두가 웜 급의 다 자란 성룡들이라 위력이 엄청났지만 커트와 손발을 맞춘 곤은 라나의 지원 사격을 받으며 눈부신 활약을 벌이고 있었다.

새롭게 깨달은 심검의 위력으로 벌써 두 마리의 드래곤 머리를 잘라버린 후였다. 아슬란의 힘이 그만큼 대단했던 것이다.

커트는 곤의 아슬란 같은 신병이기가 없었지만 롱 보우를 이용해 실버 드래곤의 눈과 날개를 착실하게 공략하고 있었다.

토르들과는 완전히 반대편에 있었지만 당장 합류는 불가능했다. 실버 드래곤들은 두 편으로 나뉘어 곤들과 토르들을 집중 공략하고 있었기 때문이다.

그런데 묘하게 귀에 거슬리는 부분이 있었다.

"차앗―!"

하늘을 나는 드래곤들과 싸우며 공중으로 도약하는 것은 무모한 모험이었지만 곤은 허공으로 뛰어올랐다. 확인할 것이 있었다.

곤은 허공으로 치솟아올라 토르들이 싸우는 곳을 보고는 무엇이 신경에 거슬렸는지 깨달았다.

'아나테!'

아나테가 없었다.

"카야오오오―!"

실버 드래곤 한 마리가 날카로운 발톱을 휘둘러왔으나 곤이 내뻗은 이슬란에 발목째 발이 날아갔다.

"쿠웩!"

곤은 쫘악 튀는 핏줄기를 무시한 채 방금 벤 실버 드래곤의 머리를 박차고 다시 한 번 도약했다. 아나테를 찾기 위해서였다.

"아나테에—!"

쩌렁쩌렁한 고함이 울려 퍼졌다.

고오오오오—!

허공에 떠 있는 곤을 노리고 폭풍우처럼 아이스 브레스가 덮쳐 왔으나 곤은 호신강기를 내뿜으며 검을 휘둘러 무산시켰다. 새파랗게 빛나는 검강이 하얀 냉기를 뿜는 브레스를 통째로 자르고 있었다.

그때 곤의 눈이 번쩍 빛났다.

위험을 무릅쓰고 도약한 보람이 있었다. 아나테를 찾았던 것이다.

아나테는 아이크의 곁에서 필사적으로 싸우고 있었다. 토르 쪽에서도 곤 쪽에서도 떨어진 곳이라 눈에 띄지 않았던 것이다.

곤은 이를 악물었다.

'바보같이! 네 목숨보다 스켈레톤이 더 중요하다는 말이냐!'

뭔가 뜨거운 것이 울컥 치솟아올랐다.

아나테에게 오르스가 어떤 존재인지 잘 안다. 오르스를 부활시키기 위해 드래곤 스켈레톤을 완성시켜야 한다는 것도 잘 안다. 그래도 살아야 그것을 이룰 것 아닌가! 살아 있어야!

쾅!

"욱!"

상념에 빠져 방심했던지 왼쪽 어깨에 브레스를 한 방 얻어맞았다. 어깨가 싸늘하게 얼어붙는 것이 느껴졌다.

"곤!"

커트가 놀라 곤 곁의 드래곤들에게 마구 화살을 날렸다.

곤은 균형을 잃고 추락하다 커트에게 소리를 질렀다.

"커트! 발판을!"

커트의 연사가 놀라운 속도로 이어졌다.

슈슈슈슉!

곤은 발밑으로 정확하게 날아드는 화살을 밟으며 몸을 날렸다.

균형을 찾은 곤의 입에서 사자후가 터져 나왔다.

"우우우우—!"

아나테를 노리는 드래곤들을 향한 분노의 일격!

실버 드래곤들이 허공에서 휘청거리는 것이 눈에 보였다. 그러나 허공에서는 아이스 브레스가 쉴 새 없이 아나테에게 꽂혀들었다.

곤은 헤이스트를 방불케 하는 속도로 몸을 날렸다. 시퍼렇게 뜬 눈엔 걷잡을 수 없는 화가 담겨 툭툭 핏줄이 불거져 나왔다. 무엇에 화가 나는지 알 수 없었다. 아나테를 공격하는 실버 드래곤에게 화가 난 것인지, 아이크를 보호하겠다고 혼자 싸우는 아나테에게 화가 난 것인지……. 곤은 터져 오르는 분노를 담아 목 놓아 소리쳤다.

"아나테에—!"

아나테는 정신없이 싸우던 와중, 곤의 애끓는 부름을 들었다.

마나 소모가 격심한 스펙트랄 핸드를 만들어내 브레스 공격을 간신히 막던 참이었다.

피마저 얼어붙는 피로에 지쳐 가던 아나테의 온몸에는 전율이 일었다.

'곤······.'

단순히 이름만 부른 것이었다. 그냥 부르기만 한 것이었다. 그러나 그 속에서 아나테는 수많은 말을 들을 수 있었다.

죽어버리면 어떠냐 싶었다. 어차피 죽으려고 별짓을 다 해도 안 죽었던 몸이다. 곤은 자신의 마음을 알면서도 외면했다. 이젠 죽은 오르스만이 그녀의 전부다. 죽어도··· 죽어버려도 상관없었다.

아나테는 전속력으로 그녀에게 달려오는 곤을 보았다. 무엇에 화가 났는지 처음으로 보는 분노한 표정······.

아나테의 눈에는 뿌연 물막이 고였다. 이제 와서, 이제 와서 부르면 어쩌라구······.

쩌저정―

스펙트랄 핸드가 산산이 부서져 흩어지는 소리가 들렸다. 어차피 더 유지할 힘도 없었다. 폭풍처럼 휘몰아치는 브레스 공격에 갇히며 아나테는 곤의 얼굴만을 바라보았다.

"고온······."

아이스 브레스에 가려 곤의 얼굴마저 보이지 않을 즈음, 곤이 브레스를 뚫고 들어왔다.

와락!

곤은 단숨에 아나테의 몸을 품속에 잡아 넣었다. 그 뜨거운 포옹에 아나테의 눈에는 주르륵 눈물이 흘러내렸다.

"하아아앗―!"

곤의 아슬란이 춤을 춘다. 브레스를 베어버리고 냉기를 날려 버리는 그 화려한 춤 속에서 아나테는 서글픈 미소를 짓고 있었다. 이미 온몸이 싸늘하게 굳어가고 있었다.

토르도 곤의 외침을 들었다. 너무도 절실하고 애끓는 부름을.

여유있게 실버 드래곤들을 상대하던 토르가 깜짝 놀라 몸을 숫구쳤다.

파아아아아―!

토르의 주위에서 엄청난 광채가 터져 나오자 실버 드래곤들이 급히 물러섰다.

허공에 몸을 띄운 토르는 도저히 믿을 수 없는 광경을 목격했다.

자신에게 무공을 가르쳐 주었던 곤, 세상에서 가장 센 인간이라 생각했던 그 곤이 아이스 브레스의 폭풍 속에서 서서히 굳어가고 있었다.

'저놈!'

토르는 이제까지 보지 못했던 엄청난 체구의 실버 드래곤을 볼 수 있었다. 벨키 성에서 보았던 자신의 본체, 라토시에 필적하는 체구였다. 실버 드래곤의 수장, 타루니아의 황제 나트판이 분명했다.

놈은 하얗게 웃으며 입을 벌려 엄청난 아이스 브레스를 내뿜고 있었다. 휘젓는 발톱을 따라 블리자드가 폭풍처럼 일어나 곤과 아나테만을 집중적으로 덮치고 있었다. 놈의 주위에 떠 있는 실버 드래곤들도 곤을 향해 아이스 브레스와 블리자드를 집중시키고 있었다.

그 속에서 곤이 얼어붙고 있었다. 발도 뗄 수 없게 허벅지는 이미 얼음 기둥 속에 갇혀 버렸고 검막은 느슨하게 풀어져 더 이상 제 구실을 못하고 있었다.

"고온!"

토르는 직각으로 몸을 꺾으며 곤에게 쇄도했다. 머리가 새하얗게 비어가고 있었다. 곤이 위험하다! 아나테는 움직이지도 않아!

'메, 메테오. 아니! 그럼 다 죽잖아! 허공에 헬파이어를 뿌리면!'

헬파이어를 시전하려던 토르는 습관처럼 캐스팅 주문을 외웠다. 그동안 마법을 사용할 때 항상 필요도 없는 캐스팅 주문을 억지로 외우느라 입에 붙었던 것이다. 토르는 잠시 주춤할 수밖에 없었다.

"지, 지옥의… 불길! 헬파이어!"

고오오오오오—

곤을 둘러싼 허공에 헬파이어가 무자비하게 피어올랐다. 아이스 브레스를 내뿜던 실버 드래곤들 전부가 헬파이어의 영역에 갇혀 버릴 정도로 엄청난 불길이었다.

"꾸웨에에에엑—!"

불은 얼음에겐 상극 중의 상극!

실버 드래곤들은 비명을 지르며 모습을 감춰 사라졌다. 몸에 불이 붙는 최악의 위기가 닥치자 그대로 텔레포트를 해버렸던 것이다.

나트판의 붉은 눈이 토르를 보고 있었다. 그 눈은 엄청난 살기를 담은 채 일그러져 있었다. 그리고… 웃고 있었다.

"꾸워어어—!"

나트판 역시 높은 포효를 남기고 사라졌다.

그러자 여기저기 떠 있던 실버 드래곤들이 삽시간에 썰물 빠지듯 그 자리에서 사라져 버렸다. 토르들에게 당한 죽은 드래곤들을 제외하고는 단 하나의 드래곤도 남아 있지 않았다.

세찬 바람이 불어 눈보라를 날려갔다.

바람이 지나간 그곳에서 토르는 멍한 눈으로 곤을 바라보고 있었다.

"곤……."

아나테를 감싸 안은 곤의 몸은 이슬란을 치켜든 채 움직일 줄 몰랐다. 눈은 뜨고 있었지만 동공이 움직이지 않았다. 허리까지 얼음 기둥에 묶여 있는 곤의 몸은 꼼짝도 하지 않았다. 아나테 역시 굳은 몸으로 곤에게 안겨 있었다. 새하얀 서리가 내려앉은 그들의 몸은 완전히 얼어붙어 있었다.

"곤! 아나테!"

토르는 믿을 수 없었다. 죽었을 리 없다. 곤이, 아나테가 죽었을 리 없어!

토르는 꽁꽁 얼어버린 곤과 아나테의 가슴에 손을 얹고 몸을 녹이려 했다.

그때 곤의 눈동자가 파르르 움직였다.

"곤!"

곤은 그 와중에도 웃었다.

투둑. 투둑.

고개를 숙여 아나테를 보는데 무언가 부서지는 소리가 낮게 울렸다.

"아나테……."

"고……."

입이 떨어지지 않아 제대로 말을 할 수 없었다. 계속 툭툭 무언가 끊어지는 소리가 울렸다.

곤의 마음속에 아나테의 목소리가 들렸다. 팔찌를 통해 들리는 그녀의 속내였다.

'엘제키온의 서가 말한 게 이거구나……. 모든 것을… 끝까지 너와 함께 한다는 의미가…….'

'그럼… 뭔지 알았어……?

'훗……. 넌 정말 끝까지 바보… 야……. 먼저 가서… 기다릴

게…….'

아나테의 목소리는 그것으로 끝이었다. 더 들리지 않았다.

곤은 싸늘하게 식어버린 아나테의 얼굴을 멍하니 바라보았다. 아나테가 죽은 다음에야 깨달았다. 얼마나 그녀를 사랑하고 있었는지……. 그녀가 없었다면 자신도 없다는 것을…….

눈물이 고였으나 그조차 금세 얼어버렸다. 시야가 뿌옇게 흐려져 온다.

드득. 드드득.

곤은 고개를 들어 토르를 바라보았다.

토르의 눈은 더 이상 크게 뜨일 수 없을 만큼 부릅떠져 있었다.

곤은 억지로 입을 열었다.

투둑. 투투둑.

"토르……."

툭툭 끊어지는 소리가 계속 울렸다.

토르는 대답도 하지 못하고 툭툭 부서져 가는 곤의 얼굴을 보고 있었다. 곤이 얼어 부서지고 있었다. 곤이. 나의 곤이…….

"여기까지구나……. 나머지 길은… 혼자 가라……. 이게… 나의… 숙명이었구나……."

싫어. 싫단 말야!

"항상 웃음을 잃지… 마……. 넌 웃어야 해……. 잊지 마……."

그런 말 하지 마. 제발! 제발!

"토르……. 너를 만나 정말… 즐거웠다……."

곤은 마지막으로 토르에게 웃어주었다. 볼이 부서지는 것을 무릅쓰고 활짝 웃어주었다.

쩌정―!

곤의 몸이 완전히 부서져 내렸다. 아나테의 몸도 따라서 부서져 흩어졌다.

거센 광풍이 몰아치며 곤과 아나테의 몸을 휩쓸고 지나갔다. 하나가 된 둘의 몸은 바람에 실려 날아올랐다.

툭! 투툭!

곤이 있던 자리에서 아슬란과 검집이 떨어져 내렸다. 아나테의 팔찌도 떨어져 뒹굴었다. 두 사람의 남은 자취는 그것밖에 없었다.

"끄… 고… 고온……."

토르의 눈이 하얗게 변하기 시작했다. 온몸이 부들부들 떨리기 시작했다.

"고온―!"

화르르르르―

토르의 주위에서 엄청난 불길이 솟구쳤다. 헬파이어였다.

토르의 주위에 서 있던 커트들이 깜짝 놀라 뒤로 물러섰다.

불길 속에 휩싸인 토르의 입가에는 피가 흐르고 있었다.

'캐스팅 주문 따위를 외우지 않았으면… 여유 부리지 말고 아나테부터 찾았으면… 습격당할 가능성 따월 애초에 잊지 않았으면……!'

내 잘못이야! 나 때문에! 나 때문에 죽었어! 나 때문이야! 나 때문에 아나테가 죽었어! 곤이 죽었어! 나! 나! 병신 같은 새끼 때문에―!

고오오― 콰콰콰콰콰―!

허공에서 운석이 쏟아져 내리기 시작했다.

커트들은 서둘러 자리를 피했다. 토르를 데려갈 엄두도 나지 않았다.

토르의 자학이 빚어낸 마법. 운석의 소환, 메테오였다.

빗발치는 불덩이 속에서 토르는 미친 포효를 내뱉었다. 그것은 인간의 소리가 아니었다.

슬픈 각성이었다.

"카오오오오오—!"

5

완전히 초토화되어 버린 산등성이에 하나둘 커트들이 모습을 드러냈다.

실버 드래곤들과 전투를 벌이던 눈 쌓인 산등성이가 시뻘건 속살을 드러낸 채 여기저기 파헤쳐져 있었다. 아직도 듬성듬성 연기와 불길이 치솟고 있었다.

자그레브의 노안이 떨리고 있었다. 토르를 찾던 그의 눈이 파르르 흔들렸다.

'드디어 각성하셨도다……!'

붉은 머리를 늘어뜨린 채 바닥에 쓰러져 있는 토르의 체구는 더 이상 아이의 몸집이 아니었다. 훤칠하게 성장한 청년의 체구였다.

한 걸음 더 내디디려 하는데 커트가 그의 발길을 막았다.

"자그레브."

무시하고 토르에게 가려 했으나 커트는 그의 팔을 획 잡아챘다.

"물어볼 게 있소!"

커트의 눈은 붉게 충혈되어 있었다. 자그레브가 아무 말 없이 바라
보자 커트가 먼저 입을 열었다.

"곤이 죽은 게 확실하오?"

자그레브의 노안이 파르르 떨렸다.

"무슨… 소리요?"

"곤과 아나테가 부서질 때 이상한 마나의 흐름을 느꼈소. 너무 은밀
하여 이제야 깨달았지만. 사실대로 말하시오. 그들은 정말 죽은 것이
오?"

커트가 잡아챈 팔에서 경련이 일어났다. 로키가 깜짝 놀라 소리쳤
다.

"무슨 짓이오, 커트!"

"닥쳐! 대답을 꼭 들어야 해! 자그레브, 대답하시오! 어서!"

그때 침울한 목소리가 낮게 울렸다. 처음 듣는 목소리. 나직하게 깔
리는 저음이었지만 우울과 분노에 싸인 탁한 음성이었다.

"대답해, 자그레브."

모두가 깜짝 놀라 전면을 바라보았다.

붉은 머리를 장쾌하게 휘날리며 푸른 눈을 빛내는 청년이 그들을 보
고 있었다.

토르였다.

『제5권으로 이어집니다』